ROMÉO ET JULIETTE
suivi de
LE SONGE D'UNE NUIT D'ÉTÉ

SHAKESPEARE

Roméo et Juliette
Le Songe d'une nuit d'été

TRADUCTION DE F.-V. HUGO
REVUE PAR YVES FLORENNE ET ÉLISABETH DURET

ÉDITION ÉTABLIE, PRÉSENTÉE ET ANNOTÉE
PAR YVES FLORENNE

LE LIVRE DE POCHE

Auteur dramatique (*Le Cavalier d'Or*, *Le Sang de la Terre*, *Antigone*, etc.), Yves Florenne a donné à la scène des adaptations de Shakespeare (*Roméo et Juliette*, *La Tempête*, *Macbeth*, etc.). Il a publié des romans et récits, et de nombreuses études critiques et essais, notamment sur les romantiques, Baudelaire et Shakespeare. — Critique littéraire au *Monde*.

PRÉFACE

L'AMOUR FOU

Éros est fou, — mais de quelle folie? Fou lié, à lier,
délirant, dérisoire? Ou de cette folie — « la plus sage
folie », dit à peu près Roméo — qui contient et confère
le sens de toute chose, transfigure la vie et la mort?

Shakespeare semblerait balancer entre les deux réponses, aller de l'une à l'autre, ou à l'une et à l'autre
ensemble, selon la passion, l'humeur, la pente du tragique ou de la comédie : il semble, car il ne fait que
sembler; lui sait qu'il n'y a pas de question. Ou, si
l'on préfère, que les deux réponses sont vraies, parce
qu'il y a deux folies, qui n'ont de commun que le
mot *folie* : l'une est illumination, l'autre, illusion.
Là, Juliette et Roméo; ici, les ombres du *Songe*. La
confrontation est d'autant plus significative que jamais peut-être elle n'aura été aussi immédiate : la tragédie et la comédie sont écrites en même temps. Elles
se mirent l'une en l'autre, jusque dans la symétrie
renversée, non seulement de l'action mais du langage.

Pour que Roméo soit Tristan, il n'est même pas
besoin de philtre : il a suffi que la foudre tombe,
que la lumière soit. Tandis qu'il faut le suc d'une

fleur sur les paupières — il est vrai que cette fleur
est une *« pensée »* — pour que les amants du *Songe*,
soudain, changent d'amour; que même une maîtresse
d'enchantements comme Titania devienne folle d'un
vilain à tête d'âne. Cette fois, c'est un peu plus que de
l'illusion amoureuse qui est montrée au spectateur;
un peu plus, même, que l'aveuglement sexuel : sous
les fleurs, c'est la bestialité nue. Tout rentre dans
l'ordre avec le matin, chacun retrouve son cœur vrai.
Mais qui croirait à l'innocence de cette traversée de la
nuit? à l'innocence — ou à l'insignifiance — des rêves?

L'ambiguïté, d'ailleurs, réapparaît avec le « rêve » :
celui de la veille et celui du sommeil. Ici, les thèmes
shakespeariens s'enlacent, de l'amour-rêve et des
ombres passant dans l'ombre de la vie. « L'amour,
dit Lysandre, aussi fugace qu'un son, furtif qu'une
ombre, fuyant comme un rêve* »; soupir d'Hermia
plaignant son mal « aussi inséparable de l'amour que
les rêves ». Veille et sommeil, certes, — mais où est
le sommeil, où la veille? Les personnages pourraient
croire, ou feindre de croire, et nous avec eux, qu'ils
ont vraiment rêvé, si l'un d'eux, le seul qui eût, dans
la réalité, changé d'amour, ne se retrouvait lui-même
décidément changé, ou plutôt : retourné. Qui dort,
qui veille, qui rêve, — et quand?

Le seul veilleur, tout amant qu'il soit, et amant
impatient (à sa veille participe, certes, Hippolyta),
c'est Thésée (laissons de côté Obéron et les esprits),
témoin souverain de la raison; ce témoin et ce souverain qui manque tant, pour le malheur des amants,
dans *Roméo et Juliette*. C'est à lui, d'ailleurs, qu'Égée

* La traduction de ces citations est de nous.

viendra dénoncer l'amour-illusion, qui, à ce moment de l'action, est pourtant l'amour véritable. L'illusion amoureuse est très commode aux pères pour imposer leurs vues « raisonnables », c'est-à-dire leurs préjugés, leurs opinions, leurs intérêts, leurs caprices ou leurs propres chimères : nous revenons à Juliette et à Roméo.

A Roméo qui — on l'oublie trop ou trop vite — connaît les deux folies, s'élève en un éclair, sous nos yeux, de l'une à l'autre. Quand il paraît, c'est la première qui le possède. Il est alors exactement dans la situation des « fous » du *Songe;* mais lui se *voit,* avec la lucidité de Thésée, — et de Shakespeare : « Sommeil qui toujours veille et n'est point ce qu'il est : voilà l'amour! » Cette clairvoyance lui permet de répondre qu'il n'est pas fou, « mais plus enchaîné qu'un fou, plus enfermé, plus fouaillé, plus tourmenté... ». Dans cet enfer, Juliette n'a nul accès; même, elle n'existe pas encore. L'illusion et le tourment se nomment Rosaline. Et c'est sa presque homonyme, la Rosalinde de *Comme il vous plaira,* qui fait étrangement écho à Roméo : « L'amour n'est qu'une folie et mérite le cachot et le fouet tout autant que les fous. » Elle le dit, mais elle-même est folle, le sait, et en jouit délicieusement. Pourtant, sa folie n'est nullement l'illusion dont Roméo est encore captif : « Une belle plus belle que mon amour! Quand le soleil qui voit tout ne vit jamais sa pareille depuis que le monde est monde! » On pourrait s'y tromper, mais c'est toujours de Rosaline qu'il parle, — un instant avant de voir Juliette. Il la voit, et soudain, enfin, il *voit :* « Ai-je jamais aimé? Non, mes yeux : jurez-le à mon cœur, car jamais jusqu'à cette nuit je n'avais vu la lumière. » Juliette, elle — des deux amants, le plus fort et le plus « pur » — accède aussitôt, sans purgatoire et sans chute, à la haute folie, s'y maintient et s'y exalte, jusque dans l'épreuve qui lui fait traverser la mort pour rejoindre la mort. A peine avait-elle vu Roméo, elle s'était écriée : « S'il est marié, ma tombe sera mon lit de noces! » C'est un autre interdit qu'elle transgresse, mais sa parole n'en était pas moins prophétique : le lit des noces secrètes précède à peine le tombeau, mais ce « tombeau triomphant » est une « chambre de lumière ».

Roméo a donc *changé* — changé d'amour — tout comme les personnages du *Songe,* mais par un itinéraire inverse, et avec toute la différence et la puissance du destin et de l'issue tragique : l'amour fou est scellé. Tandis que la *happy end* de la comédie risque d'être toute provisoire et d'ouvrir carrière à de nouveaux changements. Reste que Lysandre et Hermia sont, d'abord, des doubles de Roméo et de Juliette; jusqu'à ce que Lysandre, par enchantement, prenne son amour pour un autre. Et le renversement s'exprime dans le langage même. Le Roméo « du temps » de Rosaline parlait un langage recherché, artificiel, excessif. Le langage de Lysandre et d'Hermia est celui-là même de Roméo et de Juliette. Et quand Obéron a changé les cœurs, ou plutôt les regards, la langue aussi change : les dialogues d'amants ne sont plus qu'enflure, grossière hyperbole, fausse poésie. C'est Shakespeare se parodiant lui-même quand un amour parodie l'autre, et imposant la dégradation, la dissolution poétiques, où l'amour s'est dégradé et dissout. Il y a une intention ou une intuition semblable dans le divertissement du *Songe,* dans le spectacle des acteurs-paysans, ce *Pyrame et Thisbée* où l'on voit une parodie trop évidente de *Roméo et Juliette*. Shakespeare a-t-il voulu se moquer de ses amants et de lui-même, de sa sincérité ou de sa feinte à croire en eux, à donner à y croire? Se hâtait-il de faire rire du même objet les mêmes spectateurs qu'il avait fait si bien pleurer? On n'en croit rien. Non pas: du même objet, justement, mais de son simulacre. C'est façon d'éclairer encore et distinguer l'une et l'autre folies, l'un et l'autre amours.

« J'ai deux amours, de bien être et de mal être... » Sans doute, le déchirant partage est-il, chez le poète des *Sonnets,* d'un autre ordre; mais qui douterait que le « meilleur ange », le jeune homme « clair » soit l'amour vrai, la haute folie; et la femme « noire », l'illusion fatale? — C'est l'ange et le démon, le ciel et l'enfer : où se retrouverait la double postulation baudelairienne; et, tout aussi bien, la « sorcière au flanc d'ébène » et le « flambeau vivant » (qui, pour Baudelaire, se trouve être une femme), l' « Ange plein de bonheur, de joie et de lumières ».

L'opposition des « deux amours » est le texte, le tissu même des *Sonnets,* tissés d'ailleurs du même fil, dans la même trame du temps et de la création, que *Roméo* et *Le Songe.* Et l'on songe à Thésée-Shakespeare proclamant l'identité parfaite du fou à l'amant, — et au poète. Dans les *Sonnets,* les deux « fous » — le poète et l'amant — sont, plus ouvertement que partout ailleurs, unis en un seul et qui se livre.

Le thème obsessionnel de l'amour qui est « dans les yeux », et des yeux qui leurrent (baignés du suc de la « *pensée* »), aveuglés d'abord pour être plus sûrement doués d'un faux regard, ce thème qui, dans les

comédies, se joue le plus souvent allegro et ironiquement, il prend ici un accent violent, presque
désespéré : « Toi, fou aveugle, Amour, qu'as-tu fait
à mes yeux? » — « Malheur de moi! Quels yeux
l'Amour a-t-il mis dans ma tête qui n'ont rien à
voir avec la vue vraie? » A la hantise de la trahison
par les yeux, de l'illusion amoureuse et de l'in-
constance qui l'accompagne; à la dénonciation de
l'amour « changé », répondent avec une force que la
menace, le sentiment de la vulnérabilité, la défiance
à l'égard des « yeux » rendent plus pathétiques, répondent l'affirmation de l'immuabilité, la foi dans la
fidélité : « Heureux, moi qui aime et suis aimé, où je
ne puis changer, non plus être changé. » Ce pourrait
être Roméo qui parle, et lui encore dans l'affirmation
totale : « L'amour ne change pas comme les jours,
mais gravite en son orbe jusqu'à la fin des temps. »
Car, non « l'amour n'est pas le fou du Temps ». Contre le temps, « Je jure ceci et que ceci toujours
soit : fidèle je serai, malgré ta faulx et toi. » Ainsi
Roméo, ainsi Juliette, « scellant un pacte sans terme »
et « demeurant » ensemble à jamais dans le « palais
de la nuit ». Triomphe terrible de l'amour fou. Une
fois seulement il ira — ils iront, l'amour et le poète —
aussi loin, plus loin : il faudra attendre, à l'autre
extrême de la création et de la vie, l'amour fou d'Antoine et de Cléopâtre, pesé, celui-là, au poids du
monde et qui l'emporte : « Dans le royaume où les
âmes flottent parmi les fleurs, nous irons en nous tenant la main... » L'amour fou qui est dans le poète
même, et je ne le lui fais pas dire : « Dans votre Will,
si fou est l'amour. »

                                   YVES FLORENNE.

ROMÉO ET JULIETTE

PERSONNAGES

ESCALUS, prince de Vérone.
PARIS, jeune noble, parent du prince.
MONTAGUE } chefs des deux maisons ennemies.
CAPULET
UN VIEILLARD, oncle de Capulet.
ROMÉO, fils de Montague.
MERCUTIO, parent du prince et ami de Roméo.
BENVOLIO, neveu de Montague et ami de Roméo.
TYBALT, neveu de lady Capulet.
FRÈRE LAURENT, franciscain.
FRÈRE JEAN, religieux du même ordre.
BALTHAZAR, serviteur de Roméo.
SAMSON } valets de Capulet.
GRÉGOIRE
ABRAHAM, valet de Montague.
PETER, valet de la nourrice.
UN APOTHICAIRE.
UN VALET.
TROIS MUSICIENS.
LE PAGE DE PARIS.
UN OFFICIER.

LADY MONTAGUE, femme de Montague.
LADY CAPULET, femme de Capulet.
JULIETTE, fille de Capulet.
LA NOURRICE.

CITOYENS DE VÉRONE, SEIGNEURS ET DAMES, PARENTS DES
    DEUX FAMILLES; MASQUES, GARDES, GUETTEURS DE NUIT,
    GENS DE SERVICE.

LE CHŒUR.

La scène est à Vérone et à Mantoue.

PROLOGUE[1]

Entre le chœur

Deux familles, égales en noblesse,
Dans la belle Vérone, où nous plaçons notre scène,
Sont entraînées par d'anciennes rancunes à des rixes
                                      [nouvelles
Où le sang des citoyens souille les mains des citoyens.

Des entrailles fatales de ces deux ennemis
Deux amoureux prennent vie sous une mauvaise étoile.
Leur chute infortunée et lamentable
Ensevelit dans leur tombe la haine des parents.

Les terribles péripéties de leur fatal amour
Et les effets de la rage obstinée de ces familles,
Que seule peut apaiser la mort de leurs enfants,
Vont en deux heures être exposés sur notre scène.

Si vous daignez nous écouter patiemment,
Notre zèle s'efforcera de corriger notre insuffisance.

ACTE PREMIER

SCÈNE PREMIÈRE

Vérone. — Une place publique.

Entrent SAMSON *et* GRÉGOIRE *armés d'épées et de boucliers*

SAMSON. — Ma parole, Gregoire! nous ne nous laisserons pas marcher sur les pieds par leur bande[2].

GRÉGOIRE. — Non, parce qu'alors nous serions une plate-bande.

SAMSON. — Je veux dire que, s'ils nous mettent en colère, nous allongeons le couteau.

GRÉGOIRE. — Oui, mais prends garde qu'on ne t'allonge le cou tôt ou tard.

SAMSON. — Je frappe vite quand on m'émeut.

GRÉGOIRE. — Mais tu es lent à t'émouvoir.

SAMSON. — Un chien de la maison de Montague m'émeut.

GRÉGOIRE. — Qui est ému, remue; qui est vaillant, attend de pied ferme; donc, si tu es ému, tu te sauves.

SAMSON. — Quand un chien de cette maison-là

m'émeut, j'attends de pied ferme. Je prendrai le côté
du mur contre tous les Montagues, hommes ou
femmes.

GRÉGOIRE. — Ce qui prouve que tu n'es qu'un faible
drôle; les faibles s'appuient toujours au mur.

SAMSON. — C'est vrai; c'est pourquoi les femmes,
qui sont de faibles calices, sont toujours adossées
au murs; aussi, quand j'aurai affaire aux Montagues,
je repousserai les hommes du mur et j'y adosserai les
femmes.

GRÉGOIRE. — La querelle ne regarde que nos
maîtres et nous, leurs hommes.

SAMSON. — N'importe! je veux agir en tyran.
Quand je me serai battu avec les hommes, je serai
cruel avec les femmes. Je les passerai au fil de l'épée.

GRÉGOIRE. — Tu feras donc sauter toutes leurs
têtes?

SAMSON. — Ou tous leurs pucelages. Comprends la
chose comme tu voudras.

GRÉGOIRE. — Celles-là comprendront la chose, qui
la sentiront.

SAMSON. — Je la leur ferai sentir tant que je pourrai tenir ferme, et l'on sait que je suis un joli morceau de chair.

GRÉGOIRE. — Il est fort heureux que tu ne sois pas
poisson; tu aurais fait un pauvre merlan. Tire ton
instrument; en voici deux de la maison de Montague.
(Ils dégainent.)

Entrent Abraham et Balthazar.

SAMSON. — Voici mon épée nue; cherche-leur querelle; je serai derrière toi.

GRÉGOIRE. — Comment? dans mon dos? pour
mieux filer!

SAMSON. — Ne crains rien!

GRÉGOIRE. — Avoir peur de toi? Non, morbleu!

SAMSON. — Mettons la loi de notre côté et laissons-les commencer.

GRÉGOIRE. — Je vais les regarder de travers en passant près d'eux, et qu'ils le prennent comme ils le voudront.

SAMSON. — C'est-à-dire comme ils l'oseront. Je vais mordre mon pouce en les regardant, et ce sera un affront pour eux, s'ils le supportent[3].

ABRAHAM, *à Samson*. — Est-ce à notre intention que vous mordez votre pouce, monsieur?

SAMSON. — Je mords mon pouce, monsieur.

ABRAHAM. — Est-ce à notre intention que vous mordez votre pouce, monsieur?

SAMSON, *bas à Grégoire*. — La loi est-elle de notre côté, si je dis oui?

GRÉGOIRE, *bas à Samson*. — Non.

SAMSON, *haut à Abraham*. — Non, monsieur, ce n'est pas à votre intention que je mords mon pouce, monsieur; mais je mords mon pouce, monsieur.

GRÉGOIRE, *à Abraham*. — Cherchez-vous une querelle, monsieur?

ABRAHAM. — Une querelle, monsieur? Non, monsieur!

SAMSON. — Si vous en cherchez une, monsieur, je suis votre homme. Je sers un maître aussi bon que le vôtre.

ABRAHAM. — Mais pas meilleur.

SAMSON. — Soit, monsieur.

> Entre, au fond du théâtre, Benvolio; puis,
> à distance, derrière lui, Tybalt.

GRÉGOIRE, *à Samson*. — Dis « meilleur! » voici un parent de notre maître.

SAMSON, *à Abraham*. — Si, monsieur, meilleur!

ABRAHAM. — Vous en avez menti.

SAMSON. — Dégainez, si vous êtes hommes! *(Tous se mettent en garde.)* Grégoire, souviens-toi de ta maîtresse botte!

BENVOLIO, *s'avançant, la rapière au poing*. — Séparez-vous, imbéciles! rengainez vos épées; vous ne savez pas ce que vous faites. *(Il rabat les armes des valets.)*

TYBALT, *s'élançant, l'épée nue, derrière Benvolio*. — Quoi! l'épée à la main, parmi ces marauds sans cœur[4]! Tourne-toi, Benvolio, et fais face à ta mort.

BENVOLIO, *à Tybalt*. — Je ne veux ici que maintenir la paix; rengaine ton épée, ou emploie-la, comme moi, à séparer ces hommes.

TYBALT. — Quoi, l'épée à la main, tu parles de paix! Ce mot, je le hais, comme je hais l'enfer, tous les Montagues et toi. A toi, lâche!

> Tous se battent. D'autres partisans des deux maisons arrivent et se joignent à la mêlée. Alors arrivent des citoyens armés de bâtons.

PREMIER CITOYEN. — A l'œuvre les bâtons, les piques, les pertuisanes! Frappez! Écrasez-les! A bas les Montagues! à bas les Capulets!

> Entrent Capulet, en robe de chambre, et lady Capulet.

CAPULET. — Quel est ce bruit?... Holà! qu'on me donne ma grande épée.

LADY CAPULET. — Non! une béquille! c'est une

béquille qu'il vous faut... Pourquoi demander une épée?

CAPULET. — Mon épée, dis-je! le vieux Montague arrive et brandit sa rapière en me narguant!

Entrent Montague, l'épée à la main, et lady Montague.

MONTAGUE. — A toi, misérable Capulet!... Ne me retenez pas! lâchez-moi.

LADY MONTAGUE, *le retenant.* — Tu ne feras pas un seul pas vers ton ennemi.

Entre le prince Escalus, avec sa suite.

LE PRINCE. — Sujets rebelles, ennemis de la paix! profanateurs de cet acier souillé du sang de vos concitoyens!... Est-ce qu'on ne m'entend pas?... Holà! vous tous, hommes ou brutes, qui éteignez la flamme de votre rage pernicieuse dans les flots de pourpre échappés de vos veines, sous peine de torture, obéissez! Que vos mains sanglantes jettent à terre ces épées trempées dans le crime, et écoutez la sentence de votre prince irrité! *(Tous les combattants s'arrêtent.)* Trois querelles civiles, nées d'une parole en l'air, ont déjà troublé le repos de nos rues, par ta faute, vieux Capulet, et par la tienne, Montague; trois fois les anciens de Vérone, dépouillant le vêtement grave qui leur sied, ont dû saisir de leurs vieilles mains leurs vieilles pertuisanes, gangrenées par la rouille, pour séparer vos haines gangrenées. Si jamais vous troublez encore nos rues, votre vie paiera le dommage fait à la paix. Pour cette fois, que tous se retirent. Vous, Capulet, venez avec moi; et vous, Montague, vous vous rendrez cet après-midi, pour connaître notre volonté sur cette affaire, au vieux château de Villafranca, siège ordinaire de notre justice. Encore une fois, sous peine de mort, que tous se séparent! *(Tous sortent, excepté Montague, lady Montague et Benvolio.)*

MONTAGUE. — Qui donc a réveillé cette ancienne querelle? Parlez, neveu, étiez-vous là quand les choses ont commencé?

BENVOLIO. — Les gens de votre adversaire et les vôtres se battaient ici corps à corps quand je suis arrivé; j'ai dégainé pour les séparer; à l'instant même est survenu le fougueux Tybalt, l'épée haute, vociférant ses défis à mon oreille, en même temps qu'il agitait sa lame autour de sa tête et pourfendait l'air qui narguait son impuissance par un sifflement. Tandis que nous échangions les coups et les estocades, sont arrivés des deux côtés de nouveaux partisans qui ont combattu jusqu'à ce que le prince soit venu les séparer.

LADY MONTAGUE. — Oh! où est donc Roméo? l'avez-vous vu aujourd'hui? Je suis bien aise qu'il n'ait pas été dans cette bagarre.

BENVOLIO. — Madame, une heure avant que le soleil sacré perçât la vitre d'or de l'Orient, mon esprit agité m'a entraîné à sortir; tout en marchant dans le bois de sycomores qui s'étend à l'ouest de la ville, j'ai vu votre fils qui s'y promenait déjà; je me suis dirigé vers lui, mais, en me voyant, il s'est dérobé dans les profondeurs du bois. Pour moi, mesurant ses inclinations d'après les miennes qui recherchent le plus les lieux les moins fréquentés, me trouvant déjà de trop près du triste moi-même, j'ai suivi ma fantaisie sans poursuivre la sienne, et j'ai évité volontiers qui me fuyait si volontiers.

MONTAGUE. — Voilà bien des matinées qu'on l'a vu là augmenter de ses larmes la fraîche rosée du matin et à force de soupirs ajouter des nuages aux nuages. Mais, aussitôt que le vivifiant soleil commence, dans le plus lointain orient, à tirer les rideaux ombreux du lit de l'Aurore, vite mon fils accablé fuit la lumière; il rentre, s'emprisonne dans sa chambre, ferme ses fenêtres, tire le verrou sur le beau jour, et se fait une nuit artificielle. Ah! cette humeur sombre lui sera fatale, si de bons conseils n'en dissipent la cause.

BENVOLIO. — Cette cause, la connaissez-vous, mon noble oncle?

MONTAGUE. — Je ne la connais pas et je n'ai pu l'apprendre de lui.

BENVOLIO. — Avez-vous insisté près de lui suffisamment?

MONTAGUE. — J'ai insisté moi-même, ainsi que beaucoup de mes amis; mais il est le seul conseiller de ses humeurs; il est l'unique confident de lui-même, confident peu sage peut-être, mais aussi secret, aussi impénétrable, aussi fermé et insondable que le bouton de fleur rongé par un ver jaloux avant de pouvoir épanouir à l'air ses pétales embaumés et offrir sa beauté au soleil! Si seulement nous pouvions savoir d'où lui vient sa peine, nous serions aussi désireux d'y remédier que d'en connaître la cause.

> Roméo paraît à distance.

BENVOLIO. — Tenez, le voici qui vient. Éloignez-vous, je vous prie; ou je connaîtrai ses peines, ou il m'opposera maints refus.

MONTAGUE. — Puisses-tu, en restant, être assez

heureux pour entendre une confession complète!...
Allons, madame, partons! (*Sortent Montague et lady Montague.*)

BENVOLIO. — Bonne matinée, cousin!

ROMÉO. — Le jour est-il si jeune encore?

BENVOLIO. — Neuf heures viennent de sonner.

ROMÉO. — Oh! que les heures tristes semblent longues! N'est-ce pas mon père qui vient de partir si vite?

BENVOLIO. — C'est lui-même. Quelle est donc la tristesse qui allonge les heures de Roméo?

ROMÉO. — La tristesse de ne pas avoir ce qui les abrégerait.

BENVOLIO. — Amoureux?

ROMÉO. — Éperdu...

BENVOLIO. — D'amour?

ROMÉO. — Des dédains de celle que j'aime.

BENVOLIO. — Hélas! faut-il que l'amour, si doux en apparence, soit si tyrannique et si cruel à l'épreuve!

ROMÉO. — Hélas! faut-il que l'amour, malgré le bandeau qui l'aveugle, trouve toujours, sans y voir, un chemin vers son but!... Où dînerons-nous?... O mon Dieu!... Quel était ce tapage?... Mais non, ne me le dis pas, car je sais tout! Ici on a beaucoup à faire avec la haine, mais plus encore avec l'amour... Amour! ô tumultueux amour! O amoureuse haine! O tout, créé de rien! O lourde légèreté! vanité sérieuse! Informe chaos de ravissantes visions! Plume de plomb, lumineuse fumée, feu glacé, santé maladive! Sommeil toujours éveillé qui n'est pas ce qu'il est! Voilà l'amour que je sens et je n'y sens pas d'amour... Tu ris, n'est-ce pas?

BENVOLIO. — Non, cousin : je pleurerais plutôt.

ROMÉO. — Bonne âme!... et de quoi?

BENVOLIO. — De voir ta bonne âme si accablée.

ROMÉO. — Oui, tel est l'effet de la sympathie. La douleur ne pesait qu'à mon cœur, et tu veux l'étendre sous la pression de la tienne : cette affection que tu me montres ajoute une peine de plus à l'excès de mes peines. L'amour est une fumée de soupirs; dégagé, c'est une flamme qui étincelle aux yeux des amants; comprimé, c'est une mer qu'alimentent leurs larmes. Qu'est-ce encore? la folle la plus raisonnable, une suffocante amertume, une vivifiante douceur!... Au revoir, mon cousin. *(Il va pour sortir.)*

BENVOLIO. — Doucement, je vais vous accompagner : vous me faites injure en me quittant ainsi.

ROMÉO. — Bah! je me suis perdu moi-même; je ne suis plus ici; ce n'est pas Roméo que tu vois, il est ailleurs.

BENVOLIO. — Dites-moi sérieusement qui vous aimez.

ROMÉO. — Sérieusement? Roméo ne peut le dire qu'avec des sanglots.

BENVOLIO. — Avec des sanglots? Non! dites-le-moi sérieusement.

ROMÉO. — Dis donc à un malade de faire sérieusement son testament! Ah! ta demande s'adresse mal à qui est si mal! Sérieusement, cousin, j'aime une femme.

BENVOLIO. — En le devinant, j'avais touché juste.

ROMÉO. — Excellent tireur!... j'ajoute qu'elle est d'une éclatante beauté.

BENVOLIO. — Plus le but est éclatant, beau cousin, plus il est facile à atteindre.

ROMÉO. — Ce trait-là frappe à côté; car elle est hors d'atteinte des flèches de Cupidon : elle a le caractère de Diane; armée d'une chasteté à toute épreuve, elle vit à l'abri de l'arc enfantin de l'Amour; elle ne se laisse pas assiéger en termes amoureux, elle se dérobe au choc des regards provocants et ferme son giron à l'or qui séduirait une sainte. Oh! elle est riche en beauté, misérable seulement en ce que ses beaux trésors doivent mourir avec elle!

BENVOLIO. — Elle a donc juré de vivre toujours chaste?

ROMÉO. — Elle l'a juré, et cette économie est source d'un immense gaspillage. Car la beauté, par tant de rigueur affamée, prive de toute postérité la beauté. Elle est trop belle, trop sage, trop sagement belle, car elle mérite le ciel en faisant mon désespoir. Elle a juré de n'aimer jamais, et ce serment fait de moi un mort vivant, vivant seulement pour se le dire.

BENVOLIO. — Suis mon conseil : cesse de penser à elle.

ROMÉO. — Oh! apprends-moi comment je puis cesser de penser.

BENVOLIO. — En rendant la liberté à tes yeux : examine d'autres beautés.

ROMÉO. — Ce serait le moyen de rehausser encore ses grâces exquises. Les bienheureux masques qui baisent le front des belles ne servent, par leur noirceur, qu'à nous rappeler la blancheur qu'ils cachent. L'homme frappé de cécité ne saurait oublier le précieux trésor qu'il a perdu avec la vue. Montre-moi la plus charmante maîtresse : que sera pour moi sa beauté, sinon une page où je pourrai lire le nom d'une beauté plus charmante encore? Adieu : tu ne saurais m'apprendre à oublier.

BENVOLIO. — J'achèterai ce secret-là, dussé-je mourir insolvable! *(Ils sortent.)*

SCÈNE II

Devant la maison des Capulet.

Entrent CAPULET, PARIS *et* UN VALET.

CAPULET. — Montague est lié comme moi par la même sentence. Il n'est pas bien difficile, je pense, à des vieillards comme nous de garder la paix.

PARIS. — Vous avez tous deux la plus honorable réputation; et c'est pitié que vous ayez vécu si long-temps en querelle... Mais maintenant, monseigneur, que répondez-vous à ma requête?

CAPULET. Je ne puis que redire ce que j'ai déjà dit. Mon enfant est encore étrangère au monde; elle n'a pas encore vu la fin de ses quatorze ans; laissons deux étés encore se flétrir dans leur orgueil, avant de la juger mûre pour le mariage.

PARIS. — De plus jeunes qu'elle sont déjà d'heureuses mères[5].

CAPULET. — Trop vite étiolées sont ces mères trop précoces... La terre a englouti toutes mes espérances; Juliette seule, Juliette est la reine espérée de ma terre. Courtisez-la, gentil Paris, obtenez son cœur; mon bon vouloir n'est que la conséquence de son assentiment; si vous lui agréez, c'est de son choix que dépendent mon approbation et mon plein consentement... Je donne ce soir une fête, consacrée par un vieil usage, à laquelle j'invite ceux que j'aime; vous serez le très bienvenu, si vous voulez être du nombre.

Ce soir, dans ma pauvre demeure, attendez-vous à
contempler des étoiles qui, tout en foulant la terre,
éclipseront la clarté des cieux. Les délicieux transports
qu'éprouvent les jeunes galants alors qu'avril tout
pimpant arrive sur les talons de l'imposant hiver, vous
les ressentirez ce soir chez moi, au milieu de ces
fraîches beautés en bouton. Écoutez-les toutes, voyez-
les toutes, et donnez la préférence à celle qui la méri-
tera. Ma fille sera une de celles que vous verrez, et,
si elle ne se fait pas compter, elle peut du moins faire
nombre. Allons, venez avec moi... *(Au valet.)* Holà,
maraud! tu vas te démener à travers notre belle Vérone; tu iras trouver les personnes dont les noms sont
écrits ici, et tu leur diras que ma maison et mon hos-
pitalité sont mises à leur disposition. *(Il remet un
papier au valet et sort avec Paris.)*

Le Valet, *seul, les yeux fixés sur le papier.* — Trouver
les gens dont les noms sont écrits ici? Il est écrit...
que le cordonnier doit se servir de son aune, le tailleur de son alêne, le pêcheur de ses pinceaux et le
peintre de ses filets; mais moi, on veut que j'aille
trouver les personnes dont les noms sont écrits ici,
quand je ne peux même pas trouver quels noms a
écrits ici l'écrivain! Il faut que je m'adresse aux savants... Heureuse rencontre!

Entrent Benvolio et Roméo.

Benvolio. — Bah! mon cher, une inflammation
éteint une autre inflammation; une peine est amoin-
drie par les angoisses d'une autre peine. La tête te
tournera-t-elle? tourne en sens inverse, et tu te
remettras... Une douleur désespérée se guérit par les
langueurs d'une douleur nouvelle; que tes regards

aspirent un nouveau poison, et l'ancien perdra son
action vénéneuse.

Roméo, *ironiquement.* — La feuille de plantain est
excellente pour cela.

Benvolio. — Pourquoi, je te prie?

Roméo. — Pour une jambe cassée.

Benvolio. — Çà, Roméo, es-tu fou?

Roméo. — Pas fou précisément, mais lié plus durement qu'un fou; je suis tenu en prison, mis à la
diète, flagellé, tourmenté et... *(Au valet.)* Bonsoir,
mon bon ami.

Le Valet. — Dieu vous donne le bonsoir!... Dites-
moi, monsieur, savez-vous lire?

Roméo. — Oui, ma propre fortune dans mon
infortune.

Le Valet. — Peut-être avez-vous appris ça sans
livre; mais, dites-moi, savez-vous lire tout ce que
vous voyez?

Roméo. — Oui, si j'en connais les lettres et la langue.

Le Valet. — C'est parler en honnête homme. Le
ciel vous tienne en joie! *(Il va pour se retirer.)*

Roméo, *le rappelant.* — Arrête, l'ami, je sais lire.
(Il prend le papier des mains du valet et lit :) « Le signor
Martino, sa femme et ses filles; le comte *Anselme* et
ses charmantes sœurs; la veuve du signor *Vitruvio*; le
signor *Placentio* et ses aimables nièces; *Mercutio* et son
frère *Valentin*; mon oncle *Capulet*, sa femme et ses filles;
ma jolie nièce *Rosaline*; *Livia*; le signor *Valentio* et son
cousin *Tybalt*; *Lucio* et la vive *Héléna.* » *(Rendant le papier.)* Voilà une belle assemblée. Où doit-elle se rendre?

Le Valet. — Là-haut.

Roméo. — Où cela?

Le Valet. — Chez nous, à souper.

ROMÉO. — Chez qui?

LE VALET. — Chez mon maître.

ROMÉO. — J'aurais dû commencer par cette question.

LE VALET. — Je vais tout vous dire sans que vous le demandiez : mon maître est le grand et riche Capulet; si vous n'êtes pas de la maison des Montagues, je vous invite à venir chez nous faire sauter un cruchon de vin... Dieu vous tienne en joie! *(Il sort.)*

BENVOLIO. — C'est l'antique fête des Capulets; la charmante Rosaline, celle que tu aimes tant, y soupera, ainsi que toutes les beautés admirées de Vérone; vas-y, puis, d'un œil impartial, compare son visage à d'autres que je te montrerai, et je te ferai convenir que ton cygne n'est qu'un corbeau.

ROMÉO. — Si jamais mon regard, en dépit d'une religieuse dévotion, proclamait un tel mensonge, que mes larmes se changent en flammes! et que mes yeux, qu'elles ont tant de fois inondés sans pouvoir les noyer, hérétiques transparents, pour mensonge soient brûlés! Une femme plus belle que ma bien-aimée! Le soleil qui voit tout n'a jamais vu son égale depuis qu'a commencé le monde!

BENVOLIO. — Bah! vous l'avez vue belle, parce que vous l'avez vue seule; pour vos yeux, elle n'avait d'autre contrepoids qu'elle-même; mais, dans ces balances cristallines, mettez votre bien-aimée en regard de telle autre beauté que je vous montrerai toute brillante à cette fête, et elle n'aura plus cet éclat qu'elle a pour vous aujourd'hui.

ROMÉO. — Soit! J'irai, non pour voir ce que tu dis, mais pour jouir de la splendeur de mon adorée. *(Ils sortent.)*

SCÈNE III

Dans la maison des Capulet.

Entrent LADY CAPULET *et* LA NOURRICE.

LADY CAPULET. — Nourrice, où est ma fille? Appelle-la.

LA NOURRICE. — Eh! aussi vrai qu'à douze ans j'étais encore vierge, je lui ai dit de venir... *(Appelant.)* Allons, mon agneau! allons, mon oiselle! Dieu me pardonne!... Où est donc cette fille?... Allons, Juliette!

Entre Juliette.

JULIETTE. — Eh bien, qui m'appelle?

LA NOURRICE. — Votre mère.

JULIETTE. — Me voici, madame. Quelle est votre volonté?

LADY CAPULET. — Voici la chose... Nourrice, laisse-nous un peu; nous avons à causer en secret... *(La nourrice va pour sortir.)* Non, reviens, nourrice; je me suis ravisée, tu assisteras à notre conciliabule. Tu sais que ma fille est d'un joli âge.

LA NOURRICE. — Ma foi, je puis dire son âge à une heure près.

LADY CAPULET. — Elle n'a pas quatorze ans.

LA NOURRICE. — Je parierais quatorze de mes dents, et, à ma grande douleur, je n'en ai plus que quatre, qu'elle n'a pas quatorze ans... Combien y a-t-il d'ici à la Saint-Pierre-ès-Liens?

LADY CAPULET. — Une quinzaine au moins.

LA NOURRICE. — Au moins ou au plus, n'importe!
Entre tous les jours de l'année, c'est précisément la
veille au soir de la Saint-Pierre-ès-Liens qu'elle aura
quatorze ans. Suzanne et elle, Dieu garde toutes les
âmes chrétiennes! étaient du même âge... Oui, à présent, Suzanne est avec Dieu : elle était trop bonne
pour moi; mais, comme je disais, la veille au soir
de la Saint-Pierre-ès-Liens elle aura quatorze ans;
elle les aura, ma parole. Je m'en souviens bien. Il
y a maintenant onze ans du tremblement de terre; et
elle fut sevrée, je ne l'oublierai jamais, entre tous
les jours de l'année, précisément ce jour-là; car j'avais
mis de l'absinthe au bout de mon sein, et j'étais assise
au soleil contre le mur du pigeonnier; monseigneur
et vous, vous étiez alors à Mantoue... Oh! j'ai le cerveau solide!... Mais, comme je disais, dès qu'elle eut
goûté l'absinthe au bout de mon sein et qu'elle en
eut senti l'amertume, il fallait voir comme la petite
folle, toute furieuse, s'est emportée contre le téton!
Tremble, fit le pigeonnier; il n'était pas besoin, je
vous jure, de me dire de décamper... Et il y a onze ans
de ça; car alors elle pouvait se tenir toute seule; oui,
par la sainte croix, elle pouvait courir et trottiner
tout partout; car, tenez, la veille même, elle s'était
cogné le front; et alors mon mari, Dieu soit avec
son âme! c'était un homme bien gai! releva l'enfant :
Oui-da, dit-il, *tu tombes sur la face? Quand tu auras
plus d'esprit, tu tomberas sur le dos; n'est-ce pas,
Juju?* Et, par Notre-Dame, la petite friponne cessa
de pleurer et dit : *Oui!* Voyez donc à présent comme
une plaisanterie vient à point! Je garantis que, quand
je vivrais mille ans, je n'oublierais jamais ça : *N'est-ce*

pas, Juju? fit-il; et la petite folle s'arrêta et dit : *Oui!*

LADY CAPULET. — En voilà assez; je t'en prie, tais-toi.

LA NOURRICE. — Oui, madame; pourtant je ne peux pas m'empêcher de rire quand je songe qu'elle cessa de pleurer et dit : *Oui!* Et pourtant je garantis qu'elle avait au front une bosse aussi grosse qu'une coque de jeune poussin, un coup terrible! et elle pleurait amèrement. *Oui-da,* fit mon mari, *tu tombes sur la face? Quand tu seras d'âge, tu tomberas sur le dos; n'est-ce pas, Juju?* Et elle s'arrêta et dit : *Oui!*

JULIETTE. — Arrête-toi donc aussi, je t'en prie, nourrice!

LA NOURRICE. — Paix! j'ai fini. Que Dieu te marque de sa grâce! Tu étais le plus joli poupon que j'aie jamais nourri; si je puis vivre pour te voir marier un jour, je serai satisfaite.

LADY CAPULET. — Voilà justement le sujet dont je viens l'entretenir... Dis-moi, Juliette, ma fille, quelle disposition te sens-tu pour le mariage?

JULIETTE. — C'est un honneur auquel je n'ai pas même songé.

LA NOURRICE. — Un honneur! Si je n'étais pas ton unique nourrice, je dirais que tu as sucé la sagesse avec le lait.

LADY CAPULET. — Eh bien, songez au mariage, dès à présent; de plus jeunes que vous, dames fort estimées, ici à Vérone même, sont déjà devenues mères; si je ne me trompe, j'étais mère moi-même avant l'âge où vous êtes fille encore. En deux mots, voici : le vaillant Pâris vous recherche pour sa fiancée.

LA NOURRICE. — Voilà un homme, ma jeune

dame! un homme comme le monde entier... Quoi!
c'est un homme en cire!

Lady Capulet. — Le parterre de Vérone n'offre
pas une fleur pareille.

La Nourrice. — Oui, ma foi, il est la fleur du pays,
la fleur par excellence.

Lady Capulet. — Qu'en dites-vous? Pourrez-
vous aimer ce gentilhomme? Ce soir vous le verrez
à notre fête; lisez alors sur le visage du jeune Pâris,
et observez toutes les grâces qu'y a tracées la plume
de la beauté; examinez ces traits qui se marient si bien,
et voyez quel charme chacun prête à l'autre; si quelque chose reste obscur en cette belle page, vous le
trouverez éclairci sur la marge de ses yeux. Ce précieux
livre d'amour, cet amant qu'il reste à relier pour êtrè
parfait, n'a besoin que d'une couverture!... Le poisson brille sous la vague, et c'est la splendeur suprême
pour le beau extérieur de recéler le beau intérieur; aux
yeux de beaucoup, il n'en est que plus magnifique,
le livre qui d'un fermoir d'or étreint la légende d'or!
Ainsi, en l'épousant, vous aurez part à tout ce qu'il
possède, sans que vous-même soyez en rien diminuée.

La Nourrice. — Elle, diminuer! Elle grossira,
bien plutôt. Les femmes s'arrondissent auprès des
hommes!

Lady Capulet, *à Juliette*. — Bref, dites-moi si vous
répondrez à l'amour de Päris.

Juliette. — Je verrai à l'aimer, s'il suffit de voir
pour aimer : mais mon attention à son égard ne
dépassera pas la portée que lui donneront vos encou-
ragements.

                                    Entre un valet.

Le Valet. — Madame, les invités sont venus, le

souper est servi; on vous appelle; on demande mademoiselle; on maudit la nourrice à l'office; et tout est terminé. Il faut que je m'en aille pour servir; je vous en conjure, venez vite.

LADY CAPULET. — Nous te suivons. Juliette, le comte nous attend.

LA NOURRICE. — Va, fillette, va ajouter d'heureuses nuits à tes heureux jours. *(Tous sortent.)*

SCÈNE IV

Devant la maison des Capulet.

Entrent ROMÉO, *costumé;* MERCUTIO, BENVOLIO,
*avec cinq ou six autres masques; des gens portant
des torches, et des musiciens.*

ROMÉO. — Voyons, faut-il prononcer un discours pour nous excuser, ou entrer sans apologie?

BENVOLIO. — Ces harangues prolixes ne sont plus de mode. Nous n'aurons pas de Cupidon aux yeux bandés d'une écharpe, portant un arc peint à la tartare, et faisant fuir les dames comme un épouvantail[6]; pas de prologue appris par cœur et mollement débité à l'aide d'un souffleur, pour préparer notre entrée. Qu'ils nous estiment dans la mesure qu'il leur plaira; nous leur danserons une mesure, et nous partirons.

ROMÉO. — Qu'on me donne une torche! Je ne suis pas en train pour gambader! Sombre comme je suis, je veux porter la lumière.

MERCUTIO. — Ah! mon doux Roméo, nous voulions que vous dansiez.

ROMÉO. — Non, croyez-moi : vous avez tous la chaussure de bal et le talon léger : moi, j'ai une âme de plomb qui me cloue au sol et m'ôte le talent de remuer.

MERCUTIO. — Vous êtes amoureux; empruntez à Cupidon ses ailes, et vous dépasserez dans votre vol notre vulgaire essor.

ROMÉO. — Ses flèches m'ont trop cruellement blessé pour que je puisse m'élancer sur ses ailes légères; enchaîné comme je le suis, je ne saurais m'élever au-dessus d'une immuable douleur, je succombe sous l'amour qui m'écrase.

MERCUTIO. — Prenez le dessus et vous l'écraserez : le délicat enfant sera bien vite accablé par vous.

ROMÉO. — L'amour, un délicat enfant! Il est brutal, rude, violent! il écorche comme l'épine.

MERCUTIO. — Si l'amour est brutal avec vous, soyez brutal avec lui; écorchez l'amour qui vous écorche, et vous le dompterez. *(Aux valets.)* Donnez-moi un étui où placer mon visage! *(Se masquant.)* Un masque sur un masque! Peu m'importe à présent qu'un regard curieux cherche à découvrir mes laideurs! Voilà d'épais sourcils qui rougiront pour moi!

BENVOLIO. — Allons, frappons et entrons; aussitôt dedans, que chacun ait recours à ses jambes.

ROMÉO. — A moi une torche! Que les galants au cœur léger agacent du pied la natte insensible. Pour moi, je m'accommode d'une phrase de grand-père : je tiendrai la chandelle et je regarderai... A vos brillants ébats mon humeur noire ferait tache.

MERCUTIO. — Bah! la nuit tous les chats sont gris! Si tu es en humeur noire, nous te tirerons, sauf respect, du bourbier de cet amour où tu patauges jusqu'aux oreilles... Allons vite. Nous brûlons la lumière du jour...

ROMÉO. — Comment cela?

MERCUTIO. — Je veux dire, messire, qu'en nous attardant nous consumons nos lumières en pure perte, comme des lampes en plein jour... Saisissez notre intention, car notre jugement s'exprime cinq fois mieux dans notre intention que dans nos cinq sens.

ROMÉO. — En allant à cette mascarade, nous avons bonne intention, mais il y a peu d'esprit à y aller.

MERCUTIO. — Peut-on demander pourquoi?

ROMÉO. — J'ai fait un rêve cette nuit.

MERCUTIO. — Et moi aussi.

ROMÉO. — Eh bien! qu'avez-vous rêvé?

MERCUTIO. — Que souvent les rêveurs se fourrent dedans!

ROMÉO. — Oui, dans le lit où, tout en dormant, ils rêvent la vérité.

MERCUTIO. — Oh! je vois bien, la reine Mab vous a fait visite. Elle est la fée accoucheuse et elle arrive, pas plus grande qu'une agate à l'index d'un alderman, traînée par un attelage de petits atomes à travers les nez des hommes qui gisent endormis. Les rayons des roues de son char sont faits de longues pattes de faucheux; la capote, d'ailes de sauterelles; les rênes, de la plus fine toile d'araignée; les harnais, d'humides rayons de lune. Son fouet, fait d'un os de grillon, a pour corde un fil de la Vierge. Son cocher est un petit cousin en livrée grise, moins gros de moitié qu'une petite bête ronde tirée avec une épingle du doigt paresseux d'une servante. Son chariot est

une noisette, vide, taillée par le menuisier écureuil ou
par le vieux ciron, carrossier immémorial des fées.
C'est dans cet appareil qu'elle galope de nuit en nuit
à travers les cerveaux des amants qui alors rêvent
d'amour, sur les genoux des courtisans qui rêvent
aussitôt de courtoisies, sur les doigts des gens de loi
qui aussitôt rêvent d'honoraires, sur les lèvres des
dames qui rêvent de baisers aussitôt! Ces lèvres,
Mab les crible souvent d'ampoules, irritée de ce que
leur haleine est gâtée par quelque pommade. Tantôt
elle galope sur le nez d'un solliciteur, et vite il rêve
qu'il flaire une place; tantôt elle vient avec la queue
d'un cochon de la dîme chatouiller la narine d'un
curé endormi, et vite il rêve d'un autre bénéfice;
tantôt elle passe sur le cou d'un soldat, et alors il
rêve de gorges ennemies coupées, de brèches, d'em-
buscades, de lames espagnoles, de rasades profondes
de cinq brasses, et puis de tambours battant à son
oreille; sur quoi il tressaille, s'éveille, et, ainsi alarmé,
blasphème une prière ou deux, et se rendort. C'est
cette même Mab qui, la nuit, tresse la crinière des
chevaux et dans les poils emmêlés durcit ces nœuds
magiques qu'on ne peut débrouiller sans encourir
malheur. C'est la stryge qui, quand les filles sont cou-
chées sur le dos, les étreint et les habitue à porter
leur charge pour en faire des femmes à solide car-
rure. C'est elle...

ROMÉO. — Paix, paix, Mercutio, paix. Tu nous
parles de riens!

MERCUTIO. — En effet, je parle des rêves, ces enfants
d'un cerveau en délire, que peut seule engendrer l'hal-
lucination, aussi insubstantielle que l'air, et plus
variable que le vent qui caresse en ce moment le sein

glacé du nord, et qui, tout à l'heure, s'échappant
dans une bouffée de colère, va se tourner vers le midi
encore humide de rosée!

BENVOLIO. — Ce vent dont vous parlez nous emporte hors de nous-mêmes : le souper est fini et nous
arriverons trop tard.

ROMÉO. — Trop tôt, j'en ai peur! Mon âme pres-
sent qu'une amère catastrophe, encore suspendue à
mon étoile, aura pour date funeste cette nuit de fête,
et terminera la méprisable existence contenue dans
mon sein par l'injuste châtiment d'une mort prématurée. Mais que Celui qui est le nautonier de ma destinée dirige ma voile!... En avant, joyeux amis!

BENVOLIO. — Battez, tambours! *(Ils sortent.)*

SCÈNE V

Une salle dans la maison des Capulet.

Entrent PLUSIEURS VALETS *portant des serviettes.*

PREMIER VALET. — Où est donc Laterrine, qu'il ne
m'aide pas à desservir? Lui, soulever une assiette!
Lui, frotter une table! Fi donc!

DEUXIÈME VALET. — Quand toutes les bonnes manières sont dans les mains d'un ou deux hommes,
et que ces mains ne sont même pas lavées, c'est une
sale affaire.

PREMIER VALET. — Dehors les tabourets!... Enle-
vez le buffet!... Attention à l'argenterie... *(A l'un de
ses camarades.)* Mon bon, mets-moi de côté un mas-
sepain; et, si tu m'aimes, dis au portier de laisser
entrer Suzanne Lameule et Nelly... Antoine! Laterrine!

TROISIÈME VALET. — Voilà, mon garçon! présent!

PREMIER VALET. — On vous attend, on vous appelle on vous demande, on vous cherche dans la grande chambre.

TROISIÈME VALET. — Nous ne pouvons pas être partout à la fois. Vivement, mes enfants; mettez-y un peu d'entrain, et que le dernier restant emporte tout. *(Ils se retirent.)*

> Entrent le vieux Capulet, puis, parmi la foule des convives, Tybalt, Juliette et la nourrice; enfin Roméo, accompagné de ses amis, tous masqués. Les valets vont et viennent.

CAPULET. — Messieurs, soyez les bienvenus! Celles de ces dames qui ne sont pas affligées de cors aux pieds vont faire un petit tour de danse avec vous!... Ah! ah! mes donzelles! qui de vous toutes refusera de danser à présent? Celle qui fera la mijaurée, celle-là, je jurerai qu'elle a des cors! Eh! je vous prends par l'endroit sensible, n'est-ce pas? *(A de nouveaux arrivants.)*

Vous êtes les bienvenus, messieurs... J'ai vu le temps où, moi aussi, je portais un masque et où je savais chuchoter à l'oreille des belles dames de ces mots qui les charment : ce temps-là n'est plus, il n'est plus, il n'est plus! *(A de nouveaux arrivants.)* Vous êtes les bienvenus, messieurs... Allons, musiciens, jouez! Salle nette pour le bal! Qu'on fasse place! et en avant, jeunes filles! *(La musique joue. Les danses commencent. Aux valets.)* Encore des lumières, marauds. Redressez ces tables, et éteignez le feu; il fait trop chaud ici. *(A son cousin Capulet, qui arrive.)* Ah! mon cher, ce plaisir inespéré est d'autant mieux venu... Asseyez-vous, asseyez-vous, bon cousin Capulet; car vous et moi, nous avons passé l'âge de la danse : cela fait combien de temps que nous ne nous sommes trouvés, vous et moi, sous le masque?

DEUXIÈME CAPULET. — Trente ans, par Notre-Dame!

PREMIER CAPULET. — Bah! mon cher! pas tant que ça! pas tant que ça! C'était à la noce de Lucentio. Vienne la Pentecôte aussi vite qu'elle voudra, il y aura de cela quelque vingt-cinq ans; et cette fois nous étions masqués.

DEUXIÈME CAPULET. — Il y a plus longtemps, il y a plus longtemps : son fils est plus âgé, messire; son fils a trente ans.

PREMIER CAPULET. — Pouvez-vous dire ça! Son fils était encore mineur il y a deux ans.

ROMÉO, *à un valet, montrant Juliette.* — Quelle est cette dame qui enrichit la main de ce cavalier, là-bas?

LE VALET. — Je ne sais pas, monsieur.

ROMÉO. — Oh! elle apprend aux flambeaux à illuminer! Sa beauté est suspendue à la face de la nuit comme un riche joyau à l'oreille d'une Éthiopienne! Beauté trop précieuse pour la possession, trop exquise pour la terre! Telle la colombe de neige dans une troupe de corneilles, telle apparaît cette jeune dame au milieu de ses compagnes. Cette danse finie, j'épierai la place où elle se tient, et je donnerai à ma main grossière le bonheur de toucher la sienne. Mon cœur a-t-il aimé jusqu'ici? Non; jurez-le, mes yeux! Car jusqu'à ce soir, je n'avais pas vu la vraie beauté.

TYBALT, *désignant Roméo*. — Je reconnais cette voix; ce doit être un Montague... *(A un page.)* Va me chercher ma rapière, page! Quoi! le misérable ose venir ici, couvert d'un masque grotesque, pour insulter et narguer notre réception? Ah! par l'antique honneur de ma race, je ne crois pas qu'il y ait péché à l'étendre mort!

PREMIER CAPULET, *s'approchant de Tybalt.* — Eh bien! qu'as-tu donc, mon neveu? Pourquoi cette tempête?

TYBALT. — Mon oncle, voici un Montague, un de nos ennemis, un misérable qui est venu ici par bravade dénigrer notre soirée solennelle.

PREMIER CAPULET. — N'est-ce pas le jeune Roméo?

TYBALT. — C'est lui, ce misérable Roméo!

PREMIER CAPULET. — Du calme, gentil cousin! laisse-le tranquille; il a les manières du plus courtois gentilhomme; et, à dire vrai, Vérone est fière de lui, comme d'un jouvenceau vertueux et bien élevé. Je ne voudrais pas, pour toutes les richesses de cette ville, qu'ici, dans ma maison, il se sente insulté. Aie donc patience, ne fais pas attention à lui, c'est ma volonté; si tu la respectes, prends un air gracieux et laisse là cette mine farouche qui sied mal dans une fête.

TYBALT. — Elle sied bien dès qu'on a pour hôte un tel misérable; je ne le tolérerai pas!

PREMIER CAPULET. — Vous le tolérerez! Qu'est-ce à dire, monsieur le freluquet! J'entends que vous le tolériez... Allons donc! Qui est le maître ici, vous ou moi? Allons donc! Vous ne le tolérerez pas! Dieu me pardonne! Vous voulez soulever une émeute au milieu de mes hôtes! Vous voulez mettre le vin en perce! vous voulez faire l'homme!

TYBALT. — Mais, mon oncle, c'est une honte.

PREMIER CAPULET. — Allons, allons, vous êtes un insolent garçon. En vérité, cette incartade pourrait vous coûter cher. Je sais ce que je dis... Il faut que vous me contrariiez!... Morbleu! c'est le moment!... *(Aux danseurs.)* A merveille, mes chers cœurs!... *(A Tybalt.)* Vous êtes un faquin... Restez tranquille, sinon... *(Aux valets.)* Des lumières! encore des lumières! par décence! *(A Tybalt.)* Je vous ferai rester tranquille, allez! *(Aux danseurs.)* De l'entrain, mes petits cœurs!

TYBALT. — Cette patience imposée et l'élan de ma colère font trembler ma chair ·de leurs assauts contraires. Je me retire, mais cette fureur rentrée, qu'en ce moment on croit adoucie, se convertira en fiel amer. *(Il sort.)*

ROMÉO, *prenant la main de Juliette.* — Si j'ai profané avec mon indigne main cette châsse sacrée, je suis prêt à une douce pénitence : permettez à mes lèvres, comme à deux pèlerins rougissants, d'effacer ce grossier attouchement par un tendre baiser.

JULIETTE. — Bon pèlerin, vous êtes trop sévère pour votre main qui n'a fait preuve en ceci que d'une respectueuse dévotion. Les saintes mêmes ont des mains que peuvent toucher les pèlerins⁷ paume contre paume : c'est le fervent baiser des pèlerins.

ROMÉO. — Les saintes n'ont-elles pas des lèvres, et les pèlerins aussi?

JULIETTE. — Oui, pèlerin, des lèvres vouées à la prière.

ROMÉO. — Oh! alors, chère sainte, que les lèvres fassent ce que font les mains. Elles te prient; exauce-les, de peur que leur foi ne se change en désespoir.

JULIETTE. — Les saintes restent immobiles, tout en exauçant les prières.

ROMÉO. — Restez donc immobile, tandis que je recueillerai l'effet de ma prière. *(Il l'embrasse sur la bouche.)* Vos lèvres ont effacé le péché des miennes.

JULIETTE. — Mes lèvres ont gardé pour elles le péché qu'elles ont pris des vôtres.

ROMÉO. — Vous avez pris le péché de mes lèvres? Ô reproche charmant! Alors rendez-moi mon péché. *(Il l'embrasse encore.)*

JULIETTE. — Vous avez l'art des baisers.

LA NOURRICE, *à Juliette.* — Madame, votre mère voudrait vous dire un mot. *(Juliette se dirige vers lady Capulet.)*

ROMÉO, *à la nourrice.* — Qui donc est sa mère?

LA NOURRICE. — Eh bien, jeune homme, sa mère est la maîtresse de la maison, une bonne dame, et sage et vertueuse; j'ai nourri sa fille, celle avec qui vous causiez; je vais vous dire : celui qui parviendra à mettre la main sur elle pourra faire sonner les écus.

ROMÉO. — C'est une Capulet! Ô trop chère créance! Ma vie est due à mon ennemie!

BENVOLIO, *à Roméo.* — Allons, partons; la fête est à sa fin.

ROMÉO, *à part.* — Hélas! oui, et mon trouble est à son comble.

PREMIER CAPULET, *aux invités qui se retirent.* — Çà, messieurs, n'allez pas nous quitter encore : nous avons un méchant petit souper qui se prépare... Vous êtes donc décidés?... Eh bien, alors je vous remercie tous... Je vous remercie, honnêtes gentilshommes, bonne nuit. Des torches par ici!... Allons, mettons-nous au lit! *(A son cousin Capulet.)* Ah! ma foi, mon cher, il se fait tard : je vais me reposer. *(Tous sortent, excepté Juliette et la nourrice.)*

JULIETTE. — Viens ici, nourrice : quel est ce gentil-homme, là-bas?

LA NOURRICE. — C'est le fils et l'héritier du vieux Tibério.

JULIETTE. — Quel est celui qui sort à présent?

LA NOURRICE. — Ma foi, je crois que c'est le jeune Pétruchio.

JULIETTE, *montrant Roméo.* — Quel est cet autre qui suit et qui n'a pas voulu danser?

LA NOURRICE. — Je ne sais pas.

JULIETTE. — Va demander son nom. *(La nourrice s'éloigne un moment.)* S'il est marié, mon cercueil pourrait bien être mon lit nuptial.

LA NOURRICE, *revenant.* — Son nom est Roméo; c'est un Montague, le fils unique de votre grand ennemi.

JULIETTE. — Mon unique amour émane de mon unique haine! Inconnu vu trop tôt et reconnu trop tard. Ô prodigieuse naissance de l'amour qu'il me faille aimer mon ennemi exécré!

LA NOURRICE. — Que dites-vous? que dites-vous?

JULIETTE. — Une strophe que vient de m'apprendre un de mes danseurs. *(Voix au-dehors appelant Juliette.)*

LA NOURRICE. — Tout à l'heure! tout à l'heure!... Allons-nous-en; tous les étrangers sont partis.

ACTE II

PROLOGUE

Entre le chœur.

Le Chœur.

Maintenant, l'ancien Désir gît sur son lit de mort,
Et une passion nouvelle brûle de lui succéder.
Cette belle pour qui notre amant gémissait et voulait
[mourir,
Comparée à la tendre Juliette, a cessé d'être belle.

Maintenant Roméo est aimé de celle qu'il aime :
Et tous deux sont ensorcelés par le charme de leurs
[regards.
Mais lui croit ennemie celle qu'il implore,
Elle, au dur hameçon happe l'appât d'amour.

Traité en ennemi, Roméo ne peut avoir un libre accès
Pour soupirer ces vœux que les amants se plaisent à
[prononcer,
Elle, non moins éprise est moins capable encore
De rejoindre l'objet tout neuf de son amour.

Mais la passion leur donne la force, et le temps, l'oc-
[casion
Tempérant des maux exprimés par d'extrêmes délices.

(Il sort.)

SCÈNE PREMIÈRE

Un chemin, près du jardin des Capulet.

Entre ROMÉO.

ROMÉO. — Puis-je aller plus loin, quand mon
cœur est 'ici? En arrière, masse terrestre, et retrouve
ton centre. *(Il escalade le mur et disparaît.)*

Entrent Benvolio et Mercutio.

BENVOLIO. — Roméo! mon cousin Roméo!

MERCUTIO. — Il est sage. Sur ma vie, il s'est esquivé
pour gagner son lit.

BENVOLIO. — Il a couru de ce côté et sauté par-
dessus le mur de ce jardin. Appelle-le, bon Mercutio.

MERCUTIO. — Je ferai plus; je vais le conjurer...
Roméo! caprice! frénésie! passion! amour! apparais-
nous sous la forme d'un soupir! Dis seulement un
vers, et je suis satisfait! Crie seulement *hélas!* fait
rimer seulement *amour* avec *jour!* Rien qu'un mot
aimable pour ma commère Vénus! Rien qu'un sobri-
quet pour son fils, pour son aveugle héritier, le jeune
Adam Cupid, celui qui visa si juste, quand le roi
Cophetua[8] s'éprit de la mendiante!... Il n'entend
pas, il ne remue pas, il ne bouge pas. Il faut que ce
babouin-là soit mort : évoquons-le. Roméo, je te
conjure par les yeux brillants de Rosaline, par son
front élevé et par sa lèvre écarlate, par son pied

mignon, par sa jambe svelte, par sa cuisse frémis-
sante, et par les domaines adjacents : apparais-nous
sous ta forme habituelle!

BENVOLIO. — S'il t'entend, il se fâchera.

MERCUTIO. — Cela ne peut pas le fâcher; il se fâche-
rait avec raison, si je faisais surgir dans le cercle de sa
maîtresse un démon d'une nature étrange que je lais-
serais en arrêt jusqu'à ce qu'elle l'eût désarmé par ses
exorcismes. Cela serait une offense : mais j'agis en
enchanteur loyal et honnête; et, au nom de sa maîtresse, c'est lui seul que je vais faire surgir.

BENVOLIO. — Allons! il s'est enfoncé sous ces arbres
pour y chercher une nuit assortie à son humeur. Son
amour est aveugle, il convient aux ténèbres.

MERCUTIO. — Si l'amour est aveugle, il ne peut pas
frapper le but... Sans doute Roméo s'est assis au pied
d'un pêcher, pour rêver qu'il le commet avec sa maîtresse. Bonne nuit, Roméo . Je vais trouver ma chère
couchette; ce lit de camp est trop froid pour que j'y
dorme. Eh bien, partons-nous?

BENVOLIO. — Oui, partons; car il est inutile de chercher ici qui ne veut pas se laisser trouver. *(Ils sortent.)*

SCÈNE II

Le jardin des Capulet.

Entre ROMÉO.

ROMÉO. — Il se rit des plaies, celui qui n'a jamais
reçu de blessures! *(Juliette paraît à une fenêtre.)* Mais

doucement! Quelle lumière jaillit par cette fenêtre?
Voilà l'Orient, et Juliette est le soleil! Lève-toi,
belle aurore, et tue la lune jalouse, qui déjà languit et
pâlit de douleur, parce que toi, sa prêtresse, tu es plus
belle qu'elle-même! Ne sois plus sa prêtresse, puisqu'elle est jalouse de toi; sa livrée de vestale est maladive et blême, et les folles seules la portent : rejette-
la!... Voilà ma dame! Oh! voilà mon amour! Oh! si
elle pouvait le savoir!... Que dit-elle? Rien... Elle se
tait... Mais non; son regard parle, et je veux lui
répondre... Ce n'est pas à moi qu'elle s'adresse. Deux
des plus belles étoiles du ciel, ayant affaire ailleurs,
adjurent ses yeux de vouloir bien resplendir dans leur
sphère jusqu'à ce qu'elles reviennent. Ah! si les étoiles
se substituaient à ses yeux, en même temps que ses
yeux aux étoiles, le seul éclat de ses joues ferait pâlir
la clarté des astres, comme le grand jour, une lampe;
et ses yeux, du haut du ciel, darderaient une telle
lumière à travers les régions aériennes, que les oiseaux
chanteraient, croyant que la nuit n'est plus. Voyez
comme elle appuie sa joue sur sa main! Oh! que ne
suis-je le gant de cette main! Je toucherais sa joue!

JULIETTE. — Hélas!

ROMÉO. — Elle parle! Oh! parle encore, ange res-
plendissant! Car tu rayonnes dans cette nuit, au-
dessus de ma tête, comme le messager ailé du ciel,
quand, aux yeux bouleversés des mortels qui se
rejettent en arrière pour le contempler, il devance
les nuées paresseuses et vogue sur le sein des airs!

JULIETTE. — Ô Roméo! Roméo! pourquoi es-tu
Roméo? Renie ton père et abdique ton nom; ou, si tu
ne le veux pas, jure de m'aimer, et je ne serai plus
une Capulet.

ROMÉO, *à part.* — Dois-je l'écouter encore ou lui répondre?

JULIETTE. — Ton nom seul est mon ennemi. Tu n'es pas un Montague, tu es toi-même. Qu'est-ce qu'un Montague? Ce n'est ni une main, ni un pied, ni un bras, ni un visage, ni rien qui fasse partie d'un homme... Oh! sois quelque autre nom! Qu'y a-t-il dans un nom? Ce que nous appelons une rose embaumerait autant sous un autre nom. Ainsi, quand Roméo ne s'appellerait plus Roméo, il conserverait encore les chères perfections qu'il possède... Roméo, renonce à ton nom; et, à la place de ce nom qui ne fait pas partie de toi, prends-moi tout entière.

ROMÉO. — Je te prends au mot! Appelle-moi seulement ton amour, et je reçois un nouveau baptême : désormais je ne suis plus Roméo.

JULIETTE. — Mais qui donc es-tu, toi qui, ainsi caché par la nuit, viens de te heurter à mon secret?

ROMÉO. — Je ne sais par quel nom t'indiquer qui je suis. Mon nom, sainte chérie, m'est odieux à moi-même, parce qu'il est pour toi un ennemi : si je l'avais écrit là, j'en déchirerais les lettres.

JULIETTE. — Mon oreille n'a pas encore aspiré cent paroles proférées par cette voix, et pourtant j'en reconnais le son. N'es-tu pas Roméo et un Montague?

ROMÉO. — Ni l'un ni l'autre, belle vierge, si tu détestes l'un et l'autre.

JULIETTE. — Comment es-tu venu ici, dis-moi? et dans quel but? Les murs du jardin sont hauts et difficiles à gràvir. Considère qui tu es : ce lieu est ta mort, si quelqu'un de mes parents te trouve ici.

ROMÉO. — J'ai escaladé ces murs sur les ailes

légères de l'amour : car les limites de pierre ne sauraient arrêter l'amour, et ce que l'amour peut faire,
l'amour ose le tenter; voilà pourquoi tes parents ne
sont pas un obstacle pour moi.

JULIETTE. — S'ils te voient, ils te tueront.

ROMÉO. — Hélas! il y a plus de péril pour moi dans
ton regard que dans vingt de leurs épées : que ton œil
me soit doux, et je suis à l'épreuve de leur inimitié.

JULIETTE. — Je ne voudrais pas pour le monde
entier qu'ils te vissent ici.

ROMÉO. — J'ai le manteau de la nuit pour me soustraire à leur vue. D'ailleurs, si tu ne m'aimes pas,
qu'ils me trouvent ici! J'aime mieux ma vie finie par
leur haine que ma mort différée sans ton amour.

JULIETTE. — Quel guide as-tu donc eu pour arriver
jusqu'ici?

ROMÉO. — L'amour, qui le premier m'a suggéré
d'y venir : il m'a prêté son esprit et je lui ai prêté mes
yeux. Je ne suis pas un pilote; mais, quand tu serais
aussi éloignée que la vaste côte de la mer la plus loin-
taine, je risquerais la traversée pour atteindre pareil
trésor.

JULIETTE. — Tu sais que le masque de la nuit est sur
mon visage; sans cela, tu verrais une virginale couleur
colorer ma joue, quand je songe aux paroles que tu
m'as entendue dire cette nuit. Ah! je voudrais rester
dans les bons usages; je voudrais, je voudrais nier ce
que j'ai dit. Mais adieu, les cérémonies! M'aimes-tu?
Je sais que tu vas dire *oui*, et je te croirai sur parole.
Ne le jure pas : tu pourrais trahir ton serment : les
parjures des amoureux, font, dit-on, rire Jupiter...
Oh! gentil Roméo, si tu m'aimes, proclame-le loyale-
ment : et si tu crois que je me laisse trop vite gagner,

je froncerai le sourcil, et je serai cruelle, et je te dirai
non, pour que tu me fasses la cour : autrement, rien
au monde ne m'y déciderait... En vérité, beau Montague, je suis trop éprise, et tu pourrais croire ma
conduite légère; mais crois-moi, gentilhomme, je me
montrerai plus fidèle que celles qui savent mieux
affecter la réserve. J'aurais été plus réservée, il faut
que je l'avoue, si tu n'avais pas surpris, à mon insu,
l'aveu passionné de mon amour : pardonne-moi donc
et n'impute pas à une légèreté d'amour cette faiblesse
que la nuit noire t'a permis de découvrir.

ROMÉO. — Madame, je jure par cette lune sacrée
qui argente toutes ces cimes chargées de fruits!...

JULIETTE. — Oh! ne jure pas par la lune, l'incons-
tante lune dont le disque change chaque mois, de
peur que ton amour ne devienne aussi variable!

ROMÉO. — Par quoi dois-je jurer?

JULIETTE. — Ne jure pas du tout; ou, si tu le veux,
jure par ton gracieux être, qui est le dieu de mon idolâtrie, et je te croirai.

ROMÉO. — Si l'amour profond de mon cœur...

JULIETTE. — Ah! ne jure pas! Quoique tu fasses ma
joie, je ne puis goûter cette nuit toutes les joies de
notre rapprochement; il est trop brusque, trop im-
prévu, trop subit, trop semblable à l'éclair qui a cessé
d'être avant qu'on ait pu dire : il brille!... Doux ami,
bonne nuit! Ce bouton d'amour, mûri par l'haleine
de l'été, pourra devenir une belle fleur, à notre prochaine entrevue... Bonne nuit, bonne nuit! Puisse le
repos, puisse le calme délicieux qui est dans mon
sein, arriver à ton cœur!

ROMÉO. — Oh! vas-tu donc me laisser si peu satisfait?

JULIETTE. — Quelle satisfaction peux-tu obtenir cette nuit?

ROMÉO. — Le solennel échange de ton amour contre le mien.

JULIETTE. — Mon amour! je te l'ai donné avant que tu l'aies demandé. Et pourtant je voudrais qu'il fût encore à donner.

ROMÉO. — Voudrais-tu me le retirer? Et pour quelle raison, mon amour?

JULIETTE. — Rien que pour être généreuse et te le donner encore. Mais je désire un bonheur que j'ai déjà : ma libéralité est aussi illimitée que la mer, et mon amour aussi profond : plus je te donne, plus il me reste, car l'une et l'autre sont infinis. *(On entend la voix de la nourrice.)* J'entends du bruit dans la maison. Cher amour, adieu! J'y vais, bonne nourrice!... Doux Montague, sois fidèle. Attends un moment, je vais revenir. *(Elle se retire de la fenêtre.)*

ROMÉO. — O céleste, céleste nuit! J'ai peur, comme il fait nuit, que tout ceci ne soit qu'un rêve, trop délicieusement flatteur pour être réel.

                              Juliette revient.

JULIETTE. — Trois mots encore, cher Roméo, et bonne nuit, cette fois! Si l'intention de ton amour est honorable, si ton but est le mariage, fais-moi savoir demain, par la personne que je ferai parvenir jusqu'à toi, en quel lieu et à quel moment tu veux accomplir la cérémonie, et alors je déposerai à tes pieds toutes mes destinées, et je te suivrai, monseigneur, jusqu'au bout du monde!

LA NOURRICE, *derrière le théâtre.* — Madame!

JULIETTE. — J'y vais! tout à l'heure! Mais si ton arrière-pensée n'est pas bonne, je te conjure...

La Nourrice, *derrière le théâtre.* — Madame!

Juliette. — A l'instant! j'y vais!... de cesser tes instances et de me laisser à ma douleur... J'enverrai demain.

Roméo. — Par le salut de mon âme...

Juliette. — Mille fois bonne nuit! *(Elle quitte la fenêtre.)*

Roméo. — La nuit ne peut qu'empirer mille fois, dès que ta lumière lui manque... *(Se retirant à pas lents.)* L'amour court vers l'amour comme l'écolier hors de la classe; mais il s'en éloigne avec l'air accablé de l'enfant qui rentre à l'école.

Juliette reparaît à la fenêtre.

Juliette. — Stt! Roméo! Stt!... Oh! que n'ai-je la voix du fauconnier pour réclamer mon noble tiercelet! Mais la captivité est enrouée et ne peut parler haut : sans quoi j'ébranlerais la caverne où Echo dort, et sa voix aérienne serait bientôt plus enrouée que la mienne, tant je lui ferais répéter le nom de mon Roméo!

Roméo, *revenant sur ses pas.* — C'est mon âme qui me rappelle par mon nom! Quels sons argentins a dans la nuit la voix de la bien-aimée! Quelle suave musique pour l'oreille attentive!

Juliette. — Roméo!

Roméo. — Mamie?

La Nourrice, *derrière le théâtre.* — Madame!

Juliette. — A quelle heure, demain, t'envoyer le message?

Roméo. — A neuf heures.

Juliette. — Je n'y manquerai pas : il y a vingt ans d'ici là. J'ai oublié pourquoi je t'ai rappelé.

Roméo. — Laisse-moi rester ici jusqu'à ce que tu
t'en souviennes.

Juliette. — Je l'oublierai, pour que tu restes là toujours, me rappelant seulement combien j'aime ta
compagnie.

Roméo. — Et je resterai là pour que tu l'oublies toujours, oubliant moi-même que ma demeure est ailleurs.

Juliette. — Il est presque jour. Je voudrais que tu
fusses parti, mais sans t'éloigner plus que l'oiseau
familier d'une joueuse enfant : elle le laisse voleter
un peu hors de sa main, pauvre prisonnier embar-
rassé de liens, et vite elle le ramène en tirant le fil de
soie, tant elle est tendrement jalouse de sa liberté!

Roméo. — Je voudrais être ton oiseau!

Juliette. — Ami, je le voudrais aussi; mais je te
tuerais à force de caresses. Bonne nuit! bonne nuit!
Si douce est la tristesse de nos adieux que je te dirais :
bonne nuit! jusqu'à ce qu'il soit jour. *(Elle se retire.)*

Roméo, *seul.* — Que le sommeil se fixe sur tes yeux
et la paix dans ton cœur! Je voudrais être le sommeil
et la paix, pour reposer si délicieusement! Je vais de
ce pas à la cellule de mon père spirituel, pour implorer son aide et lui conter mon bonheur. *(Il sort.)*

SCÈNE III

La cellule de frère Laurent.

Entre FRÈRE LAURENT, *portant un panier.*

Frère Laurent. — L'aube aux yeux gris sourit à la
nuit grimaçante, et diapre de lignes lumineuses les
nuées d'Orient; l'ombre couperosée, chancelant

comme un ivrogne, s'éloigne de la route du jour
devant les roues du Titan radieux. Avant que le soleil,
de son regard de flamme, ait ranimé le jour et séché
la moite rosée de la nuit, il faut que je remplisse
cette cage d'osier de plantes pernicieuses et de fleurs
au suc précieux. La terre, qui est la mère des créa-
tures, est aussi leur tombe; leur sépulcre est sa matrice même. Les enfants de toute espèce, sortis de
son flanc, nous les trouvons suçant sa mamelle iné-
puisable; la plupart sont doués de nombreuses ver-
tus; pas un qui n'ait son mérite, et pourtant tous
diffèrent! Oh! combien efficace est la grâce qui ré-
side dans les herbes, dans les plantes, dans les pierres
et dans leurs qualités intimes! Car il n'est rien sur la
terre de si vil qui ne fournisse à la terre quelque
chose de bon; il n'est rien non plus de si bon qui,
détourné de son usage normal, ne se retourne contre
ses origines et trébuche dans le mal. La vertu, elle-
même, mal employée, tourne au vice, et le vice est
parfois ennobli par l'action.

                                    Entre Roméo.

FRÈRE LAURENT, *prenant une fleur dans le panier*. — Le
calice naissant de cette faible fleur recèle un poison et
un cordial puissants : respirez-la, elle stimule et
l'odorat et toutes les facultés; goûtez-la, elle frappe
mortellement et le cœur et tous les sens. Deux reines
ennemies sont sans cesse en lutte dans l'homme
comme dans la plante, la grâce et la volonté rebelle,
et là où cette dernière prédomine, le ver de la mort
a bien vite dévoré la créature.

ROMÉO. — Bonjour, père.

FRÈRE LAURENT. — *Benedicite!* Quelle voix matinale

me salue si doucement? Jeune fils, c'est le signe d'une
tête troublée que d'avoir dit adieu si tôt à son lit.
Le souci monte la garde dans les yeux du vieillard, et
le sommeil n'entre jamais où loge le souci. Mais là
où un jeune corps, non meurtri, au cerveau vide
d'obsessions, étend ses membres, là règne le sommeil
d'or. Ainsi donc, ta visite matinale m'assure que tu es
perturbé par quelque inquiétude. Si cela n'est pas,
je touche juste cette fois, notre Roméo ne s'est pas
couché cette nuit.

Roméo. — C'est vrai, mais mon repos n'en a été que
plus doux.

Frère Laurent. — Dieu pardonne au pécheur!
Étais-tu donc avec Rosaline?

Roméo. — Avec Rosaline! Oh non, mon père spirituel : j'ai oublié ce nom, et tous les maux attachés à
ce nom.

Frère Laurent. — Voilà un bon fils... Mais où
as-tu été alors?

Roméo. — Je vais te le dire et t'épargner de nouvelles questions. Je me suis trouvé à la même fête que
mon ennemi : tout à coup cet ennemi m'a blessé, et je
l'ai blessé à mon tour : notre guérison à tous deux
dépend de tes secours et de ton ministère sacré. Tu le
vois, saint homme, je n'ai pas de haine; car j'intercède
pour mon adversaire comme pour moi.

Frère Laurent. — Parle clairement, mon cher fils,
et explique-toi sans détour : une confession équivoque n'obtient qu'une absolution équivoque.

Roméo. — Apprends-le donc tout net, j'aime d'un
amour profond la fille charmante du riche Capulet.
Elle a fixé mon cœur comme j'ai fixé le sien; pour
que notre union soit complète, il ne nous manque

que d'être unis par toi dans le saint mariage. Quand, où et comment nous nous sommes vus, aimés et fiancés, je te le dirai chemin faisant; mais, avant tout, je t'en prie, consens à nous marier aujourd'hui même.

FRÈRE LAURENT. — Par saint François! quel changement! Cette Rosaline que tu aimais tant, est-elle donc si vite délaissée? Ah! l'amour des jeunes gens n'est pas vraiment dans le cœur, il n'est que dans les yeux. Jésus Maria! Que de larmes pour Rosaline ont inondé tes joues blêmes! Que d'eau salée prodiguée en pure perte pour assaisonner un amour qui n'en garde pas même l'arrière-goût! Le soleil n'a pas encore épongé le ciel de tes soupirs : tes gémissements passés tintent encore à mes vieilles oreilles. Tiens, il y a encore là, sur ta joue, la trace d'une ancienne larme, non essuyée encore! Si alors tu étais bien toi-même, si ces douleurs étaient bien les tiennes, toi et tes douleurs vous étiez tout à Rosaline; et te voilà déjà changé! Prononce donc avec moi cette sentence : Les femmes peuvent faillir, quand les hommes ont si peu de force.

ROMÉO. — Tu m'as souvent reproché mon amour pour Rosaline.

FRÈRE LAURENT. — Ton amour? Non, mon enfant, mais ton idolâtrie.

ROMÉO. — Et tu m'as dit d'ensevelir cet amour.

FRÈRE LAURENT. — Je ne t'ai pas dit d'enterrer un amour pour en exhumer un autre.

ROMÉO. — Je t'en prie, ne me gronde pas : celle que j'aime à présent me rend faveur pour faveur, et amour pour amour; l'autre n'agissait pas ainsi.

FRÈRE LAURENT. — Oh! elle voyait bien que ton amour déclamait par cœur avant même de savoir épeler. Mais, viens, jeune volage, viens avec moi; une raison me décide à t'assister : cette union peut être assez heureuse pour changer en pure affection la rancune de vos familles.

Roméo. — Oh! partons : il y a urgence à nous hâter.

Frère Laurent. — Allons sagement et doucement : trébuche qui court vite. *(Ils sortent.)*

SCÈNE IV

Une rue.

Entrent Benvolio *et* Mercutio.

Mercutio. — Où diable ce Roméo peut-il être? N'est-il pas rentré cette nuit?

Benvolio. — Non, pas chez son père; j'ai parlé à son valet.

Mercutio. — Ah! cette pâle fille au cœur de pierre, cette Rosaline, le tourmente tant qu'à coup sûr il en deviendra fou.

Benvolio. — Tybalt, le parent du vieux Capulet, lui a envoyé une lettre chez son père.

Mercutio. — Un défi sur mon âme!

Benvolio. — Roméo répondra.

Mercutio. — Tout homme qui sait écrire peut répondre à une lettre.

Benvolio. — C'est à l'auteur de la lettre qu'il répondra : provocation pour provocation.

Mercutio. — Hélas! pauvre Roméo! il est déjà

mort : poignardé par l'œil noir d'une blanche donzelle, frappé à l'oreille par un chant d'amour, atteint
au beau milieu du cœur par la flèche de l'aveugle
archerot... Est-ce là un homme en état de tenir tête à
Tybalt?

BENVOLIO. — Eh! qu'est-ce donc que ce Tybalt?

MERCUTIO. — Plutôt le prince des tigres que des
chats⁹, je puis vous le dire. Oh! il est le courageux
capitaine du point d'honneur. Il se bat comme vous
modulez un air, observe les temps, la mesure et les
règles, allonge piano, une, deux, trois, et vous touche
en pleine poitrine. C'est un pourfendeur de boutons
de soie, un duelliste, un duelliste, un gentilhomme
de première salle, qui ferraille pour la première cause
venue. *(Il se met en garde et se fend.)* Oh! la botte
immortelle! la riposte en tierce! touché!

BENVOLIO. — Quoi donc?

MERCUTIO, *se relevant.* — Au diable ces merveilleux
grotesques avec leur zézaiement, et leur affectation, et
leur nouvel accent! *(Changeant de voix.) Jésus! la
bonne lame! le bel homme! l'excellente putain!* Ah! mon
grand-père, n'est-ce pas chose lamentable que nous
soyons ainsi harcelés par ces moustiques étrangers,
par ces colporteurs de modes qui nous poursuivent
de leurs *pardonnez-moi,* et qui sont si à cheval sur la
nouveauté qu'ils ne savent plus s'asseoir à l'aise sur
nos vieux escabeaux? Peste soit de leurs bonjours
et de leurs bonsoirs.

Entre Roméo, rêveur.

BENVOLIO. — Voici Roméo! Voici Roméo!

MERCUTIO. — N'ayant plus que les os! sec comme
un hareng saur! Oh! pauvre chair, quel triste maigre

tu fais!... Voyons, donne-nous un peu de cette poésie dont débordait Pétarque : comparée à ta dame, Laure n'était qu'une fille de cuisine, bien que son chantre sût mieux rimer que toi; Didon, une dondon; Cléopâtre, une gipsy; Hélène, une catin; Héro, une gourgandine; Thisbé, un œil d'azur, mais sans éclat! Signor Roméo, *bonjour!* A votre culotte française le salut français!... Vous nous avez joués d'une manière charmante hier soir.

Roméo. — Salut à tous deux!... que voulez-vous dire?

Mercutio. — Eh! vous ne comprenez pas? vous avez fait une fugue, une si belle fugue!

Roméo. — Pardon, mon cher Mercutio, j'avais une affaire urgente; et, dans un cas comme le mien, je pouvais faire une entorse à la politesse.

Mercutio. — Autant dire que, dans un cas comme le vôtre, un homme est forcé de fléchir le jarret pour...

Roméo. — Pour tirer sa révérence.

Mercutio. — Merci. Tu as touché juste.

Roméo. — C'est l'explication la plus courtoise.

Mercutio. — Sache que je suis la rose de la bienséance.

Roméo. — Fais-la-moi sentir.

Mercutio. — La rose même!

Roméo, *montrant sa chaussure couverte de rubans.* — Mon escarpin t'en offre la rosette!

Mercutio. — Bien dit. Pousse la plaisanterie jusqu'à ce que ton escarpin soit éculé : quand il n'aura plus de talon, tu pourras du moins appuyer sur la pointe.

Roméo. — Plaisanterie de va-nu-pieds!

MERCUTIO. — Au secours, bon Benvolio! mes esprits se dérobent.

ROMÉO. — Donne-leur du fouet et de l'éperon; sinon, je crie : victoire!

MERCUTIO. — Si c'est à la course des oies que tu me défies, je me récuse car en fait d'esprit oiseux, tu me bats sur toute la ligne. Ai-je gagné avec les propos oiseux?

ROMÉO. — Tu n'es jamais plus à ton avantage que lorsqu'il s'agit de propos oiseux.

MERCUTIO. — Je vais te mordre l'oreille pour cette plaisanterie-là.

ROMÉO. — Non. Bonne oie ne mord pas.

MERCUTIO. — Ton esprit est comme une pomme aigre : il est à la sauce piquante.

ROMÉO. — N'est-ce pas ce qu'il faut pour accommoder l'oie grasse?

MERCUTIO. — Esprit de peau de chevreau, qui s'allonge quand on le tire : avec un pouce d'ampleur on en fait long comme une verge.

ROMÉO. — Je n'ai qu'à prêter l'ampleur à l'oie en question, cela suffit; te voilà déclaré... grosse oie. *(Ils éclatent de rire.)*

MERCUTIO. — Eh bien, ne vaut-il pas mieux rire ainsi que de geindre par amour? Te voilà sociable à présent, te voilà redevenu Roméo; te voilà ce que tu dois être, de par l'art et de par la nature. Crois-moi, cet amour grognon n'est qu'un grand nigaud qui s'en va, tirant la langue, et cherchant un trou où fourrer sa... marotte.

BENVOLIO. — Arrête-toi là, arrête-toi là.

MERCUTIO. — Tu veux donc que j'arrête mon histoire à contre-poil?

BENVOLIO. — Je craignais qu'elle ne fût trop longue.

MERCUTIO. — Oh! tu te trompes : elle allait être fort courte; car je suis à bout et je n'ai pas l'intention d'occuper la place plus longtemps.

ROMÉO. — Voilà qui est parfait.

> *Entrent la nourrice et Peter.*

MERCUTIO. — Une voile! une voile! une voile!

BENVOLIO. — Deux voiles! deux voiles! une culotte et un jupon.

LA NOURRICE. — Peter!

PETER. — Voilà!

LA NOURRICE. — Mon éventail, Peter!

MERCUTIO. — Donne-le-lui, bon Pierre, qu'elle cache son visage, son éventail est moins laid.

LA NOURRICE. — Dieu vous donne le bonjour, mes gentilshommes!

MERCUTIO. — Dieu vous donne le bonsoir, ma gentille femme!

LA NOURRICE. — C'est donc déjà le soir?

MERCUTIO. — Oui, déjà, je puis vous le dire, car l'index libertin du cadran est en érection sur midi.

LA NOURRICE. — Diantre de vous! quel homme êtes-vous donc?

ROMÉO. — Un mortel, gentille femme, que Dieu créa pour se faire injure à lui-même.

LA NOURRICE. — Bien répondu, sur ma parole! Pour se faire injure à lui-même, a-t-il dit?... Messieurs, quelqu'un de vous saurait-il m'indiquer où je puis trouver le jeune Roméo?

ROMÉO. — Je puis vous l'indiquer : pourtant le jeune Roméo, quand vous l'aurez trouvé, sera plus vieux qu'au moment où vous vous êtes mise à le chercher.

Je suis le plus jeune de ce nom-là, à défaut d'un pire.

La Nourrice. — Fort bien!

Mercutio. — C'est le pire qu'elle trouve fort bien! bonne remarque, ma foi, fort sensée, fort sensée.

La Nourrice, *à Roméo.* — Si vous êtes Roméo, monsieur, je désire vous faire une courte confidence.

Benvolio. — Elle va le convier à quelque souper.

Mercutio. — Une maquerelle! une maquerelle! une maquerelle! Taïaut!

Roméo, *à Mercutio.* — Quel gibier as-tu donc levé?

Mercutio. — Ce n'est pas précisément un lièvre, mais une bête à poil, rance comme la venaison moisie d'un pâté de carême. *(Il chante.)*

> *Un vieux lièvre faisandé,*
> *Quoiqu'il ait le poil gris,*
> *Est un fort bon plat de carême;*
> *Mais un vieux lièvre faisandé*
> *A trop longtemps duré,*
> *S'il est moisi avant d'être fini.*

Roméo, venez-vous chez votre père? Nous y allons dîner.

Roméo. — Je vous suis.

Mercutio, *saluant la nourrice en chantant.* — Adieu, antique dame, adieu, madame, adieu, madame. *(Sortent Mercutio et Benvolio.)*

La Nourrice. — Oui, morbleu, adieu! Dites-moi donc quel est ce bonimenteur impertinent si plein de sa gueuserie?

Roméo. — C'est un gentilhomme, nourrice, qui aime à s'entendre parler, et qui en dit plus en une minute qu'il ne pourrait en écouter en un mois.

La Nourrice. — S'il s'avise de rien dire contre

moi, je le mettrai à la raison, fût-il vigoureux comme vingt freluquets de son espèce; et si je ne le puis moi-même, j'en trouverai qui y parviendront. Le polisson! le malotru! Je ne suis pas une de ses drôlesses; je ne suis pas une de ses femelles! *(A Peter.)* Et toi aussi, il faut que tu restes coi, et que tu permettes au premier croquant venu d'user de moi à sa guise!

PETER. — Je n'ai vu personne user de vous à sa guise; si je l'avais vu, ma lame aurait bien vite été dehors, je vous le garantis. Je suis aussi prompt qu'un autre à dégainer, quand je vois occasion pour une bonne querelle, et que la loi est de mon côté.

LA NOURRICE. — Vive Dieu! je suis si vexée que j'en tremble de tous mes membres!... Le polisson! le malo-tru!... De grâce, monsieur, un mot! Comme je vous l'ai dit, ma jeune maîtresse m'a chargée d'aller à votre recherche... Ce qu'elle m'a chargée de vous dire, je le garde pour moi... Mais d'abord laissez-moi vous déclarer que, si vous aviez l'intention, comme on dit, de la mener au paradis des fous, ce serait une façon d'agir très grossière, comme on dit : car la demoiselle est si jeune! Si donc il vous arrivait de jouer double jeu avec elle, ce serait un vilain trait à faire à une demoiselle, et un procédé très mesquin.

ROMÉO. — Nourrice, recommande-moi à ta dame et maîtresse. Je te jure...

LA NOURRICE. — L'excellent cœur! Oui, ma foi, je le lui dirai. Seigneur! Seigneur! Elle va être bien joyeuse.

ROMÉO. — Que lui diras-tu, nourrice? Tu ne m'écoutes pas.

LA NOURRICE. — Je lui dirai, monsieur, que vous jurez, ce qui, à mon avis, est une offre de gentilhomme.

ROMÉO. — Dis-lui de trouver quelque moyen d'aller
à confesse cet après-midi; c'est dans la cellule de
frère Laurent qu'elle sera confessée et mariée. Voici
pour ta peine. *(Il lui offre sa bourse.)*

LA NOURRICE. — Non vraiment, monsieur, pas un
denier!

ROMÉO. — Allons! Prends, il le faut, te dis-je.

LA NOURRICE, *prenant la bourse.* — Cet après-midi,
monsieur? Bon, elle sera là.

ROMÉO. — Et toi, bonne nourrice, tu attendras
derrière le mur de l'abbaye. Avant une heure, mon
valet ira te rejoindre et t'apportera une échelle de
corde : ce sont les haubans par lesquels je dois, dans
le mystère de la nuit, monter au hunier de mon
bonheur. Adieu!... Recommande-moi à ta maîtresse.

LA NOURRICE. — Sur ce, que le Dieu du ciel te
bénisse! Écoutez, monsieur.

ROMÉO. — Qu'as-tu à me dire, ma chère nourrice?

LA NOURRICE. — Votre valet est-il discret? Vous
connaissez sans doute le proverbe : Deux personnes
peuvent garder un secret, à condition que l'un des
deux soit mort.

ROMÉO. — Rassure-toi : mon valet est sûr comme
l'acier.

LA NOURRICE. — Bien, monsieur : ma maîtresse
est bien la plus charmante dame... Seigneur! Seigneur!... Quand elle n'était encore qu'un petit être
babillard!... Oh! il y a en ville un grand seigneur, un
certain Pâris, qui voudrait bien tâter du morceau;
mais elle, la bonne âme, elle aimerait autant voir un
crapaud, un vrai crapaud, que de le voir, lui. Je la
fâche quelquefois quand je lui dis que Pâris est
l'homme qui lui convient le mieux : ah! je vous le

garantis, quand je dis ça, elle devient aussi pâle que le linge le plus blanc du monde... *Romarin* et *Roméo* commencent tous deux par la même lettre, n'est-ce pas?

ROMÉO. — Oui, nourrice. L'un et l'autre commencent par un R. Après?

LA NOURRICE. — Ah! vous dites ça d'un air moqueur. Un R, c'est bon pour le nom d'un chien, puisque c'est un grognement de chien... Je suis bien sûre que Roméo commence par une autre lettre... Allez, elle dit de si jolies sentences sur vous et sur le romarin[10], que cela vous ferait du bien de les entendre.

ROMÉO. — Recommande-moi à ta maîtresse. *(Il sort.)*

LA NOURRICE. — Oui, mille fois!... Peter!

PETER. — Voilà!

LA NOURRICE. — En avant, et lestement. *(Ils sortent.)*

SCÈNE V

Le jardin des Capulet.

Entre JULIETTE.

JULIETTE. — L'horloge frappait neuf heures, quand j'ai envoyé la nourrice; elle m'avait promis d'être de retour en une demi-heure... Peut-être n'a-t-elle pas pu le trouver!... Mais non... Oh! elle est boiteuse! Les messagers d'amour devraient être des pensées, dix fois plus promptes que les rayons du soleil, qui dissipent l'ombre au-dessus des collines nébuleuses.

C'est pourquoi d'agiles colombes traînent l'Amour; et Cupidon, prompt comme le vent, a des ailes. Maintenant le soleil a atteint pour aujourd'hui le sommet suprême de sa course; de neuf heures à midi il y a trois longues heures, et elle n'est pas encore venue! Si elle avait les passions et le sang brûlant de la jeunesse, elle aurait le leste mouvement d'une balle; d'un mot je la lancerais à mon bien-aimé qui me la renverrait d'un mot. Mais ces vieilles gens, on les prendrait souvent pour des morts, à voir leur inertie, leur lenteur, leur lourdeur et leur pâleur de plomb.

Entrent la nourrice et Peter.

JULIETTE. — Mon Dieu, la voici enfin... O nourrice de miel, quoi de nouveau? L'as-tu trouvé?... Renvoie cet homme.

LA NOURRICE. — Peter, restez à la porte. *(Peter sort.)*

JULIETTE. — Eh bien, bonne, douce nourrice?... Seigneur! pourquoi as-tu cette mine abattue? Quand tes nouvelles seraient tristes, annonce-les-moi gaiement. Si tes nouvelles sont bonnes, tu fais tort à leur douce musique en me la jouant avec cet air aigre.

LA NOURRICE. — Je suis épuisée; laisse-moi respirer un peu. Ah! que mes os me font mal! Quelle course j'ai faite!

JULIETTE. — Je voudrais que tu eusses mes os, pourvu que j'eusse des nouvelles... Allons, je t'en prie, parle; bonne, bonne nourrice, parle.

LA NOURRICE. — Jésus! quelle hâte! Pouvez-vous pas attendre un peu? Voyez-vous pas que je suis hors d'haleine?

JULIETTE. — Comment peux-tu être hors d'haleine quand il te reste assez d'haleine pour me dire que tu es

hors d'haleine? L'excuse que tu donnes à tant de délais
est plus longue à dire que le récit que tu t'excuses de
différer. Tes nouvelles sont-elles bonnes ou mauvaises?
Réponds à cela; réponds d'un mot, et j'attendrai les
détails. Je veux savoir : sont-elles bonnes ou mauvaises?

La Nourrice. — Ma foi, vous avez fait là un pauvre
choix; vous ne vous entendez pas à choisir un homme :
Roméo, un homme? non. Bien que son visage soit le
plus beau visage qui soit, il a la jambe mieux faite que
tout autre; et pour la main, pour le pied, pour la
taille, bien qu'il n'y ait pas grand-chose à en dire, ils
sont au-dessus de toute comparaison... Il n'est pas la
fleur de la courtoisie, pourtant je le garantis aussi doux
qu'un agneau... Va ton chemin, fillette, sers Dieu...
Ah çà! avez-vous dîné ici?

Juliette. — Non, non... Mais je savais déjà tout cela.
Que dit-il de notre mariage? Qu'est-ce qu'il en dit?

La Nourrice. — Seigneur, que la tête me fait mal!
quelle tête j'ai! Elle bat comme si elle allait tomber
en vingt morceaux... Et puis, d'un autre côté, mon
dos... Oh! mon dos! mon dos! Méchant cœur que
vous êtes de m'envoyer ainsi pour attraper ma mort
à galoper de tous côtés!

Juliette. — En vérité, je suis fâchée que tu ne sois
pas bien : chère, chère, chère nourrice, dis-moi, que
dit mon bien-aimé?

La Nourrice. — Votre bien-aimé parle en gentilhomme loyal, et courtois, et affable, et gracieux, et,
j'ose le dire, vertueux... Où est votre mère?

Juliette. — Où est ma mère? Eh bien, elle est à la
maison : où veux-tu qu'elle soit? Que tu réponds
singulièrement! *Votre bien-aimé parle en gentilhomme
loyal, où est votre mère?*

La Nourrice. — Oh! Notre-Dame du bon Dieu! Êtes-vous à ce point brûlante? Pardine, échauffez-vous encore : est-ce là votre cataplasme pour mes pauvres os? Dorénavant, faites vos messages vous-même!

Juliette. — Que d'embarras!... Voyons, que dit Roméo?

La Nourrice. — Avez-vous permission d'aller à confesse aujourd'hui?

Juliette. — Oui.

La Nourrice. — Eh bien, courez de ce pas à la cellule de frère Laurent : un mari vous y attend pour faire de vous sa femme. Ah bien! voilà ce fripon de sang qui vous vient aux joues : bientôt elles deviendront écarlates à la moindre nouvelle. Courez à l'église; moi, je vais d'un autre côté, chercher l'échelle par laquelle votre bien-aimé doit grimper jusqu'au nid de l'oiseau, dès qu'il fera nuit noire. C'est moi qui suis la bête de somme, et je m'épuise pour votre plaisir; mais pas plus tard que ce soir, ce sera vous qui porterez le fardeau. Allons, je vais dîner; courez vite à la cellule.

Juliette. — Vite au bonheur suprême!... Honnête nourrice, adieu. *(Elles sortent par des côtés différents.)*

SCÈNE VI

La cellule de frère Laurent.

Entrent Frère Laurent *et* Roméo.

Frère Laurent. — Veuille le ciel sourire à cet acte pieux, et puisse l'avenir ne pas nous le faire payer par un chagrin!

ROMÉO. — Amen! amen! Mais viennent tous les chagrins possibles, ils ne sauraient contrebalancer le bonheur que me donne la plus courte minute passée en sa présence. Joins seulement nos mains avec les paroles saintes, et qu'alors la mort, vampire de l'amour, fasse ce qu'elle ose : c'est assez que Juliette soit mienne!

FRÈRE LAURENT. — Ces joies violentes ont des fins violentes, et meurent dans leur triomphe : flamme et poudre, elles se consument en un baiser. Le plus doux miel devient écœurant par sa suavité même, et détruit l'appétit par le goût : aime donc modérément : modéré est l'amour durable : la précipitation n'atteint pas le but plus tôt que la lenteur.

                                        Entre Juliette.

Voici la dame! Oh! jamais un pied aussi léger n'usera la dalle éternelle : les amoureux pourraient chevaucher sur ces fils de la Vierge qui flottent au souffle ardent de l'été, et ils ne tomberaient pas : si légère est toute vanité!

JULIETTE. — Salut à mon vénérable confesseur!

FRÈRE LAURENT. — Roméo te remerciera pour nous deux, ma fille.

JULIETTE. — Je lui envoie le même salut : sans quoi ses remerciements seraient immérités.

ROMÉO. — Ah! Juliette, si ta joie est à son comble comme la mienne, et si, plus habile que moi, tu peux la peindre, alors parfume de ton haleine l'air qui nous entoure, et que la riche musique de ta voix exprime le bonheur idéal que nous fait ressentir à tous deux une entrevue si précieuse.

JULIETTE. — La pensée, plus riche en substance

qu'en paroles, est fière de son essence, et non des ornements : indigents sont ceux qui peuvent compter leurs richesses; mais mon sincère amour est parvenu à un tel excès que je ne saurais évaluer la moitié de mes trésors.

FRÈRE LAURENT. — Allons, venez avec moi, et nous aurons bientôt fait; sauf votre bon plaisir, je ne vous laisserai seuls que quand la sainte Église aura uni vos deux êtres en un seul. *(Ils sortent.)*

ACTE III

Une place publique.

Entrent MERCUTIO, BENVOLIO, *un* PAGE *et des* VALETS.

BENVOLIO. — Je t'en prie, bon Mercutio, retirons-nous; la journée est chaude; les Capulets sont dehors, et, si nous les rencontrons, nous ne pourrons pas éviter une querelle : car, dans ces jours de chaleur, le sang fou bouillonne.

MERCUTIO. — Tu m'as tout l'air d'un de ces gaillards qui, dès qu'ils entrent dans une taverne, me flanquent leur épée sur la table en disant : *Dieu veuille que je n'en aie pas besoin!* et qui, à peine la seconde rasade a-t-elle opéré, dégainent contre le cabaretier, sans qu'en réalité il en soit besoin.

BENVOLIO. — Moi! j'ai l'air d'un de ces gaillards-là?

MERCUTIO. — Allons, allons, tu as la tête aussi chaude que n'importe quel drille d'Italie; personne ne s'emporte plus vite que toi et personne n'est plus d'humeur à s'emporter.

BENVOLIO. — Comment cela?

MERCUTIO. — Oui, s'il existait deux êtres comme toi, nous n'en aurions bientôt plus un seul, car l'un tuerait l'autre. Toi! mais tu te querelleras avec un homme qui aura au menton un poil de plus ou de moins que toi! Tu te querelleras avec un homme qui fera craquer des noix pour cette unique raison que tu as l'œil couleur noisette : il faut des yeux comme les tiens pour découvrir là un grief! Ta tête est pleine de querelles, comme l'œuf est plein du poussin; ce qui ne l'empêche pas d'être vide, comme l'œuf cassé, à force d'avoir été battue à chaque querelle. Tu t'es querellé avec un homme qui toussait dans la rue, parce qu'il avait réveillé ton chien endormi au soleil. Un jour, n'as-tu pas cherché noise à un tailleur parce qu'il portait un pourpoint neuf avant Pâques, et à un autre parce qu'il attachait ses souliers neufs avec un vieux ruban? Et c'est toi qui me fais un sermon contre les querelles!

BENVOLIO. — Si j'étais aussi querelleur que toi, je céderais ma vie en nue-propriété au premier acheteur qui m'assurerait une heure et quart d'existence.

MERCUTIO. — En nue-propriété! Voilà qui serait propre!

Entrent Tybalt, Pétruchio et quelques partisans.

BENVOLIO. — Sur ma tête, voici les Capulets.

MERCUTIO. — Par mon talon, je ne m'en soucie pas.

TYBALT, *à ses amis.* — Suivez-moi de près, car je vais leur parler... *(A Mercutio et à Benvolio.)* Bonsoir, messieurs : un mot à l'un de vous.

MERCUTIO. — Rien qu'un mot? Ajoutez donc un petit quelque chose : donnez le mot et le coup.

Tybalt. — Vous m'y trouverez assez disposé, messire, pour peu que vous m'en fournissiez l'occasion.

Mercutio. — Ne pourriez-vous pas prendre l'occasion sans qu'on vous la fournît?

Tybalt. — Mercutio, tu es de concert avec Roméo...

Mercutio. — De concert! Comment! nous prends-tu pour des ménestrels? Si tu fais de nous des ménestrels, prépare-toi à n'entendre que désaccords. *(Mettant la main sur son épée.)* Voici mon archet; voici qui vous fera danser. Sangdieu, de concert!

Benvolio. — Nous parlons ici sur la promenade publique; ou retirons-nous dans quelque lieu écarté, ou raisonnons froidement de nos griefs, ou enfin séparons-nous. Ici tous les yeux se fixent sur nous.

Mercutio. — Les yeux des hommes sont faits pour voir : laissons-les se fixer sur nous : aucune volonté humaine ne me fera bouger, moi!

Entre Roméo.

Tybalt, *à Mercutio*. — Allons, la paix soit avec vous, messire! *(Montrant Roméo.)* Voici mon homme.

Mercutio. — Je veux être pendu, messire, si celui-là porte votre livrée : morbleu, allez sur le terrain, il sera de votre suite, c'est dans ce sens-là que votre seigneurie peut l'appeler son homme.

Tybalt. — Roméo, l'amour que je te porte ne me fournit pas de terme meilleur que celui-ci : Tu es un infâme!

Roméo. — Tybalt, les raisons que j'ai de t'aimer me font excuser la rage qui éclate par un tel salut... Je ne suis pas un infâme... Ainsi, adieu : je vois que tu ne me connais pas. *(Il va pour sortir.)*

Tybalt. — Enfant, ceci ne saurait excuser les

injures que tu m'as faites : tourne-toi donc, et en garde!

ROMÉO. — Je proteste que je ne t'ai jamais fait injure, et que je t'aime d'une affection dont tu n'auras idée que le jour où tu en connaîtras les motifs... Ainsi, bon Capulet... (ce nom m'est aussi cher que le mien), tiens-toi pour satisfait.

MERCUTIO. — O froide, déshonorante, ignoble soumission! Une estocade pour réparer cela! *(Il met l'épée à la main.)* Tybalt, terreur des rats, voulez-vous faire un tour?

TYBALT. — Que veux-tu de moi?

MERCUTIO. — Rien, bon roi des chats, rien qu'une de vos neuf vies; celle-là, j'entends m'en régaler, me réservant, selon votre conduite future à mon égard, de mettre en hachis les huit autres. Tirez donc vite votre épée par les oreilles, ou, avant qu'elle soit hors de l'étui, vos oreilles sentiront la mienne.

TYBALT, *l'épée à la main.* — Je suis à vous.

ROMÉO. — Mon bon Mercutio, remets ton épée.

MERCUTIO, *à Tybalt.* — Allons, messire, votre meilleure passe! *(Ils se battent.)*

ROMÉO. — Dégaine, Benvolio, et abattons leurs armes... Messieurs, par pudeur, reculez devant un tel outrage : Tybalt! Mercutio! Le prince a expressément interdit les rixes dans les rues de Vérone. Arrêtez, Tybalt! cher Mercutio! *(Roméo étend son épée entre les combattants. Tybalt atteint Mercutio par-dessous le bras de Roméo et s'enfuit avec ses partisans.)*

MERCUTIO. — Je suis blessé... Malédiction sur les deux maisons! Je suis expédié... Il est parti! Est-ce qu'il n'a rien? *(Il chancelle.)*

BENVOLIO, *soutenant Mercutio.* — Quoi, es-tu blessé?

MERCUTIO. — Oui, oui, une égratignure, une égratignure, morbleu, c'est bien suffisant... Où est mon page? Maraud, va me chercher un chirurgien. *(Le page sort.)*

ROMÉO. — Courage, ami : la blessure ne peut être sérieuse.

MERCUTIO. — Non, elle n'est pas aussi profonde qu'un puits, ni aussi large qu'une porte d'église; mais elle est suffisante, elle peut compter : demandez à me voir demain, et, quand vous me retrouverez, j'aurai la gravité que donne la bière. Je suis poivré, je vous le garantis, assez pour ce bas monde... Malédiction sur vos deux maisons!... Moi, un homme, être égratigné à mort par un chien, un rat, une souris, un chat! par un fier-à-bras, un gueux, un maroufle qui ne se bat que par règle d'arithmétique! *(A Roméo.)* Pourquoi diable vous êtes-vous mis entre nous? J'ai reçu le coup par-dessous votre bras.

ROMÉO. — J'ai cru faire pour le mieux.

MERCUTIO. — Aide-moi jusqu'à une maison, Benvolio, ou je vais défaillir... Malédiction sur vos deux maisons! Elles ont fait de moi de la viande à vermine... Oh! j'ai reçu mon affaire, et bien à fond... Vos maisons! *(Mercutio sort, soutenu par Benvolio.)*

ROMÉO, *seul.* — Donc un bon gentilhomme, le proche parent du prince, mon intime ami, a reçu le coup mortel pour moi, après l'outrage déshonorant fait à ma réputation par Tybalt, par Tybalt, qui depuis une heure est mon cousin!... O ma douce Juliette, ta beauté m'a efféminé; elle a amolli la trempe d'acier de ma valeur.

Rentre Benvolio.

BENVOLIO. — O Roméo, Roméo! le brave Mercutio

est mort. Ce galant esprit a aspiré la nuée, trop tôt
dégoûté de cette terre.

ROMÉO. — Ce jour fera peser sur les jours à venir
sa sombre fatalité : il commence le malheur, d'autres
doivent l'achever.

                                        Rentre Tybalt.

BENVOLIO. — Voici le furieux Tybalt qui revient.
ROMÉO. — Vivant! triomphant! et Mercutio tué!
Remonte au ciel, circonspecte indulgence, et toi, furie
à l'œil de flamme, sois mon guide maintenant! Ah!
Tybalt, reprends pour toi ce nom d'*infâme* que tu
m'as donné tout à l'heure : l'âme de Mercutio n'a
fait que peu de chemin au-dessus de nos têtes, elle
attend que la tienne vienne lui tenir compagnie. Il
faut que toi ou moi, ou tous deux, nous allions le
rejoindre.

TYBALT. — Misérable enfant, tu étais son camarade
ici-bas : c'est toi qui partiras d'ici avec lui.

ROMÉO, *mettant l'épée à la main*. — Voici qui en
décidera. *(Ils se battent. Tybalt tombe.)*

BENVOLIO. — Fuis, Roméo, va-t'en! Les citoyens
sont sur pied, et Tybalt est tué... Ne reste pas là
stupéfait. Le prince va te condamner à mort, si tu
es pris... Hors d'ici! va-t'en! fuis!

ROMÉO. — Oh! je suis le bouffon de la fortune!
BENVOLIO. — Qu'attends-tu donc? *(Roméo s'enfuit.)*

            Entre une foule de citoyens armés.

PREMIER CITOYEN. — Par où s'est enfui celui qui a
tué Mercutio? Tybalt, ce meurtrier, par où s'est-il
enfui?

BENVOLIO. — Ce Tybalt, le voici à terre!

PREMIER CITOYEN. — Debout, monsieur, suivez-moi : je vous somme de m'obéir au nom du prince.

> Entrent le prince et sa suite, Montague, Capulet, lady Montague, lady Capulet et d'autres.

LE PRINCE. — Où sont les vils promoteurs de cette rixe ?

BENVOLIO. — O noble prince, je puis te révéler toutes les circonstances douloureuses de cette fatale querelle. *(Montrant le corps de Tybalt.)* Voici l'homme qui a été tué par le jeune Roméo, après avoit tué ton parent, le jeune Mercutio.

LADY CAPULET, *se penchant sur le corps.* — Tybalt, mon neveu !... Oh ! l'enfant de mon frère ! Oh ! prince !... Oh ! mon neveu !... mon mari ! C'est le sang de notre cher parent qui a coulé !... Prince, si tu es juste, verse le sang des Montagues pour venger notre sang... Oh ! mon neveu ! mon neveu !

LE PRINCE. — Benvolio, qui a commencé cette rixe ?

BENVOLIO. — Tybalt, que vous voyez ici, tué de la main de Roméo. En vain Roméo lui parlait sagement, lui disait de réfléchir à la futilité de la querelle, et le mettait en garde contre votre auguste déplaisir... Tout cela, dit d'une voix affable, d'un air calme, avec l'humilité d'un suppliant agenouillé, n'a pu faire trêve à la fureur indomptable de Tybalt, qui, sourd aux paroles de paix, a brandi la pointe de son épée contre la poitrine de l'intrépide Mercutio. Mercutio, tout aussi exalté, oppose le fer au fer dans ce duel mortel avec un dédain martial, il écarte d'une main la froide mort et de l'autre la retourne contre

Tybalt, dont la dextérité la lui renvoie; Roméo leur
crie : *Arrêtez, amis! amis, séparez-vous!* et, d'un
geste plus rapide que sa parole, il abat les pointes
fatales. Au moment où il s'élance entre eux, passe
sous son bras même une botte perfide de Tybalt qui
frappe mortellement le fougueux Mercutio. Tybalt
s'enfuit alors, puis tout à coup revient sur Roméo,
qui depuis un instant n'écoute plus que la vengeance.
Leur lutte a été un éclair; car, avant que j'aie pu
dégainer pour les séparer, le fougueux Tybalt était
tué. En le voyant tomber, Roméo s'est enfui. Que
Benvolio meure si telle n'est pas la vérité!

LADY CAPULET, *désignant Benvolio.* — Il est parent
des Montagues; l'affection le fait mentir, il ne dit
pas la vérité. Une vingtaine d'entre eux se sont ligués
pour cette lutte criminelle, et il a fallu qu'ils fussent
vingt pour tuer un seul homme! Je demande justice,
fais-nous justice, prince. Roméo a tué Tybalt; Roméo
ne doit plus vivre.

LE PRINCE. — Roméo a tué Tybalt, mais Tybalt
a tué Mercutio : qui maintenant me payera le prix
d'un sang si cher?

MONTAGUE. — Ce ne doit pas être Roméo, prince,
il était l'ami de Mercutio. Sa faute n'a fait que terminer ce que la loi eût tranché, la vie de Tybalt.

LE PRINCE. — Et, pour cette offense, nous l'exilons
sur-le-champ. Je suis moi-même victime de vos haines;
mon sang coule pour vos brutales disputes; mais je
vous imposerai une si rude amende que vous vous
repentirez tous du malheur dont je souffre. Je serai
sourd aux plaidoyers et aux excuses; ni larmes ni
prières ne rachèteront les torts; elles sont donc inu-
tiles. Que Roméo se hâte de partir; l'heure où on le

trouverait ici serait pour lui la dernière. Qu'on emporte ce corps et qu'on défère à notre volonté : la clémence ne fait qu'assassiner en pardonnant à ceux qui tuent.

SCÈNE II

Le jardin des Capulet.

Entre JULIETTE.

JULIETTE. — Retournez au galop, coursiers aux pieds de flamme, vers le logis de Phébus ; déjà un cocher comme Phaéton aurait hâté votre course à l'occident et ramené la nuit nébuleuse... Étends ton épais rideau, nuit vouée à l'amour, que les yeux de la rumeur se ferment et que Roméo bondisse dans mes bras, ignoré, inaperçu ! Pour accomplir leurs amoureux devoirs, les amants y voient assez à la seule lueur de leur beauté ; et, si l'amour est aveugle, il s'accorde d'autant mieux avec la nuit... Viens, nuit solennelle, matrone au sobre vêtement noir, apprends-moi à perdre, en la gagnant, cette partie qui aura pour enjeux deux virginités sans tache ; cache le sang non dressé qui bat à mes pommettes, encapuchonne-le[11] jusqu'à ce que le timide amour, devenu plus hardi, ne voie plus que chasteté dans l'acte de l'amour ! A moi, nuit ! Viens, Roméo, viens : tu feras le jour de la nuit, quand tu arriveras sur les ailes de la nuit, plus éclatant que la neige nouvelle sur le dos du corbeau. Viens, gentille nuit ; viens, chère nuit au front noir, donne-moi mon Roméo, et, quand il sera mort, prends-le et coupe-le en petites étoiles, et il rendra la face du ciel si splendide que tout l'univers sera amoureux de la nuit et refusera son culte à l'aveuglant soleil... Oh! j'ai acheté un domaine d'amour, mais je n'en ai pas pris possession, et celui qui m'a acquise n'a pas encore joui de moi. Fastidieuse journée, lente comme la nuit l'est, à la veille d'une fête, pour l'impatiente enfant qui a une robe neuve et ne peut la mettre encore! Oh! voici ma nourrice...

Entre la nourrice, avec une échelle de corde.

JULIETTE. — Elle m'apporte des nouvelles; chaque bouche qui me parle de Roméo, me parle une langue céleste... Eh bien, nourrice, quoi de nouveau?... Qu'as-tu là? l'échelle de corde que Roméo t'a dit d'apporter?

LA NOURRICE. — Oui, oui, l'échelle de corde! *(Elle laisse tomber l'échelle avec un geste de désespoir.)*

JULIETTE. — Mon Dieu! que se passe-t-il? Pourquoi te tordre ainsi les mains?

LA NOURRICE. — Ah! miséricorde! il est mort, il est mort, il est mort! Nous sommes perdues, madame, nous sommes perdues! Hélas! quel jour! C'est fait de lui, il est tué, il est mort!

JULIETTE. — Le ciel a-t-il pu être aussi cruel?

LA NOURRICE. — Roméo l'a pu, sinon le ciel... O Roméo! Roméo! Qui l'aurait jamais cru? Roméo!

JULIETTE. — Quel démon es-tu pour me torturer ainsi? C'est un supplice à faire rugir les damnés de l'horrible enfer. Est-ce que Roméo s'est tué? Dis-moi *oui* seulement, et ce simple oui m'empoisonnera plus vite que le regard meurtrier du basilic. Je cesse d'exister s'il me faut ouïr ce oui, et si tu peux répondre : oui, les yeux de Roméo sont fermés! Est-il mort? dis *oui* ou *non*, et qu'un seul mot décide de mon bonheur ou de ma misère!

La Nourrice. — J'ai vu la blessure, je l'ai vue de mes yeux... Par la croix du Sauveur... là, sur sa mâle poitrine... Un triste cadavre, un triste cadavre ensanglanté, pâle, pâle comme la cendre, tout couvert de sang, de sang caillé... A le voir, je me suis évanouie.

Juliette. — Oh! brise-toi, mon cœur! pauvre ruine, brise-toi sur-le-champ! En prison, mes yeux! Fermez-vous à la libre lumière! Terre vile, retourne à la terre, cesse de te mouvoir, et, avec Roméo, affaisse-toi dans le même tombeau.

La Nourrice. — O Tybalt, Tybalt, le meilleur ami que j'eusse! O courtois Tybalt! honnête gentilhomme! Faut-il que j'aie vécu pour te voir mourir!

Juliette. — Quel est cet ouragan dont les rafales vont à contresens? Roméo est-il tué et Tybalt est-il mort? Mon cher cousin, et mon mari plus cher! Alors, que sonne la trompette terrible du dernier jugement! Car qui donc est vivant, si ces deux-là ne sont plus?

La Nourrice. — Tybalt n'est plus, et Roméo est banni! Roméo, qui l'a tué, est banni.

Juliette. — O mon Dieu! Est-ce que la main de Roméo a versé le sang de Tybalt?

La Nourrice. — Oui, oui, hélas! oui.

Juliette. — O cœur reptile caché sous la beauté en fleur! Jamais dragon occupa-t-il une caverne si splendide! Gracieux tyran! démon angélique! corbeau aux plumes de colombe! agneau ravisseur de

loups! méprisable substance d'une forme divine! Juste
l'opposé de ce que tu sembles être justement, saint
damné, noble misérable! O nature, à quoi réservais-
tu l'enfer, quand tu reléguas l'esprit d'un démon dans
le paradis mortel d'un corps si exquis? Jamais livre
contenant aussi vile rapsodie fut-il si bien relié? Oh!
que la perfidie habite un si magnifique palais!

LA NOURRICE. — Il n'y a plus à se fier aux hommes;
chez eux ni bonne foi, ni honneur, ce sont tous des
parjures, tous des traîtres, tous des vauriens, tous
des hypocrites... Ah! où est mon valet? Vite, qu'on
me donne de l'eau-de-vie! Ces chagrins, ces malheurs,
ces peines me font vieillir. Honte à Roméo!

JULIETTE. — Que ta langue se couvre d'ampoules
après un pareil souhait! Il n'est pas né pour la honte,
lui. La honte serait honteuse de siéger sur son front;
car c'est un trône où l'honneur devrait être couronné
monarque absolu de l'univers. Oh! quel monstre
j'étais de l'outrager ainsi!

LA NOURRICE. — Pouvez-vous dire du bien de celui
qui a tué votre cousin?

JULIETTE. — Dois-je dire du mal de celui qui est
mon mari? Ah! mon pauvre seigneur, quelle est la
langue qui polira ta renommée, quand moi, ton
épousée depuis trois heures, je la déchire? Mais
pourquoi, méchant, as-tu tué mon cousin? C'est que,
sans cela, ce méchant cousin aurait tué mon Roméo!
Arrière, larmes folles, retournez à votre source natu-
relle : il n'appartient qu'à la douleur, ce tribut que
par méprise vous offrez à la joie. Mon mari, que
Tybalt voulait tuer, est vivant; et Tybalt, qui voulait
tuer mon mari, est mort. Tout cela est heureux :
pourquoi donc pleurer?... Ah! il y a un mot, plus

terrible que la mort de Tybalt, qui m'a assassinée! je voudrais bien l'oublier, mais, hélas! il pèse sur ma mémoire comme une faute damnable sur l'âme du pécheur. *Tybalt est mort et Roméo est... banni.* Banni! ce seul mot *banni* a tué pour moi dix mille Tybalt. Que Tybalt mourût, c'était un malheur suffisant, se fût-il arrêté là. Si même le malheur inexorable ne se plaît qu'en compagnie, s'il a besoin d'être escorté par d'autres catastrophes, pourquoi, après m'avoir dit : *Tybalt est mort,* n'a-t-elle pas ajouté : *Ton père aussi,* ou *ta mère aussi,* ou même *ton père et ta mère aussi?* Cela m'aurait causé de tolérables angoisses. Mais, à la suite de la mort de Tybalt, faire surgir cette arrière-garde : *Roméo est banni,* prononcer seulement ces mots, c'est tuer, c'est faire mourir à la fois père, mère, Tybalt, Roméo et Juliette! *Roméo est banni!* Il n'y a ni fin, ni limite, ni mesure, ni borne à ce mot meurtrier! Il n'y a pas de cri pour rendre cette douleur-là. Mon père et ma mère, où sont-ils, nourrice?

LA NOURRICE. — Ils pleurent et sanglotent sur le corps de Tybalt. Voulez-vous aller près d'eux? Je vous y conduirai.

JULIETTE. — Ils lavent ses blessures de leurs larmes! Les miennes, je les réserve, quand les leurs seront séchées, pour le bannissement de Roméo. Ramasse ces cordes... Pauvre échelle, te voilà déçue comme moi, car Roméo est exilé : il avait fait de toi un chemin jusqu'à mon lit; mais, restée vierge, il faut que je meure dans un virginal veuvage. A moi, cordes! à moi, nourrice! je vais au lit nuptial, et au lieu de Roméo, c'est le sépulcre qui prendra ma virginité.

LA NOURRICE. — Courez à votre chambre; je vais trouver Roméo pour qu'il vous console... Je sais bien où il est... Entendez-vous, votre Roméo sera ici cette nuit; je vais à lui; il est caché dans la cellule de Laurent.

JULIETTE, *détachant une bague de son doigt.* — Oh! trouve-le! Remets cet anneau à mon fidèle chevalier, et dis-lui de venir me faire ses derniers adieux.

SCÈNE III

La cellule de frère Laurent.

Entrent FRÈRE LAURENT, *puis* ROMÉO. Le jour baisse.

FRÈRE LAURENT. — Viens, Roméo; avance, malheureux; l'affliction s'est enamourée de ta personne, et tu es fiancé à la calamité.

ROMÉO. — Quoi de nouveau, mon père? Quel est l'arrêt du prince? Quel est le malheur inconnu qui sollicite accès près de moi?

FRÈRE LAURENT. — Tu n'es que trop familier avec cette triste société, mon cher fils. Je viens t'apprendre l'arrêt du prince.

ROMÉO. — Quel arrêt, plus doux qu'un arrêt de mort, a-t-il pu prononcer?

FRÈRE LAURENT. — Un jugement moins rigoureux a échappé à ses lèvres : il a décidé, non la mort, mais le bannissement du corps.

ROMÉO. — Ah! le bannissement! Par pitié, dis la mort! L'exil est plus terrible, bien plus terrible que la mort. Ne dis pas le bannissement!

FRÈRE LAURENT. — Tu es désormais banni de Vérone. Prends courage; le monde est grand et vaste.

Roméo. — Hors des murs de Vérone, le monde
n'existe pas; il n'y a que purgatoire, torture, enfer,
même. Être banni d'ici, c'est être banni du monde,
et cet exil-là, c'est la mort. Donc le bannissement,
c'est la mort sous un faux nom. En appelant la mort
bannissement, tu me tranches la tête avec une hache
d'or, et tu souris au coup qui me tue!

Frère Laurent. — O péché mortel! O grossière
ingratitude! Selon notre loi, ta faute méritait la
mort; mais le bon prince, prenant ton parti, a tordu
la loi, et à ce mot sombre, la mort, a substitué le
bannissement. C'est une grâce insigne, et tu ne le vois
pas.

Roméo. — C'est une torture, et non une grâce!
Le ciel est là où vit Juliette : un chat, un chien, une
petite souris, l'être le plus immonde, vivent dans le
paradis et peuvent la contempler, mais Roméo ne
le peut pas. La mouche du charnier est plus privi-
légiée, plus comblée d'honneur, plus favorisée que
Roméo; elle peut saisir les blanches merveilles de
la chère main de Juliette, et dérober une immortelle
béatitude sur ces lèvres qui, dans leur pure et vestale
modestie, rougissent sans cesse, comme d'un péché,
du baiser qu'elles se donnent! Mais Roméo ne le
peut pas, il est exilé. Ce bonheur que la mouche peut
avoir, je dois le fuir, moi; elle est libre, mais je suis
banni. Et tu dis que l'exil n'est pas la mort! Tu n'avais
donc pas un poison subtil, un couteau bien affilé,
un instrument quelconque de mort subite, tu n'avais
donc, pour me tuer, que ce mot : *Banni!... banni!*
Ce mot-là, mon père, les damnés de l'enfer l'em-
ploient et le prononcent dans des hurlements! Comment as-tu le cœur, toi, prêtre, toi, confesseur spiri-

tuel, toi qui remets les péchés et t'avoues mon ami, de me broyer avec ce mot : *bannissement?*

Frère Laurent. — Fou d'amour, laisse-moi te dire une parole.

Roméo. — Oh! tu vas encore me parler de bannissement.

Frère Laurent. — Je vais te donner une armure à l'épreuve de ce mot. La philosophie, ce doux lait de l'adversité, te soutiendra dans ton bannissement.

Roméo. — Encore le bannissement!... Au gibet la philosophie! Si la philosophie ne peut pas faire une Juliette, déplacer une ville, renverser l'arrêt d'un prince, elle ne sert à rien, elle n'est bonne à rien, ne m'en parle plus!

Frère Laurent. — Oh! je le vois bien, les fous n'ont pas d'oreilles!

Roméo. — Comment en auraient-ils, quand les sages n'ont pas d'yeux?

Frère Laurent. — Laisse-moi discuter avec toi sur ta situation.

Roméo. — Tu ne peux pas parler de ce que tu ne sens pas. Si tu étais jeune comme moi et que Juliette fût ta bien-aimée, si, marié depuis une heure, tu avais tué Tybalt, si tu étais éperdu comme moi et comme moi banni, alors tu pourrais parler, alors tu pourrais t'arracher les cheveux, et te jeter contre terre, comme je fais en ce moment, pour y prendre d'avance la mesure d'une tombe! *(Il s'affaisse à terre. On frappe à la porte.)*

Frère Laurent. — Lève-toi, on frappe... Bon Roméo, cache-toi.

Roméo. — Je ne me cacherai pas; à moins que

mes douloureux soupirs ne fassent autour de moi
un nuage qui me dérobe aux regards! *(On frappe
encore.)*

Frère Laurent. — Entends-tu comme on frappe?...
Qui est là?... Roméo, lève-toi, tu vas être pris...
Attendez un moment... Debout! Cours à mon labo-
ratoire!... *(On frappe.)* Tout à l'heure!... Mon Dieu,
quelle démence!... *(On frappe.)* J'y vais, j'y vais!
(Allant à la porte.) Qui donc frappe si fort? D'où
venez-vous? que voulez-vous?

La Nourrice, *du dehors.* — Laissez-moi entrer, et
vous connaîtrez mon message. Je viens de la part de
madame Juliette.

Frère Laurent, *ouvrant.* — Soyez la bienvenue,
alors.

Entre la nourrice.

La Nourrice. — Ô saint moine, oh! dites-moi,
saint moine, où est le seigneur de madame, où est
Roméo?

Frère Laurent. — Là, par terre, ivre de ses propres
larmes.

La Nourrice. — Oh! dans le même état que ma
maîtresse, juste dans le même état.

Frère Laurent. — O triste sympathie! lamentable
situation!

La Nourrice. — C'est ainsi qu'elle est affaissée,
sanglotant et pleurant, pleurant et sanglotant!... *(Se
penchant sur Roméo.)* Debout, debout. Levez-vous,
si vous êtes un homme. Au nom de Juliette, au nom
de Juliette, levez-vous, debout! Pourquoi tomber dans
un si profond désespoir?

Roméo, *se redressant comme en sursaut.* — La nourrice!

La Nourrice. — Ah! monsieur! ah! monsieur!...
Voyons, la mort est au bout de tout.

Roméo. — Tu as parlé de Juliette! en quel état
est-elle? Est-ce qu'elle ne me regarde pas comme
un assassin endurci, maintenant que j'ai souillé l'enfance de notre bonheur d'un sang si proche du sien?
Où est-elle? et comment est-elle? Que dit ma
mystérieuse compagne de notre amoureuse misère?

La Nourrice. — Oh! elle ne dit rien, monsieur;
mais elle pleure, elle pleure; et alors elle se jette
sur son lit, et puis elle se redresse, et appelle Tybalt;
et puis elle crie : Roméo! et puis elle retombe.

Roméo. — Il semble que ce nom, lancé par quelque
fusil meurtrier, l'assassine, comme la main maudite
qui répond à ce nom a assassiné son cousin!... Oh!
dis-moi, prêtre, dis-moi dans quelle vile partie de
ce squelette est logé mon nom; dis-le-moi, pour que
je mette à sac ce hideux repaire! *(Il tire son poignard
comme pour s'en frapper, la nourrice le lui arrache.)*

Frère Laurent. — Retiens ta main désespérée!
Es-tu un homme? ton corps le proclame; mais tes
larmes sont d'une femme, et ta sauvage action dénonce la furie déraisonnable d'une bête brute. Ô femme
disgracieuse qu'on croirait un homme, bête mons-
trueuse qu'on croirait homme et femme, tu me sur-
prends beaucoup!... Par notre saint ordre, je croyais
ton caractère mieux trempé. Tu as tué Tybalt et tu veux
te tuer! tu veux tuer la femme qui ne respire que par
toi, en assouvissant sur toi-même une haine damnée! Pourquoi insultes-tu à la vie, au ciel et à la terre?
La vie, le ciel et la terre se sont tous trois réunis pour
ton existence; et tu veux renoncer à tous trois! Fi!
fi! tu fais honte à ta beauté, à ton amour, à ton esprit.

Usurier, tu regorges de tous les biens, et tu ne les
emploies pas à ce légitime usage qui ferait honneur
à ta beauté, à ton amour, à ton esprit. Ta noble beauté
n'est qu'une image de cire, dépourvue d'énergie virile;
ton amour, ce tendre engagement, n'est qu'un misérable parjure, qui tue celle que tu avais fait vœu
de chérir; ton esprit, cet ornement de la beauté et de
l'amour, n'en est chez toi que le guide égaré : comme
la poudre dans la calebasse d'un soldat maladroit,
il prend feu par ta propre ignorance et te mutile au
lieu de te défendre. Allons, relève-toi, l'homme! Elle
vit, ta Juliette, cette chère Juliette pour qui tu mou-
rais tout à l'heure : n'es-tu pas heureux? Tybalt
voulait t'égorger, mais tu as tué Tybalt : n'es-tu pas
heureux encore? La loi qui te menaçait de la mort
devient ton amie et change la sentence en exil : n'es-
tu pas heureux toujours? Les bénédictions pleuvent
sur ta tête, la fortune te courtise sous ses plus beaux
atours; mais toi, maussade comme une fille mal
élevée, tu fais la moue au bonheur et à l'amour. Prends
garde, prends garde, c'est ainsi qu'on meurt misérable. Allons, rends-toi près de ta bien-aimée,
comme il a été convenu : monte dans sa chambre
et va la consoler; mais surtout quitte-la avant la fin
de la nuit, car alors tu ne pourrais plus gagner Mantoue; et c'est là que tu dois vivre jusqu'à ce que
nous trouvions le moment favorable pour proclamer
ton mariage, réconcilier vos familles, obtenir le pardon du prince et te rappeler ici. Tu reviendras alors
plus heureux un million de fois que tu n'auras été dé-
solé au départ... Va en avant, nourrice, recommande-
moi à ta maîtresse, et dis-lui de faire coucher son
monde de bonne heure; le chagrin dont tous sont

accablés les disposera vite au repos... Roméo te suit.

La Nourrice. — Vrai Dieu! je pourrais rester ici toute la nuit à écouter vos bons conseils. Oh! ce que c'est que la science! *(A Roméo.)* Mon seigneur, je vais annoncer à madame que vous allez venir.

Roméo. — Va, et dis à ma bien-aimée de s'apprêter à me gronder.

La Nourrice, *lui remettant une bague.* — Voici, monsieur, un anneau qu'elle m'a dit de vous donner. Monsieur, accourez vite, dépêchez-vous, car il se fait tard. *(La nourrice sort.)*

Roméo, *mettant la bague.* — Comme ceci ranime mon courage!

Frère Laurent. — Partez. Bonne nuit. Mais faites-y attention, tout votre sort en dépend, quittez Vérone avant la fin de la nuit, ou éloignez-vous à la pointe du jour sous un déguisement. Restez à Mantoue; votre valet, que je saurai trouver, vous instruira de temps à autre des incidents favorables à votre cause qui surviendront ici... Donne-moi ta main; il est tard : adieu; bonne nuit.

Roméo. — Si une joie au-dessus de toute joie ne m'appelait ailleurs, j'aurais un vif chagrin à me séparer de toi si vite. Adieu. *(Ils sortent.)*

SCÈNE IV

Dans la maison des Capulet.

Entrent Capulet, lady Capulet *et* Paris.

Capulet. — Les choses ont tourné si malheureu-

sement, messire, que nous n'avons pas eu le temps de
préparer notre fille. C'est que, voyez-vous, elle aimait
chèrement son cousin Tybalt, et moi aussi... Mais
quoi! nous sommes nés pour mourir. Il est très tard;
elle ne descendra pas ce soir. Je vous promets que,
sans votre visite, je serais au lit depuis une heure.

PARIS. — Quand la mort parle, ce n'est pas pour
l'amour le moment de parler. Madame, bonne nuit :
présentez mes hommages à votre fille.

LADY CAPULET. — Oui, messire, et demain de bonne
heure je connaîtrai sa pensée. Ce soir elle est cloîtrée
dans sa douleur.

CAPULET. — Sire Paris, je puis hardiment vous
offrir l'amour de ma fille; je pense qu'elle se laissera
diriger par moi en toutes choses; bien plus, je n'en
doute pas... Femme, allez la voir avant d'aller au lit;
apprenez-lui l'amour de mon fils Pâris, et dites-lui,
écoutez bien, que mercredi prochain... Mais doucement! quel jour est-ce?

PARIS. — Lundi, monseigneur.

CAPULET. — Lundi? hé! hé! alors, mercredi est trop
tôt. Ce sera pour jeudi... dites-lui que jeudi elle sera
mariée à ce noble comte... Serez-vous prêt? Cette
hâte vous convient-elle? Nous ne ferons pas grand
fracas : un ami ou deux! Car, voyez-vous, le meurtre
de Tybalt étant si récent, on pourrait croire que nous
nous soucions fort peu de notre parent, si nous faisions de grandes réjouissances. Aussi, nous aurons
une demi-douzaine d'amis, et ce sera tout. Mais que
dites-vous de jeudi?

PARIS. — Monseigneur, je voudrais que jeudi fût
demain.

CAPULET. — Bon; vous pouvez partir... Ce sera pour

jeudi, alors. Vous, femme, allez voir Juliette avant d'aller au lit, et préparez-la pour la noce... Adieu, messire... De la lumière dans ma chambre, holà! Ma foi, il est déjà si tard qu'avant peu il sera de bonne heure... Bonne nuit. *(Ils sortent.)*

SCÈNE V

La chambre de Juliette.

Entrent ROMÉO *et* JULIETTE.

JULIETTE. — Veux-tu donc partir? le jour n'est pas proche encore : c'était le rossignol et non l'alouette dont la voix perçait ton oreille craintive. Toutes les nuits il chante sur le grenadier, là-bas. Crois-moi, amour, c'est le rossignol.

ROMÉO. — C'était l'alouette, la messagère du matin, et non le rossignol. Regarde, amour, ces lueurs jalouses qui dentellent le bord des nuages à l'orient! Les flambeaux de la nuit sont éteints, et le jour joyeux se dresse sur la pointe du pied au sommet brumeux de la montagne. Je dois partir et vivre, ou rester et mourir.

JULIETTE. — Cette clarté là-bas n'est pas la clarté du jour, je le sais bien, moi; c'est quelque météore que le soleil exhale pour te servir de torche cette nuit et éclairer ta marche vers Mantoue. Reste donc, tu n'as pas besoin de partir encore.

ROMÉO. — Soit! qu'on me prenne, qu'on me mette à mort; je suis content, si tu le veux ainsi. Non, cette lueur grise n'est pas le regard du matin, elle n'est que le pâle reflet du front de Cynthia; et ce n'est pas l'alouette qui frappe de notes si hautes la voûte du ciel au-dessus de nos têtes. J'ai plus le désir de rester que la volonté de partir. Vienne la mort, et elle sera bien venue!... Ainsi le veut Juliette... Comment êtes-vous, mon âme? Causons, il n'est pas jour.

JULIETTE. — C'est le jour, c'est le jour! Fuis vite, va-t'en, pars : c'est l'alouette qui détonne ainsi, et qui lance ces notes aiguës et discordantes. On dit que l'alouette prolonge si doucement les accords; cela n'est pas, car elle rompt le nôtre. On dit que l'alouette et le hideux crapaud ont changé d'yeux : oh! que n'ont-ils aussi changé de voix, puisque cette voix nous arrache effarés l'un à l'autre et te chasse d'ici par son hourvari matinal! Oh! maintenant pars. Le jour est de plus en plus clair.

ROMÉO. — De plus en plus clair?... De plus en plus sombre est notre malheur.

Entre la nourrice.

LA NOURRICE. — Madame!

JULIETTE. — Nourrice!

LA NOURRICE. — Madame votre mère va venir dans votre chambre. Le jour paraît; soyez prudente, faites attention. *(La nourrice sort.)*

JULIETTE. — Allons, fenêtre, laissez entrer le jour et sortir ma vie.

ROMÉO. — Adieu, adieu! un baiser, et je descends.

JULIETTE, *se penchant sur le balcon.* — Te voilà donc parti? amour, seigneur, époux, ami! Il me faudra de tes nouvelles à chaque heure du jour, car il y a tant de jours dans une minute! Oh! à ce compte-là, je serai bien vieille, quand je reverrai mon Roméo.

Roméo. — Adieu! je ne perdrai pas une occasion, mon amour, de t'envoyer un souvenir.

Juliette. — Oh! crois-tu que nous nous rejoindrons jamais?

Roméo. — Je n'en doute pas; et toutes ces douleurs feront le doux entretien de nos moments à venir.

Juliette. — Ô Dieu! j'ai dans l'âme un présage fatal. Maintenant que tu es en bas, tu m'apparais comme un mort au fond d'une tombe. Ou mes yeux me trompent, ou tu es bien pâle.

Roméo. — Crois-moi, amour, tu me sembles bien pâle aussi. Le chagrin altéré boit notre sang. Adieu! adieu! *(Roméo sort.)*

Juliette. — Ô fortune! fortune! tout le monde te dit capricieuse! Si tu es capricieuse, qu'as-tu à faire avec un homme d'aussi illustre constance? Fortune, sois capricieuse, car alors tu ne le retiendras pas long-temps, j'espère, et tu me le renverras.

Lady Capulet, *du dehors.* — Holà! ma fille! êtes-vous levée?

Juliette. — Qui m'appelle? est-ce madame ma mère? Se serait-elle couchée si tard ou levée si tôt? Quel étrange motif l'amène?

                    Entre lady Capulet.

Lady Capulet. — Eh bien, qu'y a-t-il, Juliette?

Juliette. — Je ne suis pas bien, madame.

Lady Capulet. — Toujours à pleurer la mort de votre cousin?... Prétends-tu donc le laver de la poussière funèbre avec tes larmes? Quand tu y parviendrais, tu ne pourrais pas le faire revivre. Cesse donc : un chagrin raisonnable prouve l'affection; mais un chagrin excessif prouve toujours un manque de sagesse.

JULIETTE. — Laissez-moi pleurer encore une perte
aussi sensible.

LADY CAPULET. — Vous ne faites que raviver cette
perte, sans ramener à la vie l'ami que vous pleurez.

JULIETTE. — Je sens si vivement la perte de cet ami
que je ne puis m'empêcher de le pleurer toujours.

LADY CAPULET. — Va, ma fille, ce qui te fait pleurer, c'est moins de le savoir mort que de savoir vivant
l'infâme qui l'a tué.

JULIETTE. — Quel infâme, madame?

LADY CAPULET. — Eh bien! cet infâme Roméo!

JULIETTE. — Entre un infâme et lui il y a bien des
milles de distance. Que Dieu lui pardonne! Moi, je
lui pardonne de tout mon cœur; et pourtant nul
homme ne chagrine mon cœur autant que lui.

LADY CAPULET. — Parce qu'il vit, le traître!

JULIETTE. — Oui, madame, et trop loin de mes bras.
Que ne suis-je chargée de venger mon cousin!

LADY CAPULET. — Nous obtiendrons vengeance,
sois-en sûre. Ainsi ne pleure plus. Je ferai prévenir
quelqu'un à Mantoue, où vit maintenant ce vagabond
banni : on lui donnera une potion insolite qui l'en-
verra vite tenir compagnie à Tybalt, et alors j'espère
que tu seras satisfaite.

JULIETTE. — Je ne serai vraiment satisfaite que quand
je verrai Roméo... supplicié, torturé est mon pauvre
cœur, depuis qu'un tel parent m'est enlevé. Madame,
trouvez seulement un homme pour porter le poison;
moi, je le préparerai, et si bien qu'après l'avoir pris,
Roméo dormira vite en paix. Oh! quelle horrible souffrance pour mon cœur de l'entendre nommer, sans
pouvoir aller jusqu'à lui, pour assouvir l'amour que

je portais à mon cousin sur le corps de son meurtrier!

Lady Capulet. — Trouve les moyens, toi; moi, je trouverai l'homme. Maintenant, ma fille, que je t'apprenne de joyeuses nouvelles.

Juliette. — La joie est la bienvenue quand elle est si nécessaire : quelles sont ces nouvelles, je vous prie, Madame?

Lady Capulet. — Va, va, mon enfant, tu as un excellent père : pour t'arracher à ton accablement, il a improvisé une journée de fête à laquelle tu ne t'attends pas et que je n'espérais guère.

Juliette. — Quel sera cet heureux jour, madame?

Lady Capulet. — Eh bien, mon enfant, jeudi prochain, de bon matin, un galant, jeune et noble gentilhomme, le comte Paris, te mènera à l'église Saint-Pierre, et aura le bonheur de faire de toi sa joyeuse épouse.

Juliette. — Ah! par l'église de Saint-Pierre et par saint Pierre lui-même, il ne fera pas de moi sa joyeuse épouse. Je m'étonne de tant de hâte : ordonner ma noce, avant que celui qui doit être mon mari m'ait fait sa cour! Je vous en prie, madame, dites à mon seigneur et père que je ne veux pas me marier encore. Si jamais je me marie, je le jure, ce sera plutôt à ce Roméo que vous savez haï de moi, qu'au comte Paris. Voilà des nouvelles en vérité.

Lady Capulet. — Voici votre père qui vient; faites-lui vous-même votre réponse, et nous verrons comment il la prendra.

Entrent Capulet et la nourrice.

Capulet, *regardant Juliette qui sanglote.* — Quand le soleil disparaît, la terre distille la rosée; mais, après la

disparition du radieux fils de mon frère, il pleut tout
de bon. Eh bien! es-tu devenue une fontaine, fillette?
Quoi, toujours des larmes! toujours des averses!
Dans ton corps si frêle tu figures à la fois la barque,
la mer et le vent : tes yeux, que je puis comparer à la
mer, ont sans cesse un flux et un reflux de larmes;
ton corps est la barque qui flotte au gré de cette
onde salée, et tes soupirs sont les vents qui, luttant
de furie avec tes larmes, finiront, si un calme subit ne
survient, par faire sombrer ton corps dans la tempête...
Eh bien, femme, lui avez-vous signifié notre décision?

Lady Capulet. — Oui, messire; mais elle refuse;
elle vous remercie. La folle! je voudrais qu'elle fût
mariée à son linceul!...

Capulet. — Doucement, je n'y suis pas, je n'y suis
pas, femme. Comment! elle refuse! elle nous remercie
et elle n'est pas honorée, elle ne s'estime pas bien
heureuse, tout indigne qu'elle est, d'avoir, par notre
entremise, obtenu pour mari un si digne gentilhomme!

Juliette. — Je ne suis pas honorée, mais reconnaissante; honorée, je ne puis l'être de ce que je hais
comme un mal. Mais je suis reconnaissante du mal
même qui m'est fait par amour.

Capulet. — Eh bien, eh bien, raisonneuse, qu'est-ce
que cela signifie? Je vous remercie et je ne vous remercie
pas... Je suis honorée et je ne suis pas honorée!... Mi-
gnonne donzelle, dispensez-moi de vos remerciements
et de vos fiertés, et préparez vos fines jambes pour vous
rendre jeudi prochain à l'église Saint-Pierre en compagnie de Paris; ou je t'y traînerai sur la claie, moi! Ah!
livide carogne! ah! bagasse! Ah! face de suif!

Lady Capulet. — Allons, allons, êtes-vous fou?

JULIETTE, *s'agenouillant*. — Cher père, je vous en supplie à genoux, ayez la patience de m'écouter! rien qu'un mot!

CAPULET. — Au diable, petite bagasse! misérable révoltée! Tu m'entends, rends-toi à l'église jeudi, ou évite de me rencontrer jamais face à face : ne parle pas, ne réplique pas, ne me réponds pas; mes doigts me démangent... Femme, nous croyions notre union pauvrement bénie, parce que Dieu ne nous avait prêté que cette unique enfant; mais, je le vois maintenant, cette enfant unique était déjà de trop, et nous avons été maudits en l'ayant. Arrière, éhontée!

LA NOURRICE. — Que le Dieu du ciel la bénisse! Vous avez tort, monseigneur, de la traiter ainsi.

CAPULET. — Et pourquoi donc, dame Sagesse?... Retenez votre langue, maîtresse Prudence, et allez bavarder avec vos commères.

LA NOURRICE. — Ce que je dis n'est pas un crime.

CAPULET. — Au nom du ciel, bonsoir!

LA NOURRICE. — Peut-on pas dire un mot?

CAPULET. — Paix, stupide radoteuse! Allez émettre vos sentences en buvant un bol chez une commère, car ici nous n'en avons plus besoin.

LADY CAPULET. — Vous êtes trop brusque.

CAPULET. — Jour de Dieu! j'en deviendrai fou. Le jour, la nuit, à toute heure, à toute minute, à tout moment, que je fusse occupé ou non, seul ou en compagnie, mon unique souci a été de la marier; enfin je trouve un gentilhomme de noble lignée, ayant de beaux domaines, jeune, d'une noble éducation, pétri, comme on dit, d'honorables qualités, un homme aussi accompli qu'un cœur peut le souhaiter, et il faut qu'une petite sotte pleurnicheuse, une

poupée gémissante, quand on lui offre sa fortune,
réponde : *Je ne veux pas me marier, je ne puis aimer,
je suis trop jeune, je vous prie de me pardonner!*
Ah! si vous ne vous mariez pas, vous verrez comme
je vous pardonne; allez paître où vous voudrez, vous
ne logerez plus avec moi. Faites-y attention, songez-
y, je n'ai pas coutume de plaisanter. Jeudi approche;
mettez la main sur votre cœur, et réfléchissez. Si
vous êtes ma fille, je vous donnerai à mon ami; si
tu ne l'es plus, va au diable, mendie, meurs de faim
dans les rues. Car, sur mon âme, jamais je ne te
reconnaîtrai, et jamais rien de ce qui est à moi ne
sera ton bien, je te garantis! réfléchis, je tiendrai parole. *(Il sort.)*

Juliette. — N'y a-t-il pas de pitié, planant dans
les nuages, qui voie au fond de ma douleur? Ô ma
mère bien-aimée, ne me rejetez pas, ajournez ce mariage d'un mois, d'une semaine! Sinon, dressez le lit
nuptial dans le sombre monument où Tybalt repose!

Lady Capulet. — Ne me parle plus, car je n'ai
rien à te dire; fais ce que tu voudras, j'en ai fini avec
toi. *(Elle sort.)*

Juliette. — Ô mon Dieu!... Nourrice, comment
empêcher cela? Mon mari est encore sur la terre,
et ma foi est au ciel; comment donc ma foi peut-elle
redescendre ici-bas, tant que mon mari ne l'aura
pas renvoyée du ciel en quittant la terre?... Console-
moi, conseille-moi! Hélas! hélas! se peut-il que le
ciel tende de pareils pièges à une créature aussi frêle
que moi! Que dis-tu? n'as-tu pas un mot qui me
soulage? Console-moi, nourrice.

La Nourrice. — Ma foi, écoutez : Roméo est banni;
je gage le monde entier contre néant qu'il n'osera

jamais venir vous réclamer; s'il le fait, il faudra que
ce soit à la dérobée. Donc, puisque tel est le cas, mon
avis, c'est que vous épousiez le comte. Oh! c'est un
si aimable gentilhomme! Roméo n'est qu'un torchon
près de lui!... Un aigle, madame, n'a pas l'œil aussi
vert, aussi vif, aussi brillant que Paris. Maudit soit
mon cœur, si je ne vous trouve pas bien heureuse de
ce second mariage! il vaut mieux que votre premier.
Au surplus, votre premier mari est mort, ou autant
vaudrait qu'il le fût, que de vivre sans vous être bon
à rien.

JULIETTE. — Parles-tu du fond du cœur?

LA NOURRICE. — Et du fond de mon âme; sinon,
malédiction à tous deux!

JULIETTE. — Amen!

LA NOURRICE. — Quoi?

JULIETTE. — Ah! tu m'as merveilleusement conso-
lée. Va dire à madame qu'ayant déplu à mon père,
je suis allée à la cellule de Laurent, pour me confesser et recevoir l'absolution.

LA NOURRICE. — Oui, certes, j'y vais. Vous faites
sagement. *(Elle sort.)*

JULIETTE, *regardant s'éloigner la nourrice.* — Ô vieille
damnée! abominable démon! Je ne sais quel est ton
plus grand crime, ou de souhaiter que je me parjure, ou de ravaler mon seigneur de cette même
bouche qui l'a exalté au-dessus de toute comparaison tant de milliers de fois... Va-t'en, conseillère;
entre toi et mon cœur il y a désormais rupture. Je vais
trouver le frère pour lui demander un remède; à
défaut de tout autre, j'ai la ressource de mourir.
(Elle sort.)

ACTE IV

SCÈNE PREMIÈRE

La cellule de frère Laurent.

Entrent FRÈRE LAURENT *et* PARIS.

FRÈRE LAURENT. — Jeudi, seigneur! le terme est bien court.

PARIS. — Mon père Capulet le veut ainsi, et je ne retarderai son empressement par aucun obstacle.

FRÈRE LAURENT. — Vous ignorez encore, dites-vous, les sentiments de la dame. Voilà une marche peu régulière, et qui ne me plaît pas.

PARIS. — Elle ne cesse de pleurer la mort de Tybalt, et c'est pourquoi je lui ai peu parlé d'amour; car Vénus ne sourit guère dans une maison de larmes. Or, son père voit un danger à ce qu'elle se laisse ainsi dominer par la douleur; et, dans sa sagesse, il hâte notre mariage pour arrêter cette inondation de larmes. Le chagrin qui l'absorbe dans la solitude pourra se dissiper dans la société. Maintenant vous connaissez les raisons de cet empressement.

Frère Laurent, *à part.* — Hélas! je connais trop celles qui devraient le ralentir! *(Haut.)* Justement, messire, voici la dame qui vient à ma cellule.

                                        Entre Juliette.

Paris. — Heureuse rencontre, ma dame et ma femme!

Juliette. — Votre femme! Je pourrai l'être quand je pourrai être mariée.

Paris. — Vous pouvez et vous devez l'être, amour, jeudi prochain.

Juliette. — Ce qui doit être sera.

Frère Laurent. — Voilà une vérité certaine.

Paris, *à Juliette.* — Venez-vous faire votre confession à ce bon père?

Juliette. — Répondre à cela, ce serait me confesser à vous.

Paris. — Ne lui cachez pas que vous m'aimez.

Juliette. — Je vous confesse que je l'aime, lui.

Paris. — Comme vous confesserez, j'en suis sûr, que vous m'aimez

Juliette. — Si je fais cet aveu, il aura plus de prix derrière votre dos qu'en votre présence.

Paris. — Pauvre âme, les larmes ont bien altéré ton visage.

Juliette. — Elles ont remporté là une faible victoire : il n'avait pas grand charme avant leurs ravages.

Paris. — Ces paroles-là lui font plus d'injure que tes larmes.

Juliette. — Ce n'est pas une calomnie, monsieur, c'est une vérité; et cette vérité, je la dis à ma face.

Paris. — Ta beauté est à moi et tu la calomnies.

JULIETTE. — Il se peut, car elle ne m'appartient pas... Êtes-vous libre, saint père, en ce moment, ou reviendrai-je ce soir après vêpres?

FRÈRE LAURENT. — J'ai tout mon loisir, pensive enfant... Mon seigneur, nous aurions besoin d'être seuls.

PARIS. — Dieu me préserve de troubler la dévotion! Juliette, jeudi, de bon matin, j'irai vous réveiller. Jusque-là, adieu, et recueillez ce pieux baiser. *(Il l'embrasse et sort.)*

JULIETTE. — Oh! ferme la porte, et après viens pleurer avec moi : plus d'espoir, plus de ressource, plus de remède.

FRÈRE LAURENT. — Ah! Juliette, je connais déjà ton chagrin, et il m'angoisse bien au-delà de mon entendement. Je sais que jeudi prochain, sans délai possible, tu dois être mariée au comte.

JULIETTE. — Ne me dis pas que tu sais cela, frère, sans me dire aussi comment je puis l'empêcher. Si dans ta sagesse tu ne trouves pas de remède, déclare seulement que ma résolution est sage, et sur-le-champ je remédie à tout avec ce couteau. *(Elle montre un poignard.)* Dieu a joint mon cœur à celui de Roméo; toi, tu as joint nos mains; et, avant que cette main, engagée par toi à Roméo, scelle un autre contrat, avant que mon cœur loyal, devenu perfide et traître, se donne à un autre, ceci aura eu raison de tous deux. Donc, en vertu de ta longue expérience, donne-moi vite un conseil; sinon, regarde! entre ma détresse et moi je prends ce cruel couteau pour médiateur : c'est lui qui arbitrera le litige que l'autorité de ton âge et de ta science n'aura pas su terminer à mon honneur. Réponds-moi sans retard; il me

tarde de mourir si ta réponse ne m'indique pas de
remède!

Frère Laurent. — Arrête, ma fille; j'entrevois une
espérance possible, mais le moyen nécessaire à son
accomplissement est aussi désespéré que le mal que
nous voulons empêcher. Si, plutôt que d'épouser le
comte Paris, tu as l'énergie de vouloir te tuer, il est
probable que tu oseras affronter l'image de la mort
pour repousser le déshonneur, toi qui, pour y échapper, veux provoquer la mort elle-même. Eh bien, si
tu as ce courage, je te donnerai un remède[12].

Juliette. — Oh! plutôt que d'épouser Paris, dis-
moi de m'élancer des créneaux de cette tour là-bas,
ou d'errer sur le chemin des bandits; dis-moi de me
glisser où rampent des serpents; enchaîne-moi avec
des ours rugissants; enferme-moi, la nuit, dans un
charnier, sous un monceau d'os de morts qui s'entre-
choquent, de moignons fétides et de crânes jaunes et
décharnés; dis-moi d'aller, dans une fosse fraîche,
m'enfouir sous le linceul avec un mort; ordonne-
moi des choses dont le seul récit me faisait trembler,
et je les ferai sans crainte, sans hésitation, pour
rester l'épouse sans tache de mon doux bien-aimé.

Frère Laurent. — Écoute alors : rentre à la maison, aie l'air gai et dis que tu consens à épouser
Pâris. C'est demain mercredi. Demain soir, fais en
sorte de coucher seule; que ta nourrice ne couche
pas dans ta chambre; une fois au lit, prends cette fiole
et avale la liqueur qui y est distillée. Aussitôt dans
toutes tes veines se répandra une froide et léthargi-
que humeur : le pouls suspendra son mouvement
naturel et cessera de battre; ni chaleur, ni souffle n'at-
testeront que tu vis. Les roses de tes lèvres et de tes

joues seront flétries et ternes comme la cendre; les fenêtres de tes yeux seront closes, comme si la mort les avait fermées au jour de la vie. Chaque partie de ton être, privée de souplesse et d'action, sera roide, inflexible et froide comme la mort. Dans cet état apparent de cadavre tu resteras juste quarante-deux heures, et alors tu t'éveilleras comme d'un doux sommeil. Le matin, quand le fiancé arrivera pour hâter ton lever, il te trouvera morte dans ton lit. Alors, selon l'usage de notre pays, vêtue de ta plus belle parure, et placée dans un cercueil découvert, tu seras transportée à l'ancien caveau où repose toute la famille des Capulet. Entre-temps avant que tu ne sois éveillée, Roméo, instruit de notre plan par mes lettres, arrivera; lui et moi nous épierons ton réveil, et cette nuit-là même Roméo t'emmènera à Mantoue. Et ainsi tu seras sauvée d'un déshonneur imminent, si nul caprice futile, nulle frayeur féminine n'abat ton courage au moment de l'exécution.

JULIETTE. — Donne! Eh! donne! ne me parle pas de frayeur.

FRÈRE LAURENT, *lui remettant la fiole.* — Tiens, pars! Sois forte et sois heureuse dans ta résolution. Je vais dépêcher un religieux à Mantoue avec un message pour ton mari.

JULIETTE. — Amour, donne-moi ta force, et cette force me sauvera. Adieu, mon père! *(Ils se séparent.)*

SCÈNE II

Dans la maison des Capulet.

Entrent CAPULET, LADY CAPULET, LA NOURRICE
et des VALETS.

CAPULET, *remettant un papier au premier valet.* — Tu
inviteras toutes les personnes dont les noms sont
écrits ici. *(Le valet sort.) (Au second valet.)* Maraud, va
me louer vingt cuisiniers habiles.

DEUXIÈME VALET. — Vous n'en aurez que de bons,
monsieur, car je m'assurerai d'abord s'ils se lèchent
les doigts.

CAPULET. — Et comment t'assureras-tu par là de
leur savoir-faire?

DEUXIÈME VALET. — Pardine, monsieur, c'est un
mauvais cuisinier que celui qui ne se lèche pas les
doigts : ainsi ceux qui ne se lècheront pas les doigts,
je ne les prendrai pas.

CAPULET. — Bon, va-t'en. *(Le valet sort.)* Nous
allons être pris au dépourvu cette fois. Eh bien, est-ce
que ma fille est allée chez frère Laurent?

LA NOURRICE. — Oui, ma foi.

CAPULET. — Allons, il aura peut-être une bonne
influence sur elle. La friponne est si réfrac-
taire, si opiniâtre.

                                        Entre Juliette.

LA NOURRICE. — Voyez donc avec quelle mine
joyeuse elle revient de confesse.

CAPULET. — Eh bien, mon entêtée, où avez-vous été comme ça?

JULIETTE. — Chez quelqu'un qui m'a appris à me repentir de ma coupable résistance à vous et à vos ordres. Le vénérable Laurent m'a enjoint de me prosterner à vos pieds, et de vous demander pardon... *(Elle s'agenouille devant son père.)* Pardon, je vous en conjure! Désormais, je me laisserai guider entièrement par vous.

CAPULET. — Qu'on aille chercher le comte, et qu'on l'instruise de ceci. Je veux que cette union soit nouée dès demain matin.

JULIETTE. — J'ai rencontré le jeune comte à la cellule de Laurent, et je lui ai témoigné mon amour autant que je le pouvais sans franchir les bornes de la modestie.

CAPULET. — Ah! j'en suis bien aise... Voilà qui est bien... relève-toi *(Juliette se relève.)* Les choses sont comme elles doivent être... Il faut que je voie le comte. Morbleu, qu'on aille le chercher, vous dis-je. Ah! pardieu, c'est un saint homme que ce révérend père, et toute notre cité lui est bien redevable.

JULIETTE. — Nourrice, voulez-vous venir avec moi dans mon cabinet? Vous m'aiderez à ranger les parures que vous trouverez convenables pour ma toilette de demain.

LADY CAPULET. — Non, non, pas avant jeudi. Nous avons le temps.

CAPULET. — Va, nourrice, va avec elle. *(Juliette sort avec la nourrice.)* *(A lady Capulet.)* Nous irons à l'église demain.

LADY CAPULET. — Nous serons pris de court pour les préparatifs : il fait presque nuit déjà.

CAPULET — Bah! je vais me remuer, et tout ira bien, je te le garantis, femme! Toi, va rejoindre Juliette, et aide-la à se parer; je ne me coucherai pas cette nuit... Laisse-moi seul; c'est moi qui ferai la ménagère cette fois... Holà!... Ils sont tous sortis. Allons, je vais moi-même chez le comte Paris le prévenir pour demain. J'ai le cœur étonnamment allègre, depuis que cette petite folle est revenue à de meilleurs sentiments. *(Ils sortent.)*

SCÈNE III

La chambre de Juliette.

Entrent JULIETTE *et* LA NOURRICE.

JULIETTE. — Oui, c'est la toilette qu'il faut... Mais, gentille nourrice, laisse-moi seule cette nuit, je t'en prie : car j'ai besoin de beaucoup prier, pour décider le ciel à sourire à mon existence, qui est, tu le sais bien, pleine de contrariété et de péché.

Entre lady Capulet.

LADY CAPULET. — Allons, êtes-vous encore occupées? avez-vous besoin de mon aide?

JULIETTE. — Non, madame; nous avons choisi tout ce qui sera nécessaire pour notre cérémonie de demain. Veuillez permettre que je reste seule à présent, et que la nourrice veille avec vous cette nuit; car, j'en suis sûre, vous avez trop d'ouvrage sur les bras, dans des circonstances si pressantes.

LADY CAPULET. — Bonne nuit! Mets-toi au lit, et repose-toi; car tu en as besoin. *(Lady Capulet sort avec la nourrice.)*

JULIETTE. — Adieu!... Dieu sait quand nous nous reverrons. Je sens comme des frissons de frayeur se répandre dans mes veines et y glacer la chaleur de mon corps... Je vais les rappeler pour me rassurer... Nourrice!... qu'a-t-elle à faire ici? Il faut que je joue seule mon horrible scène. *(Prenant la fiole que Laurence lui a donnée.)* A moi, fiole!... Eh quoi! si ce breuvage n'agissait pas! serais-je donc mariée demain matin?... Non, non. Voici qui l'empêcherait... Repose ici, toi. *(Elle met un couteau à côté de son lit.)* Et si c'était un poison que le moine m'eût subtilement administré pour me faire mourir, afin de ne pas être déshonorée par ce mariage, lui qui m'a déjà mariée à Roméo? J'ai peur de cela; mais non, c'est impossible; il a toujours été reconnu pour un saint homme... Et si, une fois déposée dans le tombeau, je m'éveillais avant le moment où Roméo doit venir me délivrer! Ah! l'effroyable chose! Ne pourrais-je pas être étouffée dans ce caveau dont la bouche hideuse n'aspire jamais un air pur, et mourir suffoquée avant que Roméo n'arrive? Ou même, si je vis, n'est-il pas probable que l'horrible impression de la mort et de la nuit jointe à la terreur du lieu... En effet ce caveau est l'ancien réceptacle où depuis bien des siècles sont entassés les os de tous mes ancêtres ensevelis; où Tybalt sanglant et encore tout frais dans la terre pourrit sous son linceul; où, dit-on, à certaines heures de la nuit, les esprits s'assemblent! Hélas! hélas! n'est-il pas probable que, réveillée avant l'heure, au milieu d'exhalaisons infectes et de gémissements

pareils à ces cris de mandragores déracinées que
des vivants ne peuvent entendre sans devenir fous...
Oh! si je m'éveille ainsi, est-ce que je ne perdrai pas
la raison, environnée de toutes ces horreurs? Peut-
être alors, insensée, voudrai-je jouer avec les sque-
lettes de mes ancêtres, arracher de son linceul Tybalt
mutilé, et, dans ce délire, saisissant l'os de quelque
grand-parent comme une massue, en broyer ma cer-
velle désespérée! Oh! tenez! il me semble voir le
spectre de mon cousin poursuivant Roméo qui lui a
troué le corps avec la pointe de son épée... Arrête,
Tybalt, arrête! *(Elle porte la fiole à ses lèvres.)* Roméo!
Roméo! Roméo! je viens, je bois à toi. *(Elle se jette
sur son lit derrière un rideau.)*

SCÈNE IV

Une salle dans la maison des Capulet. Le jour se lève.

Entrent LADY CAPULET *et* LA NOURRICE.

LADY CAPULET, *donnant un trousseau de clefs à la
nourrice.* — Tenez, nourrice, prenez ces clefs et allez
chercher d'autres épices.

LA NOURRICE. — On demande des dattes et des
coings pour la pâtisserie.

Entre Capulet.

CAPULET. — Allons! debout! debout! debout!
le coq a chanté deux fois; le couvre-feu a sonné;
il est trois heures. *(A lady Capulet.)* Ayez l'œil aux

fours, bonne Angélique, et qu'on n'épargne rien.

La Nourrice, *à Capulet.* — Allez, allez, cogne-fétu, allez vous mettre au lit; ma parole, vous serez malade demain d'avoir veillé cette nuit.

Capulet. — Nenni, nenni. Bah! j'ai déjà passé des nuits entières pour moins que ça et je n'ai jamais été malade.

Lady Capulet. — Oui, vous avez chassé les souris dans votre temps; mais je veillerai désormais à ce que vous ne veilliez plus ainsi. *(Lady Capulet et la nourrice sortent.)*

Capulet. — Jalousie! jalousie! *(Des valets passent portant des broches, des bûches et des paniers.) (Au premier valet.)* Eh bien, l'ami, qu'est-ce que tout ça?

Premier Valet. — Monsieur, c'est pour le cuisinier, mais je ne sais trop ce que c'est.

Capulet. — Hâte-toi, hâte-toi *(Sort le premier valet.) (Au deuxième valet.)* Maraud apporte des bûches plus sèches, appelle Pierre, il te montrera où il y en a.

Deuxième Valet. — J'ai assez de tête, monsieur, pour suffire aux bûches sans déranger Pierre. *(Il sort.)*

Capulet. — Par la messe, bien répondu. Voilà un plaisant coquin! Ah! je te proclame roi des bûches... Ma foi, il est jour. Le comte va être ici tout à l'heure avec la musique, car il me l'a promis. *(Bruit d'instruments qui se rapprochent.)* Je l'entends qui s'avance... Nourrice! Femme! Holà! nourrice, allons donc!

Entre la nourrice.

Capulet. — Allez éveiller Juliette, allez, et habillez-la; je vais causer avec Paris... Vite, hâtez-vous, hâtez-vous! le fiancé est déjà arrivé; hâtez-vous, vous dis-je. *(Tous sortent.)*

SCÈNE V

La chambre de Juliette.

Entre LA NOURRICE.

LA NOURRICE, *appelant.* — Madame! allons, madame!... Juliette!... Elle dort profondément, je le garantis... Eh bien, agneau! eh bien, maîtresse!... Fi, paresseuse!... Allons, amour, allons! Madame! mon cher cœur! Allons, la mariée! Quoi, pas un mot!... Vous en prenez pour votre argent cette fois, vous dormez pour une semaine, car, la nuit prochaine, j'en réponds, le comte a pris son parti de ne vous laisser prendre que peu de repos... Dieu me pardonne! Jésus Marie! comme elle dort! Il faut que je l'éveille... Madame! madame! madame! Oui, que le comte vous surprenne au lit; c'est lui qui vous secouera, ma foi... *(Elle tire les rideaux du lit et découvre Juliette étendue et immobile.)* Est-il possible! Quoi! toute vêtue, toute parée, et recouchée! Il faut que je la réveille... Madame! madame! madame! hélas! hélas! au secours! au secours! ma maîtresse est morte. O malheur! faut-il que je sois jamais née!... Holà, de l'eau-de-vie!... Monseigneur! Madame!

Entre lady Capulet.

LADY CAPULET. — Quel est ce bruit?
LA NOURRICE. — Ô jour lamentable!
LADY CAPULET. — Qu'y a-t-il?

La Nourrice, *montrant le lit*. — Regardez, regardez! Ô jour désolant!

Lady Capulet. — Ciel! ciel! Mon enfant, ma vie! Renais, rouvre les yeux, ou je vais mourir avec toi! Au secours! au secours! appelez au secours!

                                        Entre Capulet.

Capulet. — C'est trop honteux, amenez Juliette, son mari est arrivé.

La Nourrice. — Elle est morte, décédée, elle est morte; ah! mon Dieu!

Lady Capulet. — Mon Dieu! elle est morte! elle est morte! elle est morte!

Capulet, *s'approchant de Juliette*. — Ah! que je la voie!... C'est fini, hélas! elle est froide! Son sang est arrêté et ses membres sont roides. La vie a depuis longtemps déserté ses lèvres. La mort est sur elle, comme une gelée précoce sur la plus belle fleur des champs.

La Nourrice. — Ô jour lamentable!

Lady Capulet. — Douloureux moment!

Capulet. — La mort qui me l'a prise pour me faire gémir me lie la langue et ne me laisse pas parler.

              Entrent frère Laurent et Paris suivis de
              musiciens.

Frère Laurent. — Allons, la fiancée est-elle prête à aller à l'église?

Capulet. — Prête à y aller, mais pour n'en pas revenir! *(A Paris.)* Ô mon fils, la nuit qui précédait tes noces, la mort a couché avec ta fiancée, et voici la pauvre fleur toute déflorée par elle. La mort est mon gendre, la mort est mon héritier, elle a épousé ma fille. Moi, je vais mourir et tout lui laisser. Quand la vie se retire, tout est à la mort.

PARIS. — N'ai-je si longtemps désiré voir cette aurore, que pour qu'elle me donnât un pareil spectacle!

LADY CAPULET. — Jour maudit, malheureux, misérable, odieux! Heure la plus atroce qu'ait jamais vue le temps dans le cours laborieux de son pèlerinage! Rien qu'une pauvre enfant, une pauvre chère enfant, rien qu'un seul être pour me réjouir et me consoler, et la mort cruelle l'arrache de mes bras!

LA NOURRICE. — Ô douleur! ô douloureux, douloureux, douloureux jour! Jour lamentable! jour le plus douloureux que jamais, jamais j'aie vu! Ô jour! ô jour! ô jour! ô jour odieux! Jamais jour ne fut plus sombre! Ô jour douloureux! ô jour douloureux!

PARIS. — Déçue, divorcée, frappée, accablée, assassinée! Oui, détestable mort, déçue par toi, ruinée par toi, cruelle, cruelle! Ô mon amour! ma vie!... Non, tu n'es plus ma vie, tu es mon amour dans la mort!

CAPULET. — Honnie, désolée, navrée, martyrisée, tuée! Sinistre catastrophe, pourquoi es-tu venue détruire, détruire notre solennité?... Ô mon enfant! mon enfant! mon enfant! Non! toute mon âme! Quoi, tu es morte!... Hélas! mon enfant est morte, et, avec mon enfant, sont ensevelies toutes mes joies!

FRÈRE LAURENT. — Silence, n'avez-vous pas de honte? Le remède des maux désespérés n'est pas dans ces désespoirs. Le ciel et vous, vous partagiez cette belle enfant; maintenant le ciel l'a tout entière, et pour elle c'est tant mieux. Votre part en elle, vous ne pouviez la garder de la mort, mais le ciel garde sa part dans l'éternelle vie. Une haute fortune était tout ce que vous lui souhaitiez; c'était le ciel pour vous de la voir s'élever, et vous pleurez maintenant qu'elle

s'élève au-dessus des nuages, jusqu'au ciel même!
Oh! vous aimez si mal votre enfant que vous devenez
fous en voyant qu'elle est bien. Vivre longtemps
mariée, ce n'est pas être bien mariée; la mieux mariée
est celle qui meurt jeune. Séchez vos larmes et atta-
chez vos branches de romarin sur ce beau corps;
puis, selon la coutume, portez-la dans sa plus belle
parure à l'église. Car, bien que la faible nature nous
force tous à pleurer, les larmes de la nature font
sourire la raison.

CAPULET. — Tous nos préparatifs de fête se changent
en appareil funèbre : notre concert devient un glas
mélancolique; notre repas de noces, un triste ban-
quet d'obsèques; nos hymnes solennels, des chants
lugubres. Notre bouquet nuptial sert pour une morte,
et tout change de destination.

FRÈRE LAURENT. — Retirez-vous, monsieur, et vous
aussi, madame, et vous aussi, messire Paris; que chacun se prépare à escorter cette belle enfant jusqu'à
son tombeau. Le ciel s'appesantit sur vous, pour je ne
sais quelle offense; ne l'irritez pas davantage en mur-
murant contre sa volonté suprême. *(Sortent Capulet,
lady Capulet, Paris et frère Laurent.)*

PREMIER MUSICIEN. — Nous pouvons serrer nos
flûtes et partir.

LA NOURRICE. — Ah! serrez-les, serrez-les, mes bons,
mes honnêtes amis; car, vous le voyez, la situation
est lamentable.

PREMIER MUSICIEN. — Oui, et je voudrais qu'on pût
l'amender. *(Sort la nourrice.)*

Entre Peter.

PETER. — Musiciens! oh! musiciens, vite *Gaieté du*

cœur! Gaieté du cœur! Oh! si vous voulez que je vive, jouez-moi *Gaieté du cœur!*

Premier Musicien. — Et pourquoi *Gaieté du cœur!*

Peter. — Ô musiciens! parce que mon cœur lui-même joue l'air de *Mon cœur est triste.* Ah! jouez-moi quelque complainte joyeuse pour me consoler.

Deuxième Musicien. — Pas la moindre complainte; ce n'est pas le moment de jouer à présent.

Peter. — Vous ne voulez pas, alors?

Les Musiciens. — Non.

Peter. — Alors vous allez l'avoir solide.

Premier Musicien. — Qu'est-ce que nous allons avoir?

Peter. — Ce n'est pas de l'argent, morbleu, c'est une raclée, méchants racleurs!

Premier Musicien. — Méchant valet!

Peter. — Ah! je vais vous planter ma dague de valet dans la perruque. Je ne supporterai pas vos fadaises; je vous en donnerai des fa-dièses, moi, sur les épaules, notez bien.

Premier Musicien. — En nous donnant le fa-dièse, c'est vous qui nous noterez.

Deuxième Musicien. — Voyons, rengainez votre dague et dégainez votre esprit.

Peter. — En garde donc! Je vais vous attaquer à la pointe de l'esprit et rengainer ma pointe d'acier... Ripostez-moi en hommes. *(Il chante.)*

> *Quand une douleur poignante blesse le cœur*
> *Et qu'une morne tristesse accable l'esprit,*
> *Alors la musique au son argentin...*

Pourquoi *son argentin?* Pourquoi la musique a-t-elle le son argentin? Répondez, Simon Corde-à-Boyau!

Premier Musicien. — Eh! parce que l'argent a le son fort doux.

Peter. — Joli! Répondez, vous, Hugues Rebec!

Deuxième Musicien. — La musique a le son argentin, parce que les musiciens la font sonner pour argent.

Peter. — Joli aussi!... Répondez, vous, Jacques Serpent.

Troisième Musicien. — Ma foi, je ne sais que dire.

Peter. — Oh! j'implore votre pardon : vous êtes le chanteur de la bande. Eh bien, je vais répondre pour vous. La musique a le son argentin, parce que les gaillards de votre espèce font rarement sonner l'or. *(Il chante.)*

> *Alors la musique au son argentin*
> *Apporte promptement le remède. (Il sort.)*

Premier Musicien. — Voilà un fieffé coquin!

Deuxième Musicien. — Qu'il aille se faire pendre!... Sortons, nous autres! attendons le convoi, et nous resterons à dîner. *(Ils sortent.)*

ACTE V

SCÈNE PREMIÈRE

Mantoue. Une rue.

Entre ROMÉO.

ROMÉO. — Si je puis me fier aux flatteuses assurances du sommeil, mes rêves m'annoncent l'arrivée de quelque joyeuse nouvelle. La passion souveraine qui règne sur mon cœur trône, sereine et, depuis ce matin, une allégresse singulière m'élève au-dessus de terre avec de riantes pensées. J'ai rêvé que ma dame arrivait et me trouvait mort (étrange rêve qui laisse à un mort la faculté de penser!), puis, qu'à force de baisers elle ranimait la vie sur mes lèvres, et que je renaissais, et que j'étais empereur. Ciel! combien doit être douce la possession de l'amour, si son ombre est déjà si prodigue de joies!

Entre Balthazar, en bottes.

ROMÉO. — Des nouvelles de Vérone!... Eh bien, Balthazar, est-ce que tu ne m'apportes pas de lettre

du moine? Comment va ma dame? Mon père est-il
bien? Comment va ma Juliette? Je te répète cette
question-là; car, si ma Juliette est heureuse, tout va
bien.

Balthazar. — Elle est heureuse, il n'existe donc
pas de malheur. Son corps repose dans le tombeau
des Capulets, et son âme immortelle vit avec les
anges. Je l'ai vu déposer dans le caveau de sa famille,
et j'ai pris aussitôt la poste pour vous l'annoncer.
Oh! pardonnez-moi de vous apporter ces tristes nouvelles : je remplis l'office dont vous m'aviez chargé,
monsieur.

Roméo. — Ah! vraiment? eh bien, astres, je vous
défie!... *(A Balthazar.)* Tu sais où je loge : procure-
moi de l'encre et du papier, et loue des chevaux de
poste : je pars d'ici ce soir.

Balthazar. — Je vous en conjure, monsieur, ayez
de la patience. Votre pâleur, votre air hagard annoncent quelque catastrophe.

Roméo. — Bah! tu te trompes!... Laisse-moi et fais
ce que je te dis : est-ce que tu n'as pas de lettre du
moine pour moi?

Balthazar. — Non, mon bon seigneur.

Roméo. — N'importe : va-t'en, et loue des chevaux;
je te rejoins sur-le-champ. *(Sort Balthazar.)* Oui,
Juliette, je dormirai près de toi cette nuit. Cherchons
le moyen... O destruction! comme tu t'offres vite à la
pensée des hommes désespérés! Je me souviens d'un
apothicaire qui demeure aux environs; récemment
encore je le remarquais sous sa guenille, occupé, le
sourcil froncé, à cueillir des simples; il avait la mine
amaigrie; l'âpre misère l'avait usé jusqu'aux os. Dans
sa pauvre échoppe étaient accrochés une tortue, un

alligator empaillé et des peaux de poissons mons-
trueux; sur ses planches, une chétive collection de
boîtes vides, des pots de terre verdâtres, des vessies et
des graines moisies, des restes de ficelle et de vieux
pains de roses étaient épars çà et là en guise d'étalage.
Frappé de cette pénurie, je me dis à moi-même : Si un
homme avait besoin de poison, bien que la vente en
soit punie de mort à Mantoue, voici un pauvre gueux
qui lui en vendrait. Oh! je pressentais alors mon
besoin présent; il faut que ce besogneux m'en vende...
Autant qu'il m'en souvient, ce doit être ici sa demeure;
comme c'est fête aujourd'hui, la boutique du misérable est fermée... Holà! l'apothicaire!

Une porte s'ouvre. Paraît l'apothicaire.

L'Apothicaire. — Qui donc appelle si fort?

Roméo. — Viens ici, l'ami... Je vois que tu es
pauvre; tiens, voici quarante ducats; donne-moi une
dose de poison; mais il me faut une drogue énergique
qui, à peine dispersée dans les veines de l'homme las
de vivre, le fasse tomber mort, et qui chasse du corps
le souffle aussi violemment, aussi rapidement que
la flamme renvoie la poudre des entrailles fatales du
canon!

L'Apothicaire. — J'ai de ces poisons meurtriers.
Mais la loi de Mantoue, c'est la mort pour qui les
débite.

Roméo. — Quoi! tu es dans ce dénuement et dans
cette misère, et tu as peur de mourir! La faim se lit
sur tes joues; le besoin et la souffrance creusent tes
yeux; le dégoût et la misère pendent à tes épaules.
Le monde ne t'est point ami, ni la loi du monde; le
monde n'a pas fait sa loi pour t'enrichir; viole-la donc,

cesse d'être pauvre et prends ceci. *(Il lui montre sa bourse.)*

L'APOTHICAIRE. — Ma pauvreté consent, mais contre ma volonté.

ROMÉO. — Je paie ta pauvreté, et non ta volonté.

L'APOTHICAIRE. — Mettez ceci dans le liquide que vous voudrez, et avalez; eussiez-vous la force de vingt hommes, vous serez expédié immédiatement.

ROMÉO, *lui jetant sa bourse.* — Voici ton or, poison plus funeste encore à l'âme des hommes, il commet plus de meurtres dans cet odieux monde que ces pauvres mixtures que tu n'as pas le droit de vendre. C'est moi qui te vends du poison; tu ne m'en as pas vendu. Adieu, achète de quoi manger et engraisse. *(Serrant la fiole que l'apothicaire lui a remise.)* Ceci, du poison? non! Viens, cordial, viens avec moi au tombeau de Juliette; c'est là que tu dois me servir. *(Ils se séparent.)*

SCÈNE II

La cellule de frère Laurent.

Entre FRÈRE JEAN.

FRÈRE JEAN. — Saint franciscain! mon frère, holà!

FRÈRE LAURENT. — Ce doit être la voix de frère Jean. De Mantoue sois le bienvenu. Que dit Roméo?... A-t-il écrit? Alors donne-moi sa lettre.

FRÈRE JEAN. — J'étais allé à la recherche d'un frère déchaussé de notre ordre, qui devait m'accompagner, et je l'avais trouvé ici dans la cité en train de visiter les malades; mais les inspecteurs de la ville, nous ayant rencontrés tous deux dans une maison qu'ils soupçonnaient infectée de la peste, en ont fermé les portes et n'ont pas voulu nous laisser sortir. C'est ainsi qu'a été empêché mon départ pour Mantoue.

Frère Laurent. — Qui donc a porté ma lettre à Roméo?

Frère Jean. — La voici. Je n'ai pas pu l'envoyer, ni me procurer un messager pour te la rapporter, tant la contagion effrayait tout le monde.

Frère Laurent. — Malheureux contretemps! Par notre confrérie ce n'était pas une lettre insignifiante, c'était un message d'une haute importance, et ce retard peut produire de grands malheurs. Frère Jean, va me chercher un levier de fer, et apporte-le-moi sur-le-champ dans ma cellule.

Frère Jean. — Frère, je vais te l'apporter. *(Il sort.)*

Frère Laurent. — Maintenant il faut que je me rende seul au tombeau; dans trois heures la belle Juliette s'éveillera. Elle me maudira, parce que Roméo n'a pas été prévenu de ce qui est arrivé; mais je vais récrire à Mantoue, et je la garderai dans ma cellule jusqu'à la venue de Roméo. Pauvre cadavre vivant, enfermé dans le sépulcre d'un mort! *(Il sort.)*

SCÈNE III

Vérone. — Un cimetière. Le tombeau des Capulets.

Entre PARIS *suivi de son* PAGE *qui porte une torche et des fleurs.*

PARIS. — Page, donne-moi ta torche. Éloigne-toi et tiens-toi à l'écart... Mais, non, éteins-la, car je ne veux pas être vu. Va te coucher sous ces ifs là-bas, en appliquant ton oreille contre la terre sonore; aucun pied ne pourra se poser sur le sol du cimetière, tant de fois amolli et fouillé par la bêche du fossoyeur, sans que tu l'entendes : tu siffleras, pour m'avertir, si tu entends approcher quelqu'un... Donne-moi ces fleurs. Fais ce que je te dis. Va.

LE PAGE, *à part.* — J'ai presque peur de rester seul ici dans le cimetière; pourtant je me risque. *(Il se retire.)*

PARIS. — Douce fleur, je sème ces fleurs sur ton lit nuptial, dont le dais, hélas! est fait de poussière et de pierres; je viendrai chaque nuit les arroser d'eau douce, ou, à son défaut, de larmes distillées par des sanglots; oui, je veux célébrer tes funérailles en venant, chaque nuit, joncher ta tombe et pleurer. *(Lueur d'une torche et bruit de pas au loin. Le page siffle.)* Le page m'avertit que quelqu'un approche. Quel est ce pas sacrilège qui erre par ici la nuit et trouble les rites funèbres de mon amour?... Eh quoi! une torche!... Nuit, voile-moi un instant. *(Il se cache.)*

Entre Roméo, suivi de Balthazar qui porte
une torche, une pioche et un levier.

ROMÉO. — Donne-moi cette pioche et ce croc
d'acier. *(Remettant un papier au page.)* Tiens, prends
cette lettre; demain matin, de bonne heure, aie soin
de la remettre à mon seigneur et père... Donne-moi
la lumière. Sur ta vie, voici mon ordre : quoi que tu
voies ou entendes, reste à l'écart et ne m'interromps
pas dans mes actes. Si je descends dans cette alcôve
de la mort, c'est pour contempler les traits de ma
dame, mais surtout pour détacher de son doigt inerte
un anneau précieux, un anneau que je dois employer
à un cher usage. Ainsi, éloigne-toi, va-t'en... Mais
si, cédant au soupçon, tu oses revenir pour épier
ce que je veux faire, par le ciel, je te déchirerai lambeau par lambeau, et je joncherai de tes membres ce
cimetière affamé. Ma résolution est farouche comme
le moment : elle est plus terrible et plus inexorable
que le tigre à jeun ou la mer rugissante.

BALTHAZAR. — Je m'en vais, monsieur, et je ne vous
troublerai pas.

ROMÉO. — C'est ainsi que tu me prouveras ton
dévouement... *(Lui jetant sa bourse.)* Prends ceci : vis
et sois heureux... Adieu, cher enfant.

BALTHAZAR, *à part.* — N'importe. Je vais me cacher
aux alentours; sa mine m'effraie, et je suis inquiet
sur ses intentions. *(Il se retire.)*

ROMÉO, *prenant le levier et allant au tombeau.* — Horrible gueule, matrice de la mort, gorgée de ce que
la terre a de plus précieux, je parviendrai bien à
ouvrir tes lèvres pourries et à te fourrer de force une
nouvelle proie! *(Il enfonce la porte du monument.)*

Paris. — C'est ce banni, ce Montague hautain qui
a tué le cousin de ma bien-aimée : la belle enfant en
est morte de chagrin, à ce qu'on suppose. Il vient
ici pour faire quelque infâme outrage aux cadavres :
je vais l'arrêter... *(Il s'avance.)* Suspends ta besogne,
impie, vil Montague : la vengeance peut-elle se poursuivre au-delà de la mort? Misérable condamné, je
t'arrête. Obéis et viens avec moi; car il faut que tu
meures.

Roméo. — Il le faut en effet, et c'est pour cela
que je suis venu ici... Bon jeune homme, ne tente pas
un désespéré, sauve-toi d'ici et laisse-moi... *(Montrant
les tombeaux.)* Songe à tous ces morts, et cède à la
crainte de leur exemple. Je t'en supplie, jeune homme,
ne charge pas ma tête d'un péché nouveau en me
poussant à la fureur... Oh! va-t'en. Par le ciel, je
t'aime plus que moi-même, car c'est contre moi-
même que je viens ici armé. Ne reste pas, va-t'en; vis,
et dis plus tard que la pitié d'un furieux t'a forcé de
fuir.

Paris, *l'épée à la main.* — Je brave ta commiséra-
tion, et je t'arrête ici comme félon.

Roméo. — Tu veux donc me provoquer? Eh bien,
à toi, enfant. *(Ils se battent.)*

Le Page. — Ô ciel! ils se battent : je vais appeler
le guet. *(Il sort en courant.)*

Paris, *tombant.* — Oh! je suis tué!... Si tu es géné-
reux, ouvre le tombeau et dépose-moi près de Juliette.
(Il expire.)

Roméo. — Sur ma foi, je le ferai. *(Se penchant sur
le cadavre.)* Examinons cette figure : un parent de
Mercutio, le noble comte Paris! Que m'a donc dit
mon valet? Mon âme, bouleversée, n'y a pas fait

attention... Nous étions à cheval... Il me contait, je
crois, que Paris devait épouser Juliette. M'a-t-il dit
cela, ou l'ai-je rêvé? Ou, en l'entendant parler de
Juliette, ai-je eu la folie de m'imaginer cela? *(Prenant
le cadavre par le bras.)* Oh! donne-moi ta main, toi
que l'âpre adversité a inscrit comme moi sur son livre!
Je vais t'ensevelir dans un tombeau triomphal... Un
tombeau? oh! non, jeune victime, c'est une radieuse
coupole, car Juliette y repose, et sa beauté fait de ce
caveau une salle de fête illuminée. *(Il dépose Pâris
dans le monument.)* Mort, repose ici, enterré par un
mort. Que de fois les hommes à l'agonie ont eu un
accès de joie, un éclair avant la mort, comme disent
ceux qui les soignent... Ah! comment comparer ceci à
un éclair? *(Contemplant le corps de Juliette.)* Ô mon
amour! ma femme! La mort qui a sucé le miel de ton
haleine n'a pas encore eu de pouvoir sur ta beauté :
elle ne t'a pas conquise; la flamme de la beauté est
encore toute cramoisie sur tes lèvres et sur tes joues,
et le pâle drapeau de la mort n'est pas encore déployé
là... *(Allant à un autre cercueil.)* Tybalt! te voilà
donc couché dans ton linceul sanglant! Oh! que puis-je faire
de plus pour toi? De cette même main qui faucha
ta jeunesse, je vais abattre celle de ton ennemi. Pardonne-moi, cousin. *(Revenant sur ses pas.)* Ah!
chère Juliette, pourquoi es-tu si belle encore? Dois-je
croire que le spectre de la Mort est amoureux et que
l'affreux monstre décharné te garde ici dans les
ténèbres pour te posséder?... Horreur! Je veux rester
près de toi, et ne plus sortir de ce sinistre palais de la
nuit; ici, ici, je veux rester avec ta chambrière, la
vermine! Oh! c'est ici que je veux fixer mon éternelle
demeure et soustraire au joug des étoiles ennemies

cette chair lasse du monde... *(Tenant le corps embrassé.)*
Un dernier regard, mes yeux! une dernière étreinte,
mes bras! et vous, lèvres, vous, portes de l'haleine,
scellez par un baiser légitime un contrat illimité avec la
Mort! *(Saisissant la fiole.)* Viens, amer conducteur,
viens, guide amer. Pilote désespéré, vite! lance sur les
brisants ma barque épuisée par la tourmente! A ma
bien-aimée! *(Il boit le poison.)* Oh! l'apothicaire ne m'a
pas trompé : ses drogues sont actives... Je meurs ainsi...
sur un baiser! *(Il expire en embrassant Juliette.)*

> Frère Laurent paraît à l'autre extrémité
> du cimetière, avec une lanterne, un levier
> et une bêche.

Frère Laurent. — Saint François me soit en aide!
Que de fois cette nuit mes vieux pieds se sont heurtés
à des tombes! *(Il rencontre Balthazar étendu à terre.)* Qui
est là?

Balthazar, *se relevant*. — Un ami! quelqu'un qui
vous connaît bien.

Frère Laurent, *montrant le tombeau des Capulets*.
— Soyez béni!... Dites-moi, mon bon ami, quelle est
cette torche là-bas qui prête sa lumière inutile aux
larves et aux crânes sans yeux? Il me semble qu'elle
brûle dans le monument des Capulets.

Balthazar. — En effet, saint prêtre; il y a là mon
maître, quelqu'un que vous aimez.

Frère Laurent. — Qui donc?

Balthazar. — Roméo.

Frère Laurent. — Combien de temps a-t-il été là?

Balthazar. — Une grande demi-heure.

Frère Laurent. — Viens avec moi au caveau.

Balthazar. — Je n'ose pas, messire. Mon maître

croit que je suis parti; il m'a menacé de mort en
termes effrayants, si je restais à épier ses actes.

FRÈRE LAURENT. — Reste donc, j'irai seul... L'inquiétude me gagne : oh! je crains fort quelque
malheur.

BALTHAZAR. — Comme je dormais ici sous cet if,
j'ai rêvé que mon maître se battait avec un autre
homme et que mon maître le tuait.

FRÈRE LAURENT, *allant vers le tombeau*. — Roméo!
*(Dirigeant la lumière de sa lanterne sur l'entrée du tom-
beau.)* Hélas! hélas! quel est ce sang qui tache le seuil
de pierre de ce sépulcre? Pourquoi ces épées aban-
données et sanglantes projettent-elles leur sinistre
lueur sur ce lieu de paix? *(Il entre dans le monument.)*
Roméo! Oh! qu'il est pâle!... Quel est cet autre?
Quoi, Paris aussi! baignant dans son sang! Oh!
quelle cruelle conjoncture est donc coupable de cette
lamentable catastrophe?... *(Éclairant Juliette.)* Elle
remue! *(Juliette s'éveille et se soulève.)*

JULIETTE. — Ô frère charitable, où est mon seigneur?
Je me rappelle bien en quel lieu je dois être : m'y
voici... Mais où est Roméo? *(Rumeur au loin.)*

FRÈRE LAURENT. — J'entends du bruit... Ma fille,
quitte ce nid de mort, de contagion, de sommeil
contre nature. Un pouvoir tout-puissant a contre-
carré nos plans. Viens, viens, partons! Ton mari est
là gisant sur ton sein, et voici Paris. Viens, je te
placerai dans une communauté de saintes religieuses;
pas de questions! le guet arrive... Allons, viens,
chère Juliette. *(La rumeur se rapproche.)* Je n'ose rester
plus longtemps. *(Il sort du tombeau et disparaît.)*

JULIETTE. — Va, sors d'ici, car je ne m'en irai pas,
moi. Qu'est ceci? Une coupe qu'étreint la main de

mon bien-aimé? C'est le poison, je le vois, qui a causé sa fin prématurée. L'égoïste! il a tout bu! il n'a pas laissé une goutte amie pour m'aider à le rejoindre! Je veux baiser tes lèvres : peut-être y trouverai-je un reste de poison dont le baume me fera mourir... *(Elle l'embrasse.)* Tes lèvres sont chaudes!

PREMIER GARDE, *derrière le théâtre.* — Conduis-nous, page... De quel côté?

JULIETTE. — Oui, du bruit! Hâtons-nous donc! *(Saisissant le poignard de Roméo.)* Ô heureux poignard! voici ton fourreau... *(Elle se frappe.)* Rouille-toi là et laisse-moi mourir! *(Elle tombe sur le corps de Roméo et expire.)*

Entre le guet, conduit par le page de Paris.

LE PAGE, *montrant le tombeau.* — Voilà l'endroit, là où la torche brûle.

PREMIER GARDE, *à l'entrée du tombeau.* — Le sol est couvert de sang. Qu'on fouille le cimetière. Que quelques-uns aillent voir! arrêtez qui vous trouverez. *(Des gardes sortent.)* Spectacle navrant! Voici le comte assassiné... et Juliette en sang!... chaude encore!... morte il n'y a qu'un moment, elle qui était ensevelie depuis deux jours!... Allez prévenir le prince, courez chez les Capulets, réveillez les Montagues... que d'autres poursuivent les recherches! *(D'autres gardes sortent.)* Nous voyons bien le lieu où ces drames s'étalent, mais il y a lieu d'en découvrir les causes.

Entrent quelques gardes, ramenant Balthazar.

DEUXIÈME GARDE. — Voici le valet de Roméo, nous l'avons trouvé dans le cimetière.

PREMIER GARDE. — Tenez-le sous bonne garde jusqu'à l'arrivée du prince.

Entre un garde, ramenant frère Laurent.

TROISIÈME GARDE. — Voici un moine qui tremble,
soupire et pleure. Nous lui avons pris ce levier et
cette bêche, comme il venait de ce côté du cimetière.

PREMIER GARDE. — Graves présomptions! Retenez
aussi ce moine.

Le jour commence à poindre. Entrent le
prince et sa suite.

LE PRINCE. — Quel est le malheur matinal qui
nous arrache à notre repos?

Entrent Capulet, lady Capulet et leur suite.

CAPULET. — Pourquoi ces clameurs qui retentissent
partout?

LADY CAPULET. — Le peuple dans les rues crie :
Roméo!... Juliette!... Paris!... et tous accourent, en
criant à tue-tête vers notre caveau.

LE PRINCE. — D'où vient cette épouvante qui fait
tressaillir nos oreilles?

PREMIER GARDE, *montrant les cadavres*. — Mon
souverain, voici le comte Paris assassiné; voici Roméo
mort; voici Juliette, la morte qu'on pleurait, chaude
encore et tout récemment tuée.

LE PRINCE. — Cherchez, fouillez partout, et sachez
comment s'est fait cet horrible massacre.

PREMIER GARDE. — Voici un moine, et le valet du
défunt Roméo; ils ont été trouvés munis des instruments nécessaires pour ouvrir la tombe de ces morts.

CAPULET. — Ô Ciel!... Oh! vois donc, femme,

notre fille est en sang!... Ce poignard s'est fourvoyé...
Tiens! sa gaine est restée vide au flanc du Montague,
et il s'est égaré dans la poitrine de ma fille!

LADY CAPULET. — Mon Dieu! ce spectacle funèbre
est le glas qui appelle ma vieillesse au sépulcre.

                                Entrent Montague et sa suite.

LE PRINCE. — Approche, Montague : tu t'es levé
à l'aube pour voir ton fils, ton héritier tombé à l'aube
de sa vie.

MONTAGUE. — Hélas! mon suzerain, ma femme
est morte cette nuit. L'exil de son fils lui a ôté son
dernier souffle! Quel est le nouveau malheur qui
conspire contre mes années?

LE PRINCE, *montrant le tombeau.* — Regarde, et tu
verras.

MONTAGUE, *reconnaissant Roméo.* — Ô malappris!
Quelle insolence dans cette hâte à précéder ton père
dans la tombe!

LE PRINCE. — Trêve d'imprécations jusqu'à ce que
nous ayons pu éclaircir ces mystères, et en connaître
la source, la cause et l'enchaînement. Alors c'est
moi qui mènerai votre deuil, et qui le conduirai,
s'il le faut, jusqu'à la mort. En attendant, contenez-
vous, et que l'affliction s'asservisse à la patience...
Faites avancer les suspects. *(Les gardes amènent frère
Laurent et Balthazar.)*

FRÈRE LAURENT. — Tout impuissant que j'aie été,
c'est moi qui suis le plus suspect, puisque l'heure et
le lieu s'accordent à m'imputer cet horrible meurtre;
me voici, prêt à m'accuser et à me défendre, prêt
à m'absoudre en me condamnant.

LE PRINCE. — Dis donc vite ce que tu sais sur ceci.

Frère Laurent. — Je serai bref, car le peu de
souffle qui me reste ne suffirait pas à un récit pro-
lixe. Roméo, ici gisant, était l'époux de Juliette; et
Juliette, ici gisante, était la femme fidèle de Roméo.
Je les avais mariés : le jour de leur mariage secret fut
un jour fatal pour Tybalt, dont la mort prématurée
proscrivit de cette cité le nouvel époux. C'était lui,
et non Tybalt, que pleurait Juliette. *(A Capulet.)* Vous,
pour chasser la douleur qui assiégeait votre fille, vous
l'aviez fiancée, et vous vouliez la marier de force
au comte Paris. Sur ce, elle est venue à moi, et, d'un
air effaré, m'a dit de trouver un moyen pour la soustraire à ce second mariage; sinon, elle voulait se
tuer, là, dans ma cellule. Alors, sur la foi de mon
art, je lui ai remis un narcotique qui a agi, comme je
m'y attendais, en lui donnant l'apparence de la mort.
Cependant j'ai écrit à Roméo d'arriver, dès cette
nuit fatale, pour aider Juliette à sortir de sa tombe
empruntée, au moment où l'effet du breuvage ces-
serait. Mais celui qui était chargé de ma lettre, frère
Jean, a été retenu par un accident, et me l'a rapportée
hier soir. Alors tout seul, à l'heure fixée d'avance
pour le réveil de Juliette, je me suis rendu au caveau
des Capulets, dans l'intention de l'emmener et de la
recueillir dans ma cellule jusqu'à ce qu'il me fût possible de prévenir Roméo. Mais quand je suis arrivé
quelques minutes avant le moment de son réveil, j'ai
trouvé ici le noble Paris et le fidèle Roméo prématu-
rément couchés dans le sépulcre. Elle s'éveille, je la
conjure de partir et de supporter ce coup du ciel avec
patience... Aussitôt un bruit alarmant me chasse de
la tombe; Juliette, désespérée, refuse de me suivre,
et c'est sans doute alors qu'elle s'est fait violence à

elle-même. Voilà tout ce que je sais. La nourrice était dans le secret de ce mariage. Si dans tout ceci quelque malheur est arrivé par ma faute, que ma vieille vie soit sacrifiée, quelques heures avant son terme, à la rigueur des lois les plus sévères.

Le Prince. — Nous t'avons toujours connu pour un saint homme... Où est le valet de Roméo? qu'a-t-il à dire?

Balthazar. — J'ai porté à mon maître la nouvelle de la mort de Juliette; aussitôt il a pris la poste, a quitté Mantoue et est venu dans ce cimetière, à ce monument. Là, il m'a chargé de remettre de bonne heure à son père la lettre que voici et, entrant dans le caveau, m'a ordonné sous peine de mort de partir et de le laisser seul.

Le Prince, *prenant le papier que tient Balthazar.* — Donne-moi cette lettre, je veux la voir... Où est le page du comte, celui qui a appelé le guet? Maraud, que faisait ton maître en ces lieux?

Le Page. — Il est venu jeter des fleurs sur le tombeau de sa fiancée et m'a dit de me tenir à l'écart, ce que j'ai fait. Bientôt un homme avec une lumière est arrivé pour ouvrir la tombe; et, quelques instants après, mon maître a tiré l'épée contre lui; et c'est alors que j'ai couru appeler le guet.

Le Prince, *jetant les yeux sur la lettre.* — Cette lettre confirme les paroles du moine... Voilà tout le récit de leurs amours... Il a appris qu'elle était morte; aussitôt, écrit-il, il a acheté du poison chez un pauvre apothicaire et sur-le-champ s'est rendu dans ce caveau pour y mourir et reposer près de Juliette. *(Regardant autour de lui.)* Où sont-ils, ces ennemis? Capulet! Montague! Voyez par quel fléau le ciel châtie votre haine : pour tuer vos joies il se sert de l'amour!... Et moi, pour avoir fermé les yeux sur vos discordes, j'ai perdu deux parents. Nous sommes tous punis.

CAPULET. — Ô Montague, mon frère, donne-moi ta main. *(Il serre la main de Montague.)* Voici le douaire de ma fille; je n'ai rien à te demander de plus.

MONTAGUE. — Mais moi, j'ai à te donner plus encore. Je veux dresser une statue de ta fille en or pur. Tant que Vérone gardera son nom, il n'existera pas de figure plus honorée que celle de la loyale et fidèle Juliette.

CAPULET. — Je veux que Roméo soit auprès de sa femme dans la même splendeur : pauvres victimes de nos inimitiés!

LE PRINCE. — Cette matinée apporte avec elle une paix sinistre, le soleil se voile la face de douleur. Partons pour causer encore de ces tristes choses. Il y aura des graciés et des punis. Car jamais aventure ne fut plus douloureuse que celle de Juliette et de son Roméo. *(Tous sortent.)*

LE SONGE D'UNE NUIT D'ÉTÉ

PERSONNAGES

Thésée, duc d'Athènes.

Hippolyte, reine des Amazones, fiancée à Thésée.

Égée, père d'Hermia.

Lysandre,
Démétrius } amoureux d'Hermia.

Philostrate, intendant des fêtes de Thésée.

Hermia, fille d'Égée, amoureuse de Lysandre.

Héléna, amoureuse de Démétrius.

Bottom, tisserand.

Lecoin, charpentier.

Flute, raccommodeur de soufflets.

Groin, chaudronnier.

Étriqué, menuisier.

Famélique, tailleur.

Obéron, roi des elfes.

Titania, reine des fées.

Puck ou Robin Bonenfant.

Fleur des pois,
Toile d'Araignée,
Phalène, } Elfes.
Grain de Moutarde,
Une fée.

Fées et elfes de la suite de leurs roi et reine.

Serviteurs de la suite de Thésée et d'Hippolyte.

La scène est à Athènes et dans un bois voisin.

ACTE PREMIER

SCÈNE PREMIÈRE

La grande salle du palais de Thésée.
Une estrade avec deux trônes.

Entrent THÉSÉE *et* HIPPOLYTE, *puis* PHILOSTRATE *et une suite.*

THÉSÉE. — Maintenant, belle Hippolyte, notre heure nuptiale s'avance à grands pas; quatre heureux jours vont amener une autre lune : oh! mais que l'ancienne me semble lente à décroître! Elle retarde mes désirs, comme une marâtre ou une douairière qui laisse se dessécher le revenu d'un jeune héritier[1].

HIPPOLYTE. — Quatre jours sombreront rapidement dans la nuit, quatre nuits se dissiperont rapidement dans les rêves; et alors la lune, telle qu'un arc d'argent qui vient d'être tendu dans les cieux, éclairera la nuit de nos noces solennelles.

THÉSÉE. — Va, Philostrate, entraîne aux réjouissances la jeunesse athénienne; réveille l'esprit vif et leste de la joie; renvoie aux funérailles la mélan-

colie : cette pâle compagne n'est pas de notre fête.
(Sort Philostrate.)

THÉSÉE, *continuant, à Hippolyte.* — Hippolyte, je t'ai
courtisée avec mon épée, et j'ai gagné ton amour en
te faisant violence[2]; mais je veux t'épouser sous
d'autres auspices, au milieu de la pompe, des spectacles et des réjouissances.

> Entrent Égée, Hermia, Lysandre
> et Démétrius.

ÉGÉE. — Heureux soit Thésée, notre duc renommé!

THÉSÉE. — Merci, mon bon Égée; quelle nouvelle
apportes-tu?

ÉGÉE. — Je viens, pleine d'irritation, me plaindre de
mon enfant, de ma fille Hermia. *(A Démétrius.)* Avancez, Démétrius. *(A Thésée.)* Mon noble seigneur, ce
jeune homme a mon consentement pour l'épouser. *(A
Lysandre.)* Avancez, Lysandre. *(A Thésée.)* Et celui-ci,
mon gracieux duc, a ensorcelé le cœur de mon enfant.
(A Lysandre.) Oui, c'est toi, toi, Lysandre, toi qui lui
as donné ces vers et qui as échangé avec ma fille des
gages d'amour. Tu as, au clair de lune, chanté sous
sa fenêtre des vers d'un amour trompeur, avec une
voix trompeuse : tu lui as arraché l'expression de sa
sympathie avec des bracelets faits de tes cheveux, des
bagues, des babioles, des devises, des brimborions,
des fanfreluches, des bouquets, des bonbons : messagers d'un grand ascendant sur la tendre jeunesse. A
force de ruse tu as volé le cœur de ma fille, et changé
l'obéissance qu'elle me doit en indocilité revêche.
Maintenant, mon gracieux duc, si par hasard elle
osait devant Votre Grâce refuser d'épouser Démétrius,
je réclame l'ancien privilège d'Athènes. Comme elle

est à moi, je puis disposer d'elle : or je la donne soit à ce gentilhomme, soit à la mort, comme notre loi l'a formellement prévu en pareil cas.

THÉSÉE. — Que dites-vous, Hermia? Réfléchissez, jolie fille : pour vous votre père doit être comme un dieu; c'est lui qui a créé votre beauté : oui, pour lui vous n'êtes qu'une image de cire pétrie par lui et dont il peut à son gré maintenir ou détruire la forme. Démétrius est un parfait gentilhomme.

HERMIA. — Et Lysandre aussi.

THÉSÉE. — Oui, parfait en lui-même. Mais, sous ce rapport, comme il n'a pas l'agrément de votre père, l'autre doit être regardé comme le plus parfait.

HERMIA. — Je voudrais seulement que mon père vît par mes yeux.

THÉSÉE. — C'est plutôt à vos yeux de voir par le jugement de votre père.

HERMIA. — Je supplie Votre Grâce de me pardonner. J'ignore quelle puissance m'enhardit, ou combien ma modestie se compromet à déclarer mes sentiments devant un tel auditoire. Mais je conjure Votre Grâce de me faire connaître ce qui peut m'arriver de pire dans le cas où je refuserais d'épouser Démétrius.

THÉSÉE. — C'est, ou de subir la mort, ou d'abjurer pour toujours la société des hommes. Ainsi, belle Hermia, interrogez vos goûts, consultez votre jeunesse, examinez bien vos sens. Pourrez-vous, si vous ne souscrivez pas au choix de votre père, endurer la livrée d'une religieuse, à jamais enfermée dans l'ombre d'un cloître, et vivre toute votre vie en sœur stérile, chantant des hymnes languissants à la froide lune infructueuse? Trois fois saintes celles qui maîtrisent assez leurs sens pour accomplir ce pèlerinage virginal! Mais le bonheur terrestre est à la rose qui se distille, et non à celle qui, se flétrissant sur son épine vierge, croît, vit et meurt dans une solitaire béatitude.

HERMIA. — Ainsi je veux croître, vivre et mourir, Monseigneur, plutôt que d'accorder mes virginales faveurs à ce seigneur dont le joug me répugne et à qui mon âme ne veut pas conférer de souveraineté.

THÉSÉE. — Prenez du temps pour réfléchir, et, le jour de la lune nouvelle qui doit sceller entre ma bien-aimée et moi l'engagement d'une union impérissable, ce jour-là soyez prête à mourir pour avoir désobéi à la volonté de votre père, ou à épouser Démétrius, comme il le désire, ou bien à prononcer sur l'autel de Diane un vœu éternel d'austérité et de célibat.

DÉMÉTRIUS. — Fléchissez, douce Hermia. Et toi, Lysandre, fais céder ton titre caduc à mon droit évident.

LYSANDRE. — Vous avez l'amour de son père, Démétrius. Épousez-le, et laissez-moi l'amour d'Hermia.

ÉGÉE. — Moqueur Lysandre! Oui, vraiment, j'aime Démétrius; et, ce qui est à moi, mon amour veut le lui céder; et ma fille est à moi; et tous mes droits sur elle, je les transmets à Démétrius.

LYSANDRE, *à Thésée*. — Monseigneur, je suis aussi bien né que lui, et aussi bien partagé; mon amour est plus grand que le sien; ma fortune est sous tous les rapports aussi belle, sinon plus belle, que celle de Démétrius; et, ce qui est au-dessus de toutes ces vanités, je suis aimé de la belle Hermia. Pourquoi donc ne poursuivrais-je pas mes droits? Démétrius, je le lui soutiendrai en face, a fait l'amour à Héléna, la fille de Nédar, et a gagné son cœur : et elle, la charmante, elle raffole, raffole jusqu'à la dévotion, raffole jusqu'à l'idolâtrie, de ce coupable volage.

THÉSÉE. — Je dois avouer que je l'ai entendu dire, et je voulais en parler à Démétrius; mais, absorbé par mes propres affaires, mon esprit a perdu de vue ce projet. Venez, Démétrius; venez aussi, Égée; nous sortirons ensemble, j'ai des instructions particulières à vous donner à tous deux. Quant à vous, belle Hermia, résignez-vous à conformer vos caprices à la volonté de votre père : sinon, la loi d'Athènes, que je ne puis nullement adoucir, vous condamne à la mort ou à un vœu de célibat. Venez, mon Hippolyte; qu'avez-vous, mon amour? Démétrius! Égée! suivez-moi; j'ai besoin de vous pour une affaire qui regarde nos noces; et je veux causer avec vous de quelque chose qui vous touche vous-mêmes de près.

ÉGÉE. — Nous vous suivons et par devoir et par plaisir. *(Thésée, Hippolyte, Égée, Démétrius et la suite sortent.)*

LYSANDRE. — Qu'y a-t-il, mon amour? Pourquoi votre joue est-elle si pâle? Pourquoi les roses se fanent-elles là si vite?

HERMIA. — Peut-être faute de pluie; et je pourrais bien en faire tomber par un orage de mes yeux.

LYSANDRE. — Hélas! d'après tout ce que j'ai pu lire dans l'histoire ou appris par ouï-dire, l'amour vrai n'a jamais suivi un cours facile. Ou bien ça été la différence de naissance...

HERMIA. — O fléau! être enchaîné à plus bas que soi!

LYSANDRE. — Ou bien on a été mal greffé sous le rapport des années...

HERMIA. — O malheur! être engagé à plus jeune que soi!

LYSANDRE. — Ou bien tout a dépendu du choix des parents...

HERMIA. — O enfer! choisir ses amours par les yeux d'autrui!

LYSANDRE. — Ou, si par hasard la sympathie répondait au choix, la guerre, la mort, la maladie venaient assiéger cette union, et la rendre éphémère comme un son, fugitive comme une ombre, courte comme un rêve, rapide comme un éclair qui, dans une nuit profonde, découvre par accès le ciel et la terre, et que la gueule des ténèbres dévore, avant qu'on ait pu dire : Regardez[3]! Si prompt à s'évanouir est tout ce qui brille!

HERMIA. — Si les vrais amants ont toujours été contrariés ainsi, c'est en vertu d'un édit de la destinée; supportons donc patiemment ces épreuves, puisqu'elles sont une croix nécessaire, aussi inhérente à l'amour que la rêverie, les songes, les soupirs, les désirs et les pleurs, ce triste cortège de la passion.

LYSANDRE. — Sage conseil! Écoutez-moi donc, Hermia : j'ai une tante qui est veuve, une douairière, qui a de gros revenus et n'a pas d'enfants. Elle demeure à sept lieues d'Athènes, et elle me traite comme son fils unique. Là, gentille Hermia, je pourrai t'épouser; dans ce lieu, la cruelle loi d'Athènes ne peut nous poursuivre. Ainsi, si tu m'aimes, évade-toi de la maison de ton père demain soir; et je t'attendrai dans le bois, à une lieue de la ville, là où je t'ai rencontrée une fois avec Héléna, pour célébrer la première aurore de mai.

HERMIA. — Mon bon Lysandre! Je te le jure, par l'arc le plus puissant de Cupidon, par sa plus belle flèche à tête dorée, par la candeur des colombes de Vénus, par la déesse qui enchaîne les cœurs et bénit les amours, par le feu qui brûla la reine de Carthage, lorsqu'elle vit s'enfuir la nef du parjure Troyen, par tous les serments que les hommes ont brisés, plus nombreux que tous ceux que les femmes ont faits, à cette même place que tu m'as désignée, demain sans faute j'irai te rejoindre.

LYSANDRE. — Tiens ta promesse, amour. Regarde, voici venir Héléna.

Entre Héléna.

HERMIA. — Que Dieu assiste la belle Héléna! Où allez-vous?

HÉLÉNA. — Vous m'appelez belle? Rétractez ce mot-là. Démétrius aime votre beauté. O heureuse beauté! Vos yeux sont des étoiles polaires; et le doux son de votre voix est plus harmonieux que ne l'est pour le berger le chant de l'alouette, alors que le blé est vert et qu'apparaissent les bourgeons d'aubépine. La maladie est contagieuse; oh! que la grâce ne l'est-elle! j'attraperais la vôtre, charmante Hermia, avant de m'en aller. Mon oreille attraperait votre voix; mon œil, votre regard; ma langue, la suave mélodie de votre langue. Si le monde était à moi, Démétrius excepté, je donnerais tout le reste pour être changée en vous. Oh! apprenez-moi vos façons d'être et par quel art vous réglez les battements du cœur de Démétrius.

HERMIA. — Je lui fais la moue, pourtant il m'aime toujours.

HÉLÉNA. — Oh! puisse votre moue enseigner sa magie à mes sourires!

HERMIA. — Je lui donne mes malédictions, pourtant il me donne son amour.

HÉLÉNA. — Oh! puissent mes prières éveiller la même affection!

HERMIA. — Plus je le hais, plus il me poursuit.

HÉLÉNA. — Plus je l'aime, plus il me hait.

HERMIA. — S'il est fou, Héléna, la faute n'en est pas à moi.

HÉLÉNA. — Non, mais à votre beauté! Que n'est-ce la faute de la mienne!

HERMIA. — Consolez-vous; il ne verra plus mon visage; Lysandre et moi, nous allons fuir de ces lieux. Avant que j'eusse vu Lysandre, Athènes était comme un paradis pour moi. Oh! quel charme possède donc mon amour pour avoir ainsi changé ce ciel en enfer?

LYSANDRE. — Héléna, nous allons vous dévoiler nos projets. Demain soir, quand Phébé contemplera son visage d'argent dans le miroir des eaux, et ornera de perles liquides chaque brin d'herbe à cette heure qui cache toujours la fuite des amants, nous avons résolu de franchir à la dérobée les portes d'Athènes.

HERMIA. — Vous rappelez-vous le bois où souvent, vous et moi, nous aimions à nous coucher sur un lit de molles primevères, en vidant le doux secret de nos cœurs? C'est là que nous nous retrouverons, mon Lysandre et moi, pour aller ensuite, détournant nos regards d'Athènes, chercher de nouveaux amis et un monde étranger. Adieu, douce compagne de mes jeux : prie pour nous, et puisse une bonne chance t'accorder ton Démétrius! Tiens parole, Lysandre. Il faut que nous sevrions nos regards de la nourriture des amants, jusqu'à demain, à la nuit profonde. *(Sort Hermia.)*

LYSANDRE. — Je tiendrai parole, mon Hermia. Adieu, Héléna. Puisse Démétrius vous rendre adoration pour adoration! *(Sort Lysandre.)*

HÉLÉNA. — Comme il y a des êtres plus heureux que d'autres! Je passe dans Athènes pour être aussi belle qu'elle. Mais à quoi bon? Démétrius n'est pas de cet avis. Il ne veut pas voir ce que voient tous excepté lui. Nous nous égarons; lui, s'abuse en admirant les yeux d'Hermia; moi, en m'éprenant de lui. A des êtres vulgaires et vils, insignifiants, l'amour peut prêter la noblesse et la grâce. L'amour ne voit pas avec les yeux, mais avec l'imagination; aussi représente-t-on aveugle le Cupidon ailé. L'amour en son imagination n'a pas le goût du jugement. Des ailes et pas d'yeux : voilà l'emblème de sa vivacité étourdie. Et l'on dit que l'amour est un enfant, parce qu'il est si souvent trompé dans son choix. Comme les petits espiègles qui en riant manquent à leur parole, l'enfant Amour se parjure en tous lieux. Car, avant que Démétrius remarquât les yeux d'Hermia, il jurait qu'il était à moi : c'était une grêle de serments, mais, aux premières ardeurs qu'Hermia lui a fait sentir, cette grêle s'est dissoute et tous les serments se sont fondus... Je vais lui révéler la fuite de la belle Hermia. Alors il ira, demain soir, dans le bois la poursuivre; et, si ce renseignement me vaut sa gratitude je l'aurai payé bien cher. Mais en allant là-bas avec lui, je veux enrichir mon chagrin.

SCÈNE II

L'échoppe de Lecoin.

LECOIN, BOTTOM, FLUTE, GROIN, ÉTRIQUÉ
et FAMÉLIQUE.

LECOIN. — Toute notre troupe est-elle ici?

BOTTOM. — Vous feriez mieux de les appeler tous
l'un après l'autre, en suivant la liste.

LECOIN. — Voici sur ce registre les noms de tous
ceux qui, dans Athènes, ont été jugés capables de
jouer notre intermède devant le duc et la duchesse,
le soir de leurs noces.

BOTTOM. — Dites-nous d'abord, mon bon Pierre
Lecoin, quel est le sujet de la pièce; puis vous lirez les
noms des acteurs; et ainsi vous arriverez à un résultat.

LECOIN. — Morguienne, notre pièce, c'est *La très lamentable comédie et la très cruelle mort de Pyrame et Thisbé.*

BOTTOM. — Un vrai chef-d'œuvre, je vous assure, et
bien amusant... Maintenant, mon bon Pierre Lecoin,
appelez vos acteurs en suivant la liste... Messieurs, ali-
gnez-vous.

LECOIN. — Répondez quand je vous appellerai...
Nick Bottom, tisserand.

BOTTOM. — Présent. Dites le rôle qui m'est destiné,
et continuez.

LECOIN. — Vous, Nick Bottom, vous êtes inscrit
pour le rôle de Pyrame.

BOTTOM. — Qu'est-ce que Pyrame? Un amoureux
ou un tyran?

LECOIN. — Un amoureux qui se tue très galamment par amour.

BOTTOM. — Pour bien jouer ce rôle, il faudra quelques· pleurs. Si j'en suis chargé, gare aux yeux de l'auditoire! je provoquerai des orages, j'aurai une douleur congrue. *(A Lecoin.)* Passez aux autres... Pourtant, c'est comme tyran que j'ai le plus de verve. Je pourrais jouer Herculès d'une façon rare : un rôle à tout mettre en pièces, à faire tout éclater.

> *Les furieux rocs,*
> *De leurs frissonnants chocs,*
> *Briseront les verrous*
> *Des portes des prisons,*
> *Et de Phébus le char*
> *De loin brillera,*
> *Et fera et défera*
> *Les stupides destins.*

Voilà du sublime!... Maintenant nommez le reste des acteurs... Ça, c'est le ton d'Herculès, le ton d'un tyran; un amant est plus plaintif.

LECOIN. — François Flûte, raccommodeur de soufflets.

FLUTE. — Voici, Pierre Lecoin.

LECOIN. — C'est vous qui prendrez Thisbé.

FLUTE. — Qu'est-ce que Thisbé? Un chevalier errant?

LECOIN. — C'est la dame que Pyrame doit aimer.

FLUTE. — Non, vraiment, ne me faites pas jouer un rôle de femme; j'ai la barbe qui commence à pousser.

LECOIN. — C'est égal; vous jouerez avec un masque, et vous ferez la petite voix autant que vous voudrez.

BOTTOM. — Si je peux cacher ma figure, je demande à jouer aussi Thisbé. Je parlerai avec une voix monstrueusement petite. Comme ceci : *Thisne! Thisne! Ah! Pyrame, mon amant chéri! ta Thisbé chérie! ta dame chérie!*

LECOIN. — Non, non; il faut que vous jouiez Pyrame, et vous, Flûte, Thisbé.

BOTTOM. — Soit, continuez.

LECOIN. — Robin Famélique, le tailleur.

FAMÉLIQUE. — Voici, Pierre Lecoin.

LECOIN. — Robin Famélique, vous ferez la mère de Thisbé... Thomas Groin, le chaudronnier.

GROIN. — Voici, Pierre Lecoin.

LECOIN. — Vous, le père de Pyrame; moi, le père de Thisbé... Vous, Étriqué, le menuisier, vous aurez le rôle du lion... Et voilà, j'espère, une pièce bien distribuée.

ÉTRIQUÉ. — Avez-vous le rôle du lion par écrit? Si vous l'avez, donnez-le-moi, je vous prie, car je suis lent à apprendre.

LECOIN. — Vous pouvez improviser, car il ne s'agit que de rugir.

BOTTOM. — Laissez-moi jouer le lion aussi; je rugirai si bien que ça mettra tout le monde en belle humeur de m'entendre; je rugirai de façon à faire dire au duc : Encore! qu'il rugisse encore!

LECOIN. — Si vous le faisiez d'une manière trop terrible, vous effraieriez la duchesse et ces dames, au point de les faire crier; et c'en serait assez pour nous faire tous pendre.

TOUS. — Cela suffirait pour que nos mères eussent chacune un fils pendu.

BOTTOM. — Je conviens, mes amis, que, si vous rendiez ces dames folles de terreur, il leur resterait juste assez de raison pour nous faire pendre. Mais je con-

tiendrai ma voix, de façon à vous rugir aussi doucement qu'une colombe à la becquée. Je vous rugirai à
croire que c'est un rossignol.

LECOIN. — Vous ne pouvez jouer que Pyrame.
Pyrame, voyez-vous, est un homme au doux visage;
un homme accompli, comme on doit en voir un jour
d'été; un homme très aimable et très comme il faut;
donc, il faut absolument que vous jouiez Pyrame.

BOTTOM. — Allons, je m'en chargerai. Quelle est la
barbe qui m'irait le mieux pour ce rôle-là?

LECOIN. — Ma foi, celle que vous voudrez.

BOTTOM. — Je puis vous jouer ça avec une barbe
couleur paille, ou avec une barbe couleur orange, ou
avec une barbe couleur pourpre, ou avec une barbe
couleur de couronne française, parfaitement jaune.

LECOIN. — Il y a en France pas mal de ces couronnes[4]
qui rendent chauves; vous joueriez donc votre rôle sans
barbe... Donc, messieurs, voici vos rôles; et je dois
vous supplier, vous demander et vous recommander
de les apprendre pour demain soir. Nous nous réuni-
rons dans le bois voisin du palais, à un mille de la
ville, au clair de lune; c'est là que nous répéterons.
Car, si nous nous réunissons dans la ville, nous serons
traqués par les curieux, et tous nos effets seront
connus. En attendant, je vais dresser la liste de tous
les accessoires nécessaires pour la mise en scène. Je
vous en prie, ne me faites pas faux bond.

BOTTOM. — Nous y serons; et nous pourrons répéter là plus librement et plus spontanément. Appliquez-
vous; soyez parfaits; adieu.

LECOIN. — Rendez-vous au Chêne Ducal.

BOTTOM. — Suffit. Nous y serons, eussions-nous
une corde cassée à notre arc. *(Ils sortent.)*

ACTE II

SCÈNE PREMIÈRE

*Une clairière moussue dans un bois près d'Athènes. Il fait nuit.
La lune brille.*

Un Elfe entre par une porte et Puck *par une autre.*

Puck. — Eh bien, esprit, où errez-vous ainsi?

La Fée. — Par la colline, par la vallée, à travers les
buissons, à travers les ronces, par les parcs, par les
haies, à travers l'eau, à travers le feu, j'erre en tous
lieux, plus rapide que la sphère de la lune. Je sers la
reine des fées, et j'humecte les cercles qu'elle trace sur
le gazon. Les primevères les plus hautes sont ses
gardes. Vous voyez des taches sur leurs robes d'or :
ce sont les rubis, les bijoux de la fée, taches de rous-
seur d'où s'exhale leur senteur. Il faut maintenant
que j'aille chercher des gouttes de rosée, pour en sus-
pendre une perle à l'oreille de chaque coucou. Adieu,
toi, esprit bouffon, je vais partir. Notre reine et tous
ses elfes viendront ici tout à l'heure.

Puck. — Le roi donne ici ses fêtes cette nuit. Veille

à ce que la reine ne s'offre pas à sa vue; car Obéron est dans une rage épouvantable, parce qu'elle a pour page un aimable enfant volé à un roi de l'Inde. Elle n'a jamais eu un plus charmant captif; et Obéron jaloux voudrait faire de l'enfant un chevalier de sa suite pour parcourir les forêts sauvages[5]. Mais elle retient de force l'enfant bien-aimé, le couronne de fleurs, et en fait toute sa joie. Chaque fois maintenant qu'ils se rencontrent, au bois, sur le gazon, près d'une limpide fontaine, à la clarté du ciel étoilé, le roi et la reine se querellent : si bien que tous leurs sylphes effrayés vont se cacher dans la coupe des glands.

LA Fée. — Ou je me trompe bien sur votre forme et vos façons, ou vous êtes cet esprit malicieux et coquin qu'on nomme Robin Bonenfant. N'êtes-vous pas celui qui effraie les filles du village, écrème le lait, tantôt dérange le moulin, et fait que la ménagère s'essouffle vainement à la baratte, tantôt empêche la boisson de fermenter, et égare la nuit les voyageurs, en riant de leur peine? Ceux qui vous appellent Hobgoblin, charmant Puck, vous faites leur ouvrage, et vous leur portez bonheur. N'êtes-vous pas celui-là?

PUCK. — Tu dis vrai; je suis ce joyeux rôdeur de nuit. J'amuse Obéron, et je le fais sourire quand je trompe un cheval gras et nourri de fèves, en hennissant comme une pouliche coquette. Parfois je me tapis dans la tasse d'une commère sous la forme exacte d'une pomme cuite; et, lorsqu'elle boit, je me heurte contre ses lèvres, et je répands la bière sur son fanon flétri. La matrone la plus sage, contant le conte le plus grave, me prend parfois pour un escabeau à trois pieds; alors je glisse sous son derrière; elle tombe, assise, comme un tailleur, et est prise d'une quinte de toux; et alors toute l'assemblée de se tenir les côtes et de rire, et de pouffer de joie, et d'éternuer, et de jurer que jamais on n'a passé de plus gais moments. Mais, place, fée! voici Obéron qui vient.

LA FÉE. — Et voici ma maîtresse. Que n'est-il parti!

> Obéron entre avec son cortège d'un côté;
> Titania avec le sien, de l'autre.

OBÉRON. — Fâcheuse rencontre au clair de lune, fière Titania!

TITANIA. — Quoi, jaloux Obéron? Fées, envolons-nous d'ici: j'ai abjuré son lit et sa société.

OBÉRON. — Arrête, impudente coquette. Ne suis-je pas ton seigneur?

TITANIA. — Alors, que je sois ta dame! Mais je sais qu'il t'est arrivé de t'enfuir du pays des fées pour aller tout le jour t'asseoir sous la forme de Corin, jouant du chalumeau, et adressant de tendres vers à l'amoureuse Phillida. Pourquoi es-tu ici, de retour des côtes les plus reculées de l'Inde? C'est, ma foi, parce que la fanfaronne Amazone, votre maîtresse en bottines, vos amours guerrières, doit être mariée à Thésée; et vous venez pour apporter à leur lit la joie et la prospérité!

OBÉRON. — Comment n'as-tu pas honte, Titania, de m'accuser d'être en bons termes avec Hippolyte, sachant que je sais ton amour pour Thésée? Ne l'as-tu pas, à la lueur de la nuit, emmené des bras de Périgounia, qu'il avait ravie? Ne lui as-tu pas fait violer sa foi envers la belle Églé⁶, envers Ariane et Antiope?

TITANIA. — Ce sont les impostures de la jalousie. Jamais, depuis le commencement de la mi-été, nous ne nous sommes réunies sur la colline, au vallon, au bois, au pré, près d'une source cailloutée, ou d'un ruisseau bordé de joncs, ou sur une plage baignée de vagues, pour danser nos rondes au sifflement des vents, sans que tu aies troublé nos jeux de tes querelles. Aussi les vents, nous ayant en vain accompagnées de leur zéphyr, ont-ils, comme pour se venger, aspiré de la mer des brouillards contagieux qui, tombant sur la campagne, ont à ce point gonflé d'orgueil les plus chétives rivières, qu'elles ont franchi leurs digues. Ainsi, le bœuf a traîné son joug en vain, le laboureur a gaspillé sa sueur, et le blé vert a pourri avant que la barbe fût venue à son jeune épi. Le bercail est resté vide dans le champ noyé, et les corbeaux se sont engraissés du troupeau mort. Le mail où l'on jouait à la marelle est rempli de boue; et les délicats méandres dans le gazon touffu n'ont plus de tracé qui les distingue. Les mortels humains ne reconnaissent plus leurs vêtements d'hiver[7] : ils ne sanctifient plus les soirées par des hymnes ou des noëls. Aussi la lune, cette souveraine des flots, pâle de colère, remplit l'air d'humidité, si bien que les rhumes abondent. A cause de nos discordes, nous voyons les saisons changer : le givre à crête hérissée s'étale dans le frais giron de la rose cramoisie; et au menton du vieil Hiver, sur son crâne glacé, une guirlande embaumée de boutons printaniers est mise comme par dérision. Le printemps, l'été, l'automne fécond, l'hiver chagrin échangent leur livrée habituelle : et le monde effaré ne sait plus les reconnaître à leurs produits. Ce qui engendre ces maux, ce sont nos débats et nos dissensions : nous en sommes les auteurs et l'origine.

Obéron. — Mettez-y donc un terme : cela dépend

de vous. Pourquoi Titania contrarierait-elle son Obéron? Je ne lui demande qu'un petit enfant volé pour en faire mon page.

TITANIA. — Que votre cœur s'y résigne. Tout l'empire des fées ne me paierait pas cet enfant. Sa mère était une adoratrice de mon ordre. Que de fois, la nuit, dans l'air plein d'arômes de l'Inde, nous avons causé côte à côte! Assises ensemble sur le sable jaune de Neptune, nous observions sur les flots les navires marchands, et nous riions de voir les voiles concevoir et s'arrondir sous les caresses du vent. Alors, faisant gracieusement mine de nager, avec son ventre gros alors de mon jeune écuyer, elle les imitait et voguait sur la terre, pour m'aller chercher de menus présents, et s'en revenir, comme après un voyage, avec une riche cargaison. Mais elle était mortelle, et elle est morte de cet enfant; et j'élève cet enfant pour l'amour d'elle; et, pour l'amour d'elle, je ne veux pas me séparer de lui.

OBÉRON. — Combien de temps comptez-vous rester dans ce bois?

TITANIA. — Peut-être jusqu'après les noces de Thésée. Si vous voulez paisiblement danser dans notre ronde et voir nos ébats au clair de lune, venez avec nous; sinon, fuyez-moi, et j'éviterai les lieux hantés par vous.

OBÉRON. — Donne-moi cet enfant, et j'irai avec toi.

TITANIA. — Non, quand bien même tu me donnerais tout ton royaume. Fées, partons : nous nous fâcherons tout de bon, si je reste plus longtemps. *(Sort Titania en colère, avec sa suite.)*

OBÉRON. — Soit, va ton chemin; tu ne sortiras pas de ce bois que je ne t'aie châtiée pour cet outrage.

Viens ici, mon gentil Puck. Tu te rappelles l'époque où, assis sur un promontoire, j'entendis une sirène, portée sur le dos d'un dauphin, proférer un chant si doux et si harmonieux que la rude mer devint docile à sa voix, et que plusieurs étoiles s'élancèrent follement de leur sphère pour écouter la musique de cette fille des mers?

Puck. — Je me rappelle.

Obéron. — Cette fois-là même, je vis (mais tu ne pus le voir), je vis voler, entre la froide lune et la terre, Cupidon tout armé : il visa une belle vestale, trônant à l'Occident, et décocha de son arc une flèche d'amour assez violente pour percer cent mille cœurs. Mais je pus voir le trait enflammé du jeune Cupidon s'éteindre dans les chastes rayons de la lune humide, et l'impériale prêtresse passa, pure d'amour, dans sa virginale rêverie. Je remarquai pourtant où le trait de Cupidon tomba : il tomba sur une petite fleur d'Occident, autrefois blanche comme le lait, aujourd'hui empourprée par sa blessure, que les jeunes filles appellent Pensée d'amour. Va me chercher cette fleur; je t'en ai montré une fois la feuille. Son suc, étendu sur des paupières endormies, peut rendre une personne, femme ou homme, amoureuse folle de la première créature vivante qui lui apparaît. Va me chercher cette plante : et sois de retour avant que Léviathan ait pu nager une lieue.

Puck. — Je puis faire une ceinture autour de la terre en quarante minutes. *(Il sort.)*

Obéron. — Quand une fois j'aurai ce suc, j'épierai Titania dans son sommeil, et j'en laisserai tomber une goutte sur ses yeux. Le premier être qu'elle regardera en s'éveillant, que ce soit un lion, un ours, un

loup, un taureau, le singe le plus taquin, le magot le
plus tracassier, elle le poursuivra avec l'âme de
l'amour. Et, avant de délivrer sa vue de ce charme,
ce que je puis faire avec une autre herbe, je la forcerai
à me livrer son page. Mais qui vient ici? Je suis invisible; et je vais écouter cette conversation.

　　　　　　Entre Démétrius; Héléna le suit.

DÉMÉTRIUS. — Je ne t'aime pas, donc ne me pour-
suis pas. Où est Lysandre? et la belle Hermia? Je
veux tuer l'un comme l'autre me tue. Tu m'as dit
qu'ils s'étaient sauvés dans ce bois. M'y voici, dans le
bois, aux abois de n'y pas rencontrer Hermia. Hors
d'ici! va-t'en, et cesse de me suivre.

HÉLÉNA. — C'est vous qui m'attirez, vous, aimant
au cœur durci; mais ce n'est pas du fer[8] que vous
attirez, car mon cœur est pur comme l'acier. Perdez
la force d'attirer, et je n'aurai pas la force de vous
suivre.

DÉMÉTRIUS. — Est-ce que je vous entraîne? Est-ce
que je vous encourage? Est-ce qu'au contraire je ne
vous dis pas avec la plus entière franchise : Je ne vous
aime pas et je ne puis pas vous aimer?

HÉLÉNA. — Et je ne vous en aime que davantage.
Je suis votre épagneul, Démétrius, et plus vous me
battez, plus je vous cajole : traitez-moi comme votre
épagneul, repoussez-moi, frappez-moi, délaissez-moi,
perdez-moi; seulement, accordez-moi la permission
de vous suivre, tout indigne que je suis. Quelle place
plus humble dans votre amour puis-je mendier, quand
je vous demande de me traiter comme votre chien?
Eh bien, c'est cependant pour moi une place hautement désirable.

DÉMÉTRIUS. — N'excite pas trop mon aversion, car je souffre quand je te regarde.

HÉLÉNA. — Et moi aussi, je souffre quand je vous regarde.

DÉMÉTRIUS. — C'est compromettre par trop votre modestie que de quitter ainsi la cité, de vous livrer à la merci d'un homme qui ne vous aime pas, d'exposer ainsi aux tentations de la nuit et aux mauvais conseils d'un lieu désert le riche trésor de votre virginité.

HÉLÉNA. — Votre mérite est ma sauvegarde. Pour moi, il ne fait pas nuit quand je vois votre visage, aussi je ne crois pas que je suis dans la nuit. Ce n'est pas non plus le monde qui manque en ce bois; car vous êtes pour moi le monde entier. Comment donc pourrait-on dire que je suis seule, quand le monde entier est ici pour me regarder?

DÉMÉTRIUS. — Je vais m'enfuir et me cacher dans les fougères, et te laisser à la merci des bêtes féroces.

HÉLÉNA. — La plus féroce n'a pas un cœur comme le vôtre. Courez où vous voudrez, vous retournerez l'histoire : Apollon fuit, et Daphné lui donne la chasse; la colombe poursuit le griffon; la douce biche s'élance pour attraper le tigre. Élan inutile, quand c'est l'audace qui fuit et la pusillanimité qui court après!

DÉMÉTRIUS. — Je ne veux pas écouter tes subtilités; lâche-moi; ou bien, si tu me suis, sois sûre que je vais te faire outrage dans le bois.

HÉLÉNA. — Hélas! dans le temple, dans la ville, dans les champs, partout vous me faites outrage. Fi! Démétrius! vos injures font la honte de mon sexe; en amour, nous ne pouvons pas attaquer, comme les

hommes; nous sommes faites pour qu'on nous courtise, non pour courtiser. Je veux te suivre et faire un
ciel de mon enfer en mourant de la main que j'aime
tant. *(Sortent Démétrius et Héléna.)*

Obéron. — Adieu, nymphe; avant qu'il ait quitté
ce hallier, c'est toi qui le fuiras, c'est lui qui recher-
chera ton amour.

Rentre Puck.

Obéron, *à Puck.* — As-tu la fleur? Sois le bienvenu,
mon messager.

Puck. — Oui, la voilà.

Obéron. — Donne-la-moi, je te prie. Je sais un
tertre où s'épanouit le thym sauvage, où poussent
l'oreille-d'ours et la violette branlante. Il est couvert
par un dais de chèvrefeuilles vivaces, de suaves roses
musquées et d'églantiers. C'est là que dort Titania, à
certain moment de la nuit, bercée dans ces fleurs par
les danses et les délices; c'est là que la couleuvre
étend sa peau émaillée, vêtement assez large pour
couvrir une fée. Alors je teindrai ses yeux avec le suc
de cette fleur, et je l'obséderai d'odieuses fantaisies.
Prends aussi de ce suc, et cherche dans le hallier. Une
charmante dame d'Athènes est amoureuse d'un jeune
dédaigneux : mouille les yeux de celui-ci, mais veille
à ce que le premier être qu'il apercevra soit cette
dame. Tu reconnaîtras l'homme à son costume athénien. Fais cela avec soin, de manière qu'il devienne
plus épris d'elle qu'elle n'est éprise de lui. Et viens
me rejoindre sans faute avant le premier chant du
coq.

Puck. — Soyez tranquille, Monseigneur, votre serviteur obéira. *(Ils sortent.)*

SCÈNE II

Une autre partie du bois. Devant le chêne du duc.

TITANIA *arrive avec sa suite.*

TITANIA. — Allons! maintenant, une ronde et une chanson féerique! Ensuite, allez-vous-en pendant le tiers d'une minute : les unes, tuer les vers dans les boutons de rose musquée; les autres, guerroyer avec les chauves-souris, pour avoir la peau de leurs ailes et en faire des cottes à mes petits sylphes; d'autres, chasser le hibou criard qui la nuit ne cesse de huer, effarouché par nos ébats subtils. Maintenant, endormez-moi de vos chants; puis, allez à vos fonctions, et laissez-moi reposer.

CHANSON

PREMIÈRE FÉE.

Vous, serpents tachetés, au double dard,
Hérissons épineux, ne vous montrez pas,
Salamandres, orvets, ne soyez pas malfaisants,
N'approchez pas de la reine des fées.

CHŒUR DES FÉES.

Philomèle, avec ta mélodie,
Accompagne notre douce chanson;
Lulla, Lulla, Lullaby! Lulla, Lulla, Lullaby!

Que ni malheur, ni charme, ni maléfice
   N'atteigne notre aimable dame,
   Dormez et bonne nuit.

Seconde Fée.

Araignées fileuses, ne venez pas céans;
Arrière, faucheux aux longues pattes, arrière!
   Noirs escarbots, n'approchez pas.
Vers et limaçons, ne faites aucun dégât.

Chœur des Fées.

Philomèle, avec ta mélodie,
Accompagne notre douce chanson;
Lulla, Lulla, Lullaby! Lulla, Lulla, Lullaby!
Que ni malheur, ni charme, ni maléfice
   N'atteigne notre aimable dame,
   Dormez et bonne nuit.

Première Fée.

Maintenant partons, tout va bien.
Qu'une de nous se tienne à l'écart, en sentinelle! *(Les fées sortent. Titania s'endort.)*

Entre Obéron.

Obéron, *pressant la fleur sur les paupières de Titania.*

Que l'être que tu verras à ton réveil
   Soit par toi pris pour amant!
   Aime-le et languis pour lui;
   Quel qu'il soit, once, chat, ours,
Léopard ou sanglier au poil hérissé,
Que celui qui apparaîtra à tes yeux,
   Quand tu t'éveilleras, soit ton chéri!
Réveille-toi, quand quelque être vil approchera. *(Il sort.)*

Entrent Lysandre et Hermia.

Lysandre. — Bel amour, vous vous êtes exténuée à errer dans le bois, et, à vous dire vrai, j'ai perdu notre chemin. Nous nous reposerons ici, Hermia, si vous le jugez bon, et nous attendrons la clarté secourable du jour.

Hermia, *s'étendant contre une haie.* — Soit, Lysandre. Cherchez un lit pour vous; moi, je vais reposer ma tête sur ce banc.

Lysandre, *s'approchant d'elle.* — Le même gazon nous servira d'oreiller à tous deux; un seul cœur, un seul lit; deux âmes, une seule foi.

Hermia. — Non, bon Lysandre; pour l'amour de moi, mon chéri, étendez-vous plus loin, ne vous couchez pas si près.

Lysandre. — Oh! comprenez, charmante, ma pénsée innocente; l'amour doit saisir l'intention dans le langage de l'amour. Je veux dire que nos deux cœurs sont tressés de façon à n'en faire plus qu'un, que nos deux âmes sont enchaînées par le même vœu, de sorte que nous avons deux âmes et une seule foi. Ne me refusez donc pas un lit à votre côté, car, m'étendre ainsi, Hermia, n'est pas être moins tendre[9].

Hermia. — Lysandre fait de très jolis jeux de mots. Malheur à ma vertu et à mon honneur, si j'ai accusé Lysandre de négliger un serment! Mais, doux ami, au nom de l'amour et de la courtoisie, serrez-moi de moins près; l'humaine modestie exige entre nous la séparation qui sied à un galant vertueux et à une vierge. Gardez donc certaine distance, et bonne nuit, doux ami; que ton amour ne s'altère pas avant que ta douce vie finisse!

Lysandre, *se couchant à distance d'Hermia.* — Je dis : Amen! amen! à cette belle prière, et j'ajoute : Que ma vie finisse quand finira ma fidélité! Voici mon lit. Que le sommeil t'accorde tout son repos!

Hermia. — Qu'il en garde la moitié pour en presser tes yeux! *(Ils s'endorment.)*

Entre Puck.

Puck. — J'ai parcouru la forêt, mais je n'ai pas trouvé d'Athénien sur les yeux duquel j'aie pu éprouver la vertu qu'a cette fleur d'inspirer l'amour. Nuit et silence! Quel est cet homme? Il porte un costume athénien; c'est celui, m'a dit mon maître, qui dédaigne la jeune Athénienne; et voici la pauvre fille profondément endormie sur le sol humide et sale. Jolie âme! elle n'a pas osé se coucher près de ce ladre d'amour, de ce bourreau de courtoisie. Malappris! je répands sur tes yeux toute la puissance que ce philtre possède. *(Il fait tomber sur les yeux de Lysandre quelques gouttes du suc magique.)* Une fois que tu seras éveillé, que l'amour éloigne à jamais le sommeil de tes yeux! Réveille-toi dès que je serai parti; car il faut que j'aille rejoindre Obéron. *(Il sort.)*

Entrent Démétrius et Héléna, courant.

Héléna. — Arrête, quand tu devrais me tuer, bien-aimé Démétrius.

Démétrius. — Va-t'en, je te l'ordonne. Ne me hante pas ainsi.

Héléna. — Veux-tu donc m'abandonner dans les ténèbres? Oh! non!

Démétrius. — Arrête, ou malheur à toi! Je veux m'en aller seul. *(Sort Démétrius.)*

HÉLÉNA. — Oh! cette chasse éperdue m'a mise hors
d'haleine! Plus je prie, moins j'obtiens grâce. Hermia
est heureuse, partout où elle respire; car elle a des
yeux attrayants et célestes. Qui a rendu ses yeux si
brillants? ce ne sont pas les larmes amères. Si c'étaient
les larmes, mes yeux en ont été plus souvent baignés
que les siens. Non, non, je suis laide comme une
ourse, car les bêtes qui me rencontrent se sauvent de
frayeur. Il n'est donc pas étonnant que Démétrius me
fuie comme un monstre. Quel miroir perfide et menteur m'a fait comparer mes yeux aux yeux étoilés
d'Hermia? Mais qui est ici?... Lysandre! à terre! mort
où endormi? Je ne vois pas de sang, pas de blessure.
Lysandre, si vous êtes vivant, cher seigneur, éveillez-
vous.

LYSANDRE, *s'éveillant.* — Et je courrai à travers les
flammes pour l'amour de toi, transparente Héléna!
La nature a ici l'art de me faire voir ton cœur à travers ta poitrine. Où est Démétrius? Oh! que ce vil
nom est bien un mot fait pour périr à la pointe de
mon épée!

HÉLÉNA. — Ne dites pas cela, Lysandre; ne dites
pas cela. Qu'importe qu'il aime votre Hermia? Seigneur, qu'importe? Hermia n'aime toujours que
vous : soyez donc heureux.

LYSANDRE. — Heureux avec Hermia? non, je regrette
les fastidieuses minutes que j'ai passées avec elle. Ce
n'est pas Hermia, mais Héléna que j'aime à présent.
Qui n'échangerait une corneille pour une colombe?
La volonté de l'homme est gouvernée par la raison;
et la raison dit que vous êtes la plus digne fille. Ce
qui croît n'est mûr qu'à sa saison. Trop jeune encore,
je n'étais pas mûr pour la raison; mais, arrivé main-

tenant au faîte de l'expérience humaine, ma raison
met ma volonté au pas et me conduit à vos yeux, où
je lis une histoire d'amour, écrite dans le plus riche
livre d'amour.

HÉLÉNA. — Suis-je donc née pour être si amèrement narguée? Quand ai-je mérité de vous cette
moquerie? N'est-ce pas assez, n'est-ce pas assez, jeune
homme, que je n'aie jamais pu, non, que je ne puisse
jamais mériter un doux regard de Démétrius? Faut-il
encore que vous riiez de cette impuissance? Vous
m'outragez, ma foi; sur ma parole, vous m'outragez
en me courtisant d'une manière si dérisoire. Mais
adieu! je suis forcée d'avouer que je vous croyais un
seigneur de plus réelle courtoisie. Oh! qu'une femme,
repoussée par un homme, soit encore insultée par un
autre! *(Elle sort.)*

LYSANDRE. — Elle ne voit pas Hermia... Hermia,
dors là, toi, et puisses-tu ne jamais approcher de
Lysandre! Car, si l'indigestion des choses les plus
douces cause à l'estomac le plus profond dégoût, ou
si les hérésies, que les hommes abjurent, sont le plus
haïes de ceux qu'elles ont trompés, de même, toi,
mon indigestion, toi, mon hérésie, sois haïe de tous,
et surtout de moi. Et toi, mon être tout entier,
consacre ton amour et ta puissance à honorer Héléna
et à être son chevalier. *(Il sort.)*

HERMIA, *se dressant*. — Au secours, Lysandre, au
secours! Tâche d'arracher ce serpent qui rampe sur
mon sein! Ah! par pitié!... Quel était ce rêve? Voyez,
Lysandre, comme je tremble de frayeur. Il me semblait qu'un serpent me dévorait le cœur et que vous
étiez assis, souriant à mon cruel supplice. Lysandre!
quoi! il n'est pas là! Lysandre! Seigneur! Quoi! hors

de la portée de ma voix! parti! pas un son, pas un mot! Hélas! où êtes-vous? parlez, si vous m'enten-dez; parlez, au nom de tous les amours; je suis presque évanouie de frayeur. Non? Alors je vois bien que vous n'êtes pas près de moi : il faut que je vous trouve sur-le-champ, ou je meurs. *(Elle sort.)*

ACTE III

Entrent Lecoin *(portant un sac),* Étriqué, Bottom, Flute, Groin *et* Famélique.

Ils se rassemblent sous le chêne.

Bottom. — Tout le monde est là?

Lecoin. — Parfait! parfait! et voici un lieu merveilleux pour notre répétition. Cette pelouse verte sera notre scène, ce fourré d'aubépine nos coulisses, et nous allons jouer cela comme nous le ferons devant le duc.

Bottom. — Pierre Lecoin...

Lecoin. — Que dis-tu, bruyant Bottom?

Bottom. — Il y a dans cette comédie de *Pyrame et Thisbé* des choses qui ne plairont jamais. D'abord, Pyrame doit tirer l'épée pour se tuer; ce que les dames ne supporteront pas. Qu'avez-vous à répondre à ça?

Groin. — Par Notre-Dame! ça leur fera une peur terrible.

FAMÉLIQUE. — Je crois que nous devons renoncer au meurtre final.

BOTTOM. — Pas le moins du monde. J'ai un moyen de tout arranger. Faites-moi un prologue; et que ce prologue affecte de dire que nous ne voulons pas nous faire de mal avec nos épées et que Pyrame n'est pas tué tout de bon; et, pour les rassurer encore mieux, dites que moi, Pyrame, je ne suis pas Pyrame, mais Bottom le tisserand : ça leur ôtera toute frayeur.

LECOIN. — Soit, nous aurons un prologue comme ça, et il sera écrit en vers de huit et de six syllabes.

BOTTOM. — Non! deux syllabes de plus! en vers de huit et de huit!

GROIN. — Est-ce que ces dames n'auront pas peur du lion?

FAMÉLIQUE. — Je le crains fort, je vous assure.

BOTTOM. — Messieurs, réfléchissez-y bien. Amener, Dieu nous soit en aide! un lion parmi ces dames, c'est une chose fort effrayante; car il n'y a pas au monde de plus terrible rapace que le lion, voyez-vous; et nous devons y bien regarder.

GROIN. — Eh bien, il faudra un autre prologue pour dire que ce n'est pas un lion.

BOTTOM. — Oui, il faudra que vous disiez le nom de l'acteur et qu'on voie la moitié de son visage à travers la crinière du lion; il faudra que lui-même parle au travers et qu'il dise ceci ou quelque chose d'équivalent : *Mesdames*, ou : *belles dames, je vous demande*, ou : *je vous invite*, ou : *je vous supplie de ne pas avoir peur, de ne pas trembler; ma vie répond de la vôtre. Si vous pensiez que je suis venu en vrai lion, ce serait fâcheux pour ma vie. Non, je ne suis rien de pareil : je suis un homme comme les autres hommes.* Et alors, ma foi, qu'il se nomme et qu'il leur dise franchement qu'il est Étriqué le menuisier.

LECOIN. — Allons, c'est entendu. Mais il y a encore deux choses difficiles : c'est d'amener le clair de lune dans une chambre; car, vous savez, Pyrame et Thisbé se rencontrent au clair de lune.

ÉTRIQUÉ. — Est-ce que la lune brillera la nuit où nous jouerons?

BOTTOM. — Un calendrier! un calendrier! Regardez dans l'almanach : trouvez le clair de lune, trouvez le clair de lune.

LECOIN. — Oui, la lune brille cette nuit-là.

BOTTOM. — Eh bien, vous pourriez laisser ouverte une lucarne de la fenêtre dans la grande salle où nous jouerons; et la lune pourra briller par cette lucarne.

LECOIN. — Oui; ou bien quelqu'un devrait venir avec un fagot d'épines et une lanterne, et dire qu'il vient pour défigurer ou représenter le personnage du clair de lune. Mais il y a encore autre chose. Il faut que nous ayons un mur dans la grande salle; car Pyrame et Thisbé, dit l'histoire, causaient à travers la fente d'un mur.

ÉTRIQUÉ. — Vous ne pourrez jamais apporter un mur... Qu'en dites-vous, Bottom?

BOTTOM. — Un homme ou un autre devra représenter le mur : il faudra qu'il ait sur lui du plâtre, ou de l'argile, ou de la chaux pour figurer le mur; et puis, qu'il tienne ses doigts comme ça, et Pyrame et Thisbé chuchoteront à travers l'ouverture.

LECOIN. — Si ça se peut, alors tout est bien. Allons, asseyez-vous tous tant que vous êtes, et répétez vos rôles. Vous, Pyrame, commencez : quand vous aurez dit votre tirade, vous entrerez dans ce taillis, et ainsi de suite, chacun à son moment.

                    Entre Puck au fond du théâtre.

PUCK. — Qui sont ces brutes, ces lourdauds qui viennent brailler ici, si près du berceau de la reine des fées? Quoi! une pièce en train? Je serai spectateur, peut-être acteur aussi, si j'en trouve l'occasion.

LECOIN. — Parlez, Pyrame... Thisbé, avancez.

PYRAME.

Thisbé, les fleurs odieuses ont un parfum suave...

LECOIN. — Odorantes! odorantes!

PYRAME.

Les fleurs odorantes ont un parfum suave,
Tel celui de ton haleine, ma très chère Thisbé, chérie.
Mais écoute : une voix! Reste là,
Et dans un instant, je reparaîtrai. (Sort Pyrame.)

PUCK, *à part.* — Le plus étrange Pyrame qui ait jamais joué ici! *(Il sort en suivant Pyrame.)*

THISBÉ. — Est-ce à mon tour de parler?

LECOIN. — Oui, pardieu, c'est à votre tour; car vous devez comprendre qu'il n'est sorti que pour voir un bruit qu'il a entendu, et qu'il va revenir.

THISBÉ.

Très radieux Pyrame, au teint blanc comme le lis,
Toi dont l'incarnat est comme la rose rouge sur l'églan-
                                    [tier triomphant,
Le plus piquant jouvenceau, et aussi le plus aimable Juif,
Fidèle comme un fidèle coursier qui jamais ne se fatigue,
J'irai te retrouver, Pyrame, à la tombe de Nigaud.

LECOIN. — A la tombe de Ninus, l'homme... Mais vous ne devez pas dire ça encore : c'est ce que vous répondrez à Pyrame; vous dites tout votre rôle d'affilée en confondant toutes les répliques. Entrez, Pyrame : on a passé votre réplique, après ces mots : *qui jamais ne se fatigue.*

> Reviennent Puck et Bottom, affublé d'une tête d'âne.

THISBÉ.

Fidèle comme le fidèle coursier qui jamais ne se fatigue...

PYRAME.

Si je l'étais, belle Thisbé, je ne serais qu'à toi.

LECOIN, *apercevant Bottom.* — Ô miracle! ô prodige! nous sommes hantés! Prions, messieurs! fuyons, mes maîtres! au secours! *(Les clowns sortent.)*

PUCK. — Je vais vous suivre; je vais vous faire faire un tour à travers les marais, les buissons, les fourrés, les ronces. Tantôt je serai cheval, tantôt chien, cochon, ours sans tête, tantôt flamme; et je vais hennir, et aboyer, et grogner, et rugir, et brûler tour à tour comme un cheval, un chien, un ours, une flamme. *(Il sort.)*

BOTTOM. — Pourquoi se sauvent-ils? C'est une farce pour me faire peur.

> Revient Groin.

GROIN. — Ô Bottom, comme tu es changé! qu'est-ce que je vois sur toi?

BOTTOM. — Ce que vous voyez? vous voyez une tête d'âne, la vôtre. Voyez-vous? *(Sort Groin.)*

Revient Lecoin.

LECOIN. — Dieu te bénisse, Bottom, Dieu te bénisse!
tu es métamorphosé. *(Il sort.)*

BOTTOM. — Je vois leur farce; ils veulent faire de
moi un âne, m'effrayer, s'ils peuvent. Mais, ils auront
beau faire, je ne veux pas bouger de cette place; je
vais me promener ici de long en large, et chanter,
pour qu'ils sachent que je n'ai pas peur. *(Il chante.)*

> *Le merle, si noir de couleur,*
> *Au bec jaune-orange,*
> *La grive à la note si juste,*
> *Le roitelet avec sa petite plume...*

TITANIA, *s'éveillant.* — Quel est l'ange qui m'éveille
de mon lit de fleurs?

BOTTOM, *chantant.*

> *Le pinson, le moineau et l'alouette,*
> *Le gris coucou avec son plain-chant,*
> *Dont maint homme écoute la note*
> *Sans oser lui répondre non!*

Car, vraiment, qui voudrait mettre son esprit aux
prises avec un si fol oiseau? qui voudrait donner un
démenti à un oiseau quand il crierait à tue-tête :
coucou?

TITANIA. — Je t'en prie, gentil mortel, chante encore.
Oui, mon oreille est amoureuse de ta voix, mes yeux
sont captivés par ta forme, et la force de ton brillant
mérite m'entraîne, malgré moi, à la première vue, à
dire, à jurer que je t'aime.

Воттом. — M'est avis, madame, que vous avez bien peu de raisons pour ça : et pourtant, à dire vrai, la raison et l'amour ne vont guère de compagnie, par le temps qui court; c'est grand dommage que d'honnêtes voisins n'essaient pas de les réconcilier. Oui-da, je sais batifoler à l'occasion.

Titania. — Tu es aussi sage que tu es beau.

Воттом. — Non, je ne suis ni l'un ni l'autre. Mais, si j'avais seulement assez d'esprit pour me tirer de ce bois, j'en aurais assez pour me tirer d'affaire.

Titania. — Ne demande pas à sortir de ce bois. Tu resteras ici, que tu le veuilles ou non. Je suis un esprit d'un ordre peu commun; l'été est une dépendance inséparable de mon empire, et je t'aime. Donc, viens avec moi; je te donnerai des fées pour te servir; et elles t'iront chercher des joyaux au fond de l'abîme, et elles chanteront, tandis que tu dormiras sur les fleurs pressées. Et je te purgerai si bien de ta grossièreté mortelle que tu iras comme un esprit aérien. Fleur des Pois! Toile d'Araignée! Phalène! Grain de Moutarde!

Entrent quatre Elfes.

Premier Elfe. — Me voici.

Deuxième Elfe. — Et moi.

Troisième Elfe. — Et moi.

Quatrième Elfe. — Où faut-il que nous allions?

Titania. — Soyez aimables et courtois pour ce gentilhomme; sautillez devant ses pas et gambadez à ses yeux; nourrissez-le d'abricots et de groseilles, de grappes pourpres, de figues vertes et de mûres; dérobez aux abeilles leurs sacs de miel; pour flambeaux de nuit, coupez leurs cuisses enduites de cire, et allumez-les aux yeux enflammés du ver luisant, afin d'éclairer mon bien-aimé à son coucher et à son lever; et arrachez les ailes des papillons diaprés pour écarter de ses yeux endormis les rayons de lune. Inclinez-vous devant lui, Elfes, et présentez-lui vos hommages.

Premier Elfe. — Salut, mortel!

Deuxième Elfe. — Salut!

Troisième Elfe. — Salut!

Quatrième Elfe. — Salut!

Bottom. — Du fond du cœur, merci pour vos révérences. *(Au premier Elfe.)* Et comment, s'il vous plaît, se nomme Votre Honneur?

Premier Elfe. — Toile d'Araignée.

Bottom. — Je vous demande votre amitié, cher monsieur Toile d'Araignée; si je me coupe le doigt, je prendrai avec vous des libertés. *(Au second Elfe.)* Votre nom, honnête gentilhomme?

Deuxième Elfe. — Fleur des Pois.

Bottom. — De grâce, recommandez-moi à madame Cosse, votre mère, et à maître Pois Chiche, votre père. Cher monsieur Fleur des Pois, je demanderai à faire avec vous plus ample connaissance. *(Au troisième Elfe.)* S'il vous plaît, votre nom, monsieur?

Troisième Elfe. — Grain de Moutarde.

Bottom. — Cher monsieur Grain de Moutarde, je connais bien vos souffrances; maint gigantesque rosbif a lâchement dévoré bien des gentilshommes de votre maison. Votre famille m'a fait souvent venir la larme à l'œil, je vous le promets. Je demande à lier connaissance avec vous, bon monsieur Grain de Moutarde.

Titania. — Allons, escortez-le, conduisez-le à mon

berceau. La lune, il me semble, regarde d'un œil humide; et, quand elle pleure, les plus petites fleurs pleurent, se lamentent sur quelque virginité violée. Liez la langue de mon bien-aimé; conduisez-le en silence. *(Ils sortent.)*

La clairière moussue.

Entre OBÉRON.

OBÉRON. — Je suis curieux de savoir si Titania s'est éveillée, et puis, quel est le premier être qui s'est offert à sa vue et dont elle a dû s'éprendre éperdument.

Voici mon messager. Eh bien, fol esprit, quelle fredaine nocturne viens-tu de faire dans ce bois enchanté?

Entre Puck.

PUCK. — Ma maîtresse est amoureuse d'un monstre. Tandis qu'elle prenait son heure de sommeil auprès de son berceau discret et consacré, une troupe de paillasses, d'artisans grossiers, qui travaillent pour du pain dans les échoppes d'Athènes, se sont réunis pour répéter une pièce qui doit être jouée le jour des noces du grand Thésée. Le niais le plus épais de cette stupide bande, lequel jouait Pyrame, a quitté la scène pendant la représentation et est entré dans un taillis; je l'ai surpris à ce moment favorable, et lui ai fixé sur le chef une tête d'âne. Alors, comme il fallait donner la réplique à sa Thisbé, mon saltimbanque reparaît. Quand les autres l'aperçoivent, figurez-vous des oies sauvages voyant ramper l'oiseleur, ou une troupe de choucas à tête rousse, qui, au bruit du mousquet, s'envolent en croassant, se dispersent et balaient follement le ciel; c'est ainsi qu'à sa vue tous ses camarades se sauvent; je trépigne, et tous de tomber les uns sur les autres, et de crier au meurtre, et d'appeler Athènes au secours. Leur raison si faible, égarée par une frayeur si forte, a tourné contre eux les êtres inanimés. Les épines et les ronces accrochent leurs vêtements, aux uns, leurs manches, aux autres, leur chapeau : ils laissent partout leurs dépouilles. Je les ai emmenés, éperdus d'épouvante, et j'ai laissé sur place le tendre Pyrame métamorphosé. C'est à ce moment, le hasard ainsi l'a voulu, que Titania s'est éveillée et s'est aussitôt amourachée d'un âne.

OBÉRON. — Cela s'arrange mieux encore que je ne pouvais l'imaginer. Mais as-tu mouillé les yeux de l'Athénien avec le philtre d'amour, ainsi que je te l'ai dit?

PUCK. — Je l'ai surpris dormant. C'est encore une chose faite et l'Athénienne était à ses côtés; à son réveil, il a dû nécessairement la voir.

Entrent Démétrius et Hermia.

OBÉRON. — Ne t'éloigne pas; voici notre Athénien.

PUCK. — C'est bien la femme, mais ce n'est pas l'homme.

DÉMÉTRIUS, *à Hermia*. — Oh! pourquoi rebutez-vous ainsi quelqu'un qui vous aime tant? Gardez ces murmures amers pour votre amer ennemi.

HERMIA. — Je me borne à te gronder, mais je devrais te traiter plus durement encore; car tu m'as donné, j'en ai peur, sujet de te maudire. Si tu as tué Lysandre dans son sommeil, tu es déjà dans le sang jusqu'à la cheville, achève de t'y plonger et tue-moi aussi. Le soleil n'est pas plus fidèle au jour que lui à moi. Se serait-il dérobé ainsi à Hermia endormie? Je croirais plutôt que cette terre peut être percée de part en part, et que la lune, en traversant le centre, peut aller aux antipodes éclipser le soleil en plein midi. Il est impossible que tu ne l'aies pas tué. Cet air spectral et sinistre est celui d'un assassin.

DÉMÉTRIUS. — C'est celui d'un assassiné; et c'est celui que je dois avoir, ainsi percé jusqu'au cœur par votre inflexible cruauté. Vous pourtant, la meurtrière, vous avez l'air aussi radieux, aussi serein que Vénus, là-haut, dans sa sphère étincelante.

HERMIA. — Qu'a cela de commun avec mon Lysandre? où est-il? Ah! bon Démétrius! veux-tu me le rendre?

DÉMÉTRIUS. — J'aimerais mieux donner sa carcasse à mes limiers.

HERMIA. — Arrière, chien! arrière, monstre! tu me pousses au-delà des bornes de la patience virginale. Tu l'as donc tué? Cesse désormais d'être compté parmi les hommes. Oh! sois franc une fois, sois franc, fû-ce par amour pour moi : aurais-tu osé regarder en face Lysandre éveillé, toi qui l'as tué endormi? Oh! le brave exploit! Un ver, une vipère, n'en pouvaient-ils pas faire autant? C'est bien aussi une vipère qui l'a fait; car une vipère ne pique pas, ô reptile, avec une langue plus double.

DÉMÉTRIUS. — Vous épuisez votre colère sur une méprise; je ne suis pas souillé du sang de Lysandre, et il n'est pas mort, que je sache.

HERMIA. — Dis-moi, je t'en supplie, qu'il est sain et sauf!

DÉMÉTRIUS. — Et, si je pouvais le dire, qu'y gagne-rais-je!

HERMIA. — Un privilège, celui de ne jamais me revoir. Sur ce, je fuis ta présence exécrée; qu'il soit mort ou vivant, tu ne me verras plus. *(Elle sort.)*

DÉMÉTRIUS. — Inutile de la suivre en cette humeur furieuse. Je vais donc me reposer ici quelques mo-ments. Les charges du chagrin s'augmentent de la dette que le sommeil en banqueroute ne lui a pas payée; peut-être va-t-il me donner un léger acompte, si j'attends ici ses offres. *(Il se couche par terre.)*

OBÉRON, *à Puck.* — Qu'as-tu fait? tu t'es complè-tement mépris; tu as mis la liqueur d'amour sur la vue d'un amant fidèle. Il doit forcément résulter de ta méprise l'égarement d'un cœur fidèle, et non la conversion d'un perfide.

PUCK. — Ainsi le destin l'ordonne; pour un homme qui garde sa foi, des millions doivent faiblir, brisant serments sur serments.

OBÉRON. — Cours à travers le bois, plus rapide que le vent, et cherche à découvrir Héléna d'Athènes; elle a le cœur malade, et elle est toute pâle des soupirs d'amour qui ruinent la fraîcheur de son sang. Tâche de l'amener ici par quelque illusion. Au moment où elle paraîtra, je charmerai les yeux de celui-ci.

PUCK. — Je pars, je pars; vois comme je pars; plus rapide que la flèche de l'arc du Tartare. *(Il sort.)*

OBÉRON, *versant le suc de la fleur sur les yeux de Démétrius.*

Fleur de nuance pourprée,
Blessée par l'archer Cupidon,
Pénètre la prunelle de ses yeux.
Quand il cherchera son amante,
Qu'elle brille aussi splendide
Que la Vénus des cieux.

Se penchant sur Démétrius endormi.

Si, à ton réveil, elle est auprès de toi,
A toi d'implorer d'elle un remède.

Rentre Puck.

PUCK.

Capitaine de notre bande féerique,
Héléna est à deux pas d'ici ;
Et le jeune homme que j'ai charmé par méprise
Revendique auprès d'elle ses honoraires d'amant.
Assisterons-nous à cette amoureuse parade ?
Seigneur, que ces mortels sont fous !

OBÉRON.

Mets-toi de côté : le bruit qu'ils vont faire
Réveillera Démétrius.

PUCK.

Alors ils seront deux à courtiser la même ;
Cela seul fera un spectacle réjouissant.
Rien ne me plaît plus
Que ces absurdes contretemps.

Entrent Lysandre et Héléna.

LYSANDRE. — Pourquoi vous figurer que je vous courtise par dérision? La moquerie et la dérision n'apparaissent jamais en larmes. Voyez, je pleure en protestant de mon amour; quand les protestations sont ainsi nées, toute leur sincérité apparaît dès leur naissance. Comment y lisez-vous la dérision, quand elles portent ces insignes évidents de la bonne foi?

HÉLÉNA. — Vous déployez de plus en plus votre perfidie. Quand la foi tue la foi, oh! l'infernale guerre sainte! Ces protestations appartiennent à Hermia : voulez-vous donc l'abandonner? Quand ils se font contrepoids, les serments ne pèsent plus rien; ceux que vous nous offrez, à elle et à moi, mis dans deux plateaux, se balancent et sont aussi légers que des fables.

LYSANDRE. — Je n'avais pas de jugement quand je lui jurai mon amour.

HÉLÉNA. — Non, ma foi, pas plus qu'en ce moment où vous l'abandonnez.

LYSANDRE. — Démétrius l'aime, et ne vous aime pas.

DÉMÉTRIUS, *s'éveillant.* — O Héléna, déesse, nymphe, perfection divine! à quoi, mon amour, comparerai-je tes yeux? Le cristal est de la fange. Oh! comme elles sont tentantes, tes lèvres, ces cerises mûres pour le baiser! Dans sa pure blancheur glacée, la neige du haut Taurus, qui balaie le vent d'est, paraît noire comme le corbeau quand tu lèves la main. Oh! laisse-moi donner à cette princesse de blancheur un baiser, sceau de la béatitude!

HÉLÉNA. — Ô rage! ô enfer! je vois que vous êtes tous d'accord pour vous jouer de moi! Si vous étiez civils, si vous connaissiez la courtoisie, vous ne me feriez pas tous ces outrages. N'est-ce pas assez de me haïr comme vous le faites, sans vous liguer du fond de l'âme pour me bafouer? Si vous étiez des hommes, comme vous en avez l'apparence, vous ne voudriez pas traiter ainsi une gente dame, me prodiguer ces vœux, ces serments, ces louanges exagérées, quand, j'en suis sûre, vous me haïssez cordialement. Rivaux tous deux pour aimer Hermia, vous êtes rivaux aussi pour vous moquer d'Héléna. Admirable exploit, héroïque entreprise, que de susciter les larmes d'une pauvre fille avec vos dérisions! Des gens de noble race ne voudraient pas ainsi offenser une vierge et mettre à bout la patience d'une pauvre âme : le tout pour s'amuser!

LYSANDRE. — Vous êtes méchant, Démétrius. Ne soyez pas ainsi. Car vous aimez Hermia; vous savez, je le sais. Ici, en toute bonne volonté et de tout mon cœur, je vous cède mes droits à l'amour d'Hermia; léguez-moi, vous, vos droits sur Héléna, que j'aime et que j'aimerai jusqu'à la mort.

HÉLÉNA. — Jamais moqueurs ne perdirent de plus vaines paroles.

DÉMÉTRIUS. — Lysandre, garde ton Hermia : je n'en veux plus. Si je l'aimai jamais, tout cet amour est parti. Mon cœur n'a séjourné avec elle que comme un convive; et le voilà revenu à son foyer, chez Héléna, pour s'y fixer.

LYSANDRE. — Ce n'est pas vrai, Héléna.

DÉMÉTRIUS. — Ne calomnie pas une conscience que tu ne connais pas, de peur qu'à tes dépens je ne te le fasse payer cher. Tiens, voici venir tes amours; voici ton adorée.

Entre Hermia.

Hermia. — La nuit noire, qui enlève aux yeux leurs fonctions, rend l'oreille plus prompte à percevoir. De ce qu'elle prend au sens de la vue, elle rend le double à l'ouïe. Ce n'est pas par mes yeux, Lysandre, que tu as été trouvé; c'est mon oreille, et je l'en remercie, qui m'a conduite à ta voix. Mais pourquoi, méchant, m'as-tu quittée ainsi?

Lysandre. — Pourquoi serait-il resté, celui que l'amour pressait de partir?

Hermia. — Quel amour pouvait presser Lysandre de quitter mon côté?

Lysandre. — L'amour de Lysandre, l'amour qui ne lui permettait pas de rester, c'était la belle Héléna; Héléna qui dore la nuit plus que ces globes incandescents et ces yeux de lumière, là-haut. Pourquoi me cherches-tu? N'as-tu pas compris que c'est la haine que je te porte qui m'a fait te quitter ainsi?

Hermia. — Vous ne parlez pas comme vous pensez; c'est impossible.

Héléna. — Tenez, elle aussi, elle est de ce complot. Je le vois maintenant, ils se sont concertés, tous trois, pour arranger à mes dépens cette comédie. Injurieuse Hermia! fille ingrate! conspirez-vous, êtes-vous liguée avec ces hommes pour me harceler de cette affreuse dérision? Avez-vous oublié toutes les confidences dont nous nous faisions part l'une à l'autre, nos serments d'être sœurs, les heures passées ensemble, alors que nous grondions le temps au pied hâtif de nous séparer? Oh! avez-vous tout oublié? notre amitié des jours d'école, notre innocence enfantine? Que de fois, Hermia, vraies déesses d'adresse, nous avons créé

toutes deux avec nos aiguilles une même fleur, toutes
deux sur le même modèle, assises sur le même cous-
sin, toutes deux fredonnant le même chant, sur le
même ton toutes deux, comme si nos mains, nos
flancs, nos voix, nos âmes eussent été confondus!
Ainsi on nous a vues croître ensemble, comme deux
cerises, apparemment séparées, mais réunies par leur
séparation même, fruits charmants moulés sur une
seule tige : deux corps visibles n'ayant qu'un seul
cœur, deux jumelles aînées ayant droit à un écusson
unique, couronné d'un unique cimier! Et vous voulez
déchirer notre ancienne affection en vous joignant à
des hommes pour narguer votre pauvre amie? Cette
action n'est ni amicale ni virginale; notre sexe, aussi
bien que moi, peut vous la reprocher, quoique je sois
seule à ressentir l'outrage.

HERMIA. — Vos paroles emportées me confondent;
je ne vous raille pas; c'est vous, il me semble, qui me
raillez.

HÉLÉNA. — N'avez-vous pas excité Lysandre à me
suivre par dérision et à vanter mes yeux et mon
visage? et engagé votre autre amoureux, Démétrius,
qui, il n'y a qu'un instant, me repoussait du pied, à
m'appeler déesse, nymphe, divine, rare, précieuse,
céleste? Pourquoi parle-t-il ainsi à celle qu'il hait?
Et pourquoi Lysandre vous dénie-t-il l'amour dont
son cœur est si riche, et m'offre-t-il hautement son
affection, si ce n'est à votre instigation et par votre
consentement? Qu'importe que je ne sois pas aussi
favorisée que vous, aussi entourée d'amour, aussi
fortunée, et que, misère suprême, j'aime sans être
aimée? Vous devriez m'en plaindre, et non m'en
mépriser.

HERMIA. — Je ne comprends pas ce que vous voulez dire.

HÉLÉNA. — Oui, allez, persévérez, affectez les airs graves. Faites-moi des grimaces quand je tourne le dos; faites-vous des signes entre vous; soutenez la bonne plaisanterie; cette bouffonnerie, bien réussie, trouvera sa chronique. Si vous aviez un peu de pitié, d'honneur ou de savoir-vivre, vous ne feriez pas de moi un pareil plastron. Mais, adieu! c'est en partie ma faute; la mort ou l'absence l'aura bientôt réparée.

LYSANDRE. — Arrête, gentille Héléna; écoute mes excuses, mon amour, ma vie, mon âme, ma belle Héléna!

HÉLÉNA. — Ah! parfait!

HERMIA, *à Lysandre*. — Cher, cesse de la railler ainsi.

DÉMÉTRIUS. — Si les prières ne l'y décident pas, je puis employer la force.

LYSANDRE, *à Démétrius*. — Ta force n'obtiendrait pas plus que ses prières. Tes menaces sont aussi impuissantes que ses faibles supplications. Héléna, je t'aime; sur ma vie, je t'aime; je jure, par cette vie que je suis prêt à perdre pour toi, de convaincre de mensonge quiconque dit que je ne t'aime pas.

DÉMÉTRIUS, *à Héléna*. — Je dis, moi, que je t'aime plus qu'il ne peut t'aimer.

LYSANDRE, *à Démétrius*. — Si tu prétends cela, viens à l'écart et prouve-le.

DÉMÉTRIUS. — Sur-le-champ, allons!

HERMIA, *se pendant au bras de Lysandre*. — Lysandre, à quoi tend tout ceci?

LYSANDRE. — Arrière, vous, Éthiopienne!

DÉMÉTRIUS[10]. — Affectez de vous emporter; faites

mine de me suivre; mais ne venez pas. Vous êtes un homme apprivoisé, allez!

LYSANDRE, *à Hermia qui le retient*. — Va te faire pendre, chatte insupportable; lâche-moi, vile créature, ou, d'une secousse, je t'envoie à terre comme on fait d'un serpent.

HERMIA. — Pourquoi êtes-vous devenu si grossier? Que signifie ce changement, mon doux amour?

LYSANDRE. — Ton amour? Arrière, fauve Tartare, arrière! Arrière, remède d'amour! Odieuse potion, loin de moi!

HERMIA. — Vous plaisantez, n'est-ce pas?

HÉLÉNA. — Oui, sans doute; et vous aussi.

LYSANDRE. — Démétrius, je te tiendrai parole.

DÉMÉTRIUS. — Je voudrais avoir votre billet; car, je le vois, un faible lien vous retient; je ne me fie pas à votre parole.

LYSANDRE. — Eh quoi! dois-je la frapper, la blesser, la tuer? J'ai beau la haïr, je ne veux pas lui faire du mal.

HERMIA, *à Lysandre*. — Eh! quel mal plus grand pouvez-vous me faire que de me haïr? Me haïr! pourquoi? Hélas! qu'est-il donc arrivé, mon amour? Ne suis-je pas Hermia? N'êtes-vous pas Lysandre? Je suis maintenant aussi belle que tout à l'heure. Cette nuit encore vous m'aimiez; et, cette même nuit, vous m'avez délaissée pourtant. M'avez-vous donc délaissée? Ah! les dieux m'en préservent! Quittée sérieusement?

LYSANDRE. — Oui, sur ma vie, et avec le désir de ne jamais te revoir. Ainsi, n'aie plus d'espoir, d'incertitude, de doute; sois-en certaine, rien de plus vrai; ce n'est pas une plaisanterie, je te hais et j'aime Héléna.

HermIA. — Hélas! *(A Héléna.)* Jongleuse! rongeuse de fleurs! voleuse d'amour! c'est donc vous qui êtes venue cette nuit, et avez volé le cœur de mon amant?

Héléna. — Magnifique, ma foi! Avez-vous perdu la modestie, la réserve virginale, le sens de la pudeur? Quoi! vous voulez donc arracher des réponses de colère à mes douces lèvres? Arrière! arrière! vous, comédienne, vous, marionnette, vous!

HermIA. — Marionnette! Pourquoi? Oui, voilà l'explication de ce jeu. Je le vois, elle aura fait quelque comparaison entre sa stature et la mienne, elle aura fait valoir sa grande taille? et avec cette taille-là, une haute taille, une taille qui compte, ma foi, elle l'aura dominé, lui. Êtes-vous donc montée si haut dans son estime, parce que je suis si petite et si naine? Suis-je donc si petite, mât de cocagne? dis, suis-je donc si petite? Je ne le suis pas assez cependant pour que mes ongles ne puissent atteindre tes yeux.

Héléna. — Par grâce, messieurs, bien que vous vous moquiez de moi, empêchez-la de me faire mal. Je n'ai jamais été bourrue; je ne suis pas douée le moins du monde pour la violence. Je suis une vraie fille pour la couardise. Empêchez-la de me frapper. Vous pourriez croire peut-être que, parce qu'elle est un peu plus petite que moi, je puis lui tenir tête.

HermIA. — Plus petite! vous l'entendez, encore!

Héléna. — Bonne Hermia, ne soyez pas si amère contre moi. Je vous ai toujours aimée, Hermia, j'ai toujours gardé vos secrets, je ne vous ai jamais fait de mal; mon seul tort est, par amour pour Démétrius, de lui avoir révélé votre fuite dans ce bois. Il vous a suivie, je l'ai suivi par amour; mais il m'a chassée, il m'a menacée de me frapper, de me fouler aux pieds, et même de me tuer. Et maintenant, si vous voulez me laisser partir en paix, je vais ramener ma folie à Athènes, et je ne vous suivrai plus; laissez-moi partir; vous voyez comme je suis simple, comme je suis sotte!

HERMIA. — Eh bien, partez. Qui vous retient?

HÉLÉNA. — Un cœur insensé que je laisse derrière moi.

HERMIA. — Avec qui? avec Lysandre!

HÉLÉNA. — Avec Démétrius.

LYSANDRE, *montrant Hermia*. — N'aie pas peur; elle ne te fera pas de mal, Héléna.

DÉMÉTRIUS, *à Lysandre*. — Non, monsieur, non, quand vous prendriez son parti.

HÉLÉNA. — Oh! quand elle est fâchée, elle est rusée et maligne. C'était un vrai renard quand elle allait à l'école; et toute petite qu'elle est, elle est féroce.

HERMIA. — Encore petite! Toujours à parler de ma petitesse! Souffrirez-vous donc qu'elle se moque ainsi de moi? Laissez-moi aller à elle.

LYSANDRE. — Décampez, naine, être minime fait de l'herbe qui noue les enfants, grain de verre, gland de chêne!

DÉMÉTRIUS, *montrant Héléna*. — Vous êtes par trop officieux à l'égard d'une femme qui dédaigne vos services. Laissez-la; ne parlez plus d'Héléna; ne prenez pas son parti; car, si tu prétends jamais lui faire la moindre démonstration d'amour, tu le paieras cher.

LYSANDRE. — Maintenant qu'elle ne me retient plus, suis-moi si tu l'oses, et voyons qui, de toi ou de moi, a le plus de droits sur Héléna.

DÉMÉTRIUS. — Te suivre? Non, je marcherai de front avec ta hure. *(Sortent Lysandre et Démétrius.)*

HERMIA. — C'est vous, madame, qui êtes cause de tout ce tapage. Non, çà, ne vous en allez pas.

HÉLÉNA. — Je ne me fie pas à vous, moi; et je ne resterai pas plus longtemps dans votre maudite compagnie. Pour une querelle, votre main est plus leste que la mienne; mais pour courir, mes jambes sont les plus longues. *(Elle sort.)*

HERMIA. — Je suis ahurie, et ne sais que dire. *(Elle sort en courant après Héléna.)*

OBÉRON, *à Puck*. — C'est ta faute; tu fais toujours des méprises, quand tu ne commets pas tes coquineries volontairement.

PUCK. — Croyez-moi, roi des ombres, j'ai fait une méprise. Ne m'avez-vous pas dit que je reconnaîtrais l'homme à son costume athénien? Mon action est donc irréprochable, en ce sens que c'est un Athénien dont j'ai humecté les yeux; et je suis satisfait du résultat, en ce sens que leur querelle me paraît fort réjouissante.

OBÉRON. — Tu vois, ces amoureux cherchent un lieu pour se battre : dépêche-toi donc, Robin, assombris la nuit. Couvre sur-le-champ la voûte étoilée d'un brouillard humide, aussi noir que l'Achéron, et égare si bien ces rivaux acharnés, que l'un ne puisse rencontrer l'autre. Tantôt contrefais la voix de Lysandre, pour piquer Démétrius avec des injures amères; et tantôt déblatère avec l'accent de Démétrius. Va, écarte-les ainsi l'un de l'autre jusqu'à ce que sur leur front le sommeil imitant la mort glisse avec ses pieds de plomb et ses ailes de chauve-souris. Alors tu écraseras sur les yeux de Lysandre cette herbe, dont la liqueur a la propriété spéciale de dissiper toute illusion et de rendre aux prunelles

leur vue accoutumée. Dès qu'ils s'éveilleront, toute
cette dérision leur paraîtra un rêve, une infructueuse
vision; et ces amants retourneront à Athènes dans
une union qui ne finira qu'avec leur vie. Tandis que
je t'emploierai à cette affaire, j'irai demander à ma
reine son petit Indien; et puis je délivrerai ses yeux
charmés de leur passion pour un monstre, et la paix
sera partout.

PUCK. — Roi des Elfes, ceci doit être fait en hâte;
car les rapides dragons de la nuit fendent les nuages
à plein vol, et là-bas brille le messager de l'aurore.
A son approche, les spectres errant çà et là regagnent
en troupe leurs cimetières : tous les esprits damnés,
qui ont leur sépulture dans les carrefours et dans les
flots, sont déjà retournés à leurs lits véreux. Car, de
crainte que le jour ne luise sur leurs fautes, ils
s'exilent volontairement de la lumière et sont à jamais
fiancés à la nuit au front noir.

OBÉRON. — Mais nous, nous sommes des esprits
d'un autre ordre : souvent j'ai fait une partie de
chasse avec l'amant de la matinée, et, comme un
garde forestier, je puis marcher dans les halliers
même jusqu'à l'instant où la porte de l'Orient, toute
flamboyante, s'ouvrant sur Neptune avec de divins
et splendides rayons, change en or jaune le sel de ses
eaux. Mais, pourtant, hâte-toi; ne perds pas un instant; nous pouvons encore terminer cette affaire avant
le jour. *(Obéron sort.)*

PUCK.

Par monts et par vaux, par monts et par vaux,
Je vais les mener par monts et par vaux;
Je suis craint aux champs et à la ville;
Lutins, menons-les par monts et par vaux.

En voici un.

Entre Lysandre.

Lysandre. — Où es-tu, fier Démétrius? Parle donc à présent.

Puck. — Ici, manant; l'épée à la main et en garde. Où es-tu?

Lysandre. — Je suis à toi, dans l'instant.

Puck. — Suis-moi donc sur un terrain plus égal. *(Lysandre sort, comme guidé par la voix.)*

Entre Démétrius.

Démétrius. — Lysandre! parle encore. Ah! fuyard! ah! lâche, tu t'es donc sauvé! Parle. Es-tu dans un buisson? où caches-tu ta tête?

Puck. — Ah! lâche, tu jettes tes défis aux étoiles; tu dis aux buissons que tu veux te battre, et tu ne viens pas? Viens, poltron; viens, marmouset; je vais te fouetter avec une verge. Il se déshonore, celui qui tire l'épée contre toi.

Démétrius. — Oui-da! es-tu là?

Puck. — Suis ma voix; nous verrons ailleurs si tu es un homme. *(Ils sortent.)*

Revient Lysandre.

Lysandre. — Il va toujours devant moi, et toujours il me défie; quand j'arrive où il m'appelle, il est déjà parti. Le misérable a le talon plus léger que moi; je courais vite après, mais il fuyait plus vite, et me voici engagé dans un chemin noir et malaisé. Reposons-nous ici. Viens, toi, jour bienfaisant. *(Il se couche par terre.)* Car, dès que tu me montreras ta lueur grise, je retrouverai Démétrius et je punirai son insolence. *(Il s'endort.)*

Puck et Démétrius reviennent.

Puck. — Holà! holà! holà! holà! Lâche, pourquoi ne viens-tu pas?

Démétrius. — Attends-moi, si tu l'oses; car je vois bien que tu cours devant moi, en changeant toujours de place, sans oser t'arrêter, ni me regarder en face. Où es-tu?

Puck. — Viens ici; je suis ici.

Démétrius. — Allons, tu te moques de moi. Tu me le paieras cher, si jamais je revois ta face à la lumière du jour. Maintenant, va ton chemin. La fatigue me force à mesurer de ma longueur ce lit glacé... Dès l'approche du jour, compte sur ma visite. *(Il se couche à terre et s'endort.)*

Entre Héléna.

Héléna. — O nuit accablante, ô longue et fastidieuse nuit, abrège tes heures : au secours, clarté de l'Orient, que je puisse, à la lumière du jour, retourner à Athènes, loin de ceux qui détestent ma triste société. Et toi, sommeil, qui parfois ferme les yeux de la douleur, dérobe-moi un moment à ma propre société. *(Elle s'endort.)*

Puck.

Rien que trois! Allons, encore une!
Quatre feront deux couples.
La voici qui vient maussade et triste.
Cupidon est un mauvais garnement,
De rendre ainsi folles de pauvres femmes.

Entre Hermia.

Hermia. — Jamais si fatiguée, jamais si malheu-

reuse! Trempée par la rosée, et déchirée par les
ronces, je ne puis me traîner ni aller plus loin; mes
jambes ne peuvent plus marcher au pas de mes désirs. Reposons-nous ici, jusqu'au point du jour.
Que le ciel protège Lysandre, s'ils veulent se battre.
(Elle se couche.)

PUCK.

Sur le terrain
Dormez profondément.
Je vais appliquer
Sur vos yeux,
Doux amant, un remède.

Il exprime le jus d'une herbe sur l'œil de Lysandre.

Quand tu t'éveilleras,
Tu prendras
Un vrai plaisir
A revoir
Ta première amante.
Et le proverbe connu :
On prend son bien où on le trouve,
S'accomplira à ton réveil.
Jeannot aura sa Jeanneton ;
Rien n'ira de travers.
Chacun reprendra sa jument,
Et tout sera bien. (Sort Puck.)

Démétrius, Lysandre, Héléna et Hermia
restent endormis.

ACTE IV

Même lieu.

SCÈNE PREMIÈRE

Entrent TITANIA, *et* BOTTOM, *entourés d'un cortège de
fées.* OBÉRON, *en arrière, invisible.*

TITANIA, *à Bottom.* — Viens t'asseoir sur ce lit de
fleurs, que je caresse tes joues charmantes, et que
j'attache des roses musquées sur ta tête douce et lisse,
et que je baise tes belles et longues oreilles, mon doux
trésor!

BOTTOM. — Où est Fleur des Pois?

FLEUR DES POIS. — Me voici.

BOTTOM. — Gratte-moi la tête, Fleur des Pois. Où
est monsieur Toile d'Araignée?

TOILE D'ARAIGNÉE. — Me voici.

BOTTOM. — Monsieur Toile d'Araignée, mon bon
monsieur, prenez vos armes, et tuez-moi cette abeille
aux cuisses rouges au haut de ce chardon; puis
apportez-moi son sac à miel, mon bon monsieur. Ne
vous écorchez pas trop pendant cette besogne, monsieur; surtout, mon bon monsieur, ayez soin que
le sac à miel ne crève·pas : il me répugnerait de

vous voir inondé de miel, signor. Où est monsieur Grain de Moutarde?

GRAIN DE MOUTARDE. — Me voici.

BOTTOM. — Donnez-moi une poignée de main, monsieur Grain de Moutarde. De grâce, pas de cérémonie, mon bon monsieur.

GRAIN DE MOUTARDE. — Que m'ordonnez-vous?

BOTTOM. — Rien, mon bon monsieur, si ce n'est d'aider le cavallero Toile d'Araignée à me gratter. Il faut que j'aille chez le barbier, monsieur, car j'ai l'impression d'avoir énormément de poil au visage; et je suis un âne si délicat que, pour peu qu'un poil me démange, il faut que je me gratte.

TITANIA. — Voyons, veux-tu entendre de la musique, mon doux amour?

BOTTOM. — J'ai l'oreille passablement bonne en musique; qu'on nous donne la clef et les pincettes.

TITANIA. — Dis-moi, doux amour, ce que tu désires manger.

BOTTOM. — Ma foi, un picotin. Je mâcherais bien de votre bonne avoine bien sèche. Je crois que j'aurais grande envie d'une botte de foin : du bon foin, du foin qui embaume, rien ne vaut cela.

TITANIA. — J'ai une fée audacieuse qui ira fouiller le magasin d'un écureuil et t'apportera des noisettes fraîches.

BOTTOM. — J'aimerais mieux une poignée ou deux de pois secs. Mais, je vous en prie, empêchez vos gens de me déranger; je sens venir à moi un accès de sommeil.

TITANIA. — Dors, et je vais t'enlacer de mes bras. Partez, fées, et explorez tous les chemins. *(Les fées sortent.)* Ainsi le chèvrefeuille, le chèvrefeuille embaumé s'enlace doucement, ainsi le lierre femelle s'enroule aux doigts rugueux de l'orme. Oh! comme je t'aime! comme je raffole de toi! *(Ils s'endorment.)*

Obéron s'avance. Entre Puck.

OBÉRON. — Bienvenue, cher Robin. Vois-tu ce charmant spectacle? Je commence maintenant à prendre en pitié sa folie. Tout à l'heure, l'ayant rencontrée, en arrière du bois, qui cherchait de suaves présents pour cet affreux imbécile, je lui ai fait honte et me suis querellé avec elle. Déjà, en effet, elle avait ceint les tempes velues du drôle d'une couronne de fleurs fraîches et parfumées; et la rosée, qui sur leurs boutons étalait naguère ses rondes perles d'Orient, cachait alors dans le calice de ces jolies fleurettes les larmes que lui arrachait leur disgrâce. Quand je l'ai eu tancée tout à mon aise, elle a imploré mon pardon dans les termes les plus doux. Je lui ai demandé alors son petit favori; elle me l'a accordé sur-le-champ, et a dépêché une de ses fées pour l'amener à mon bosquet dans le pays féerique. Et maintenant que j'ai l'enfant, je vais mettre un terme à l'odieuse erreur de ses yeux. Toi, gentil Puck, enlève ce crâne emprunté de la tête de ce rustre Athénien, afin que, s'éveillant avec les autres, il s'en retourne comme eux à Athènes, ne se rappelant les accidents de cette nuit que comme les tribulations d'un mauvais rêve. Mais d'abord je vais délivrer la reine des fées. *(Il touche les yeux de Titania avec une herbe.)*

> *Sois comme tu as coutume d'être;*
> *Vois comme tu as coutume de voir;*

> *La fleur de Diane a sur la fleur de Cupidon*
> *Cette influence et ce bienheureux pouvoir.*

Allons, ma Titania; éveillez-vous, ma douce reine.

TITANIA, *s'éveillant*. — Mon Obéron! quelles visions j'ai vues! il m'a semblé que j'étais amoureuse d'un âne.

OBÉRON. — Voilà votre amant par terre.

TITANIA. — Comment ces choses sont-elles arrivées? Oh! combien ce visage est répulsif à mes yeux maintenant!

OBÉRON. — Silence, un moment. Robin, enlève cette tête. Titania, appelez votre musique; et qu'elle frappe d'une léthargie plus profonde qu'un sommeil ordinaire les sens de ces cinq mortels.

TITANIA. — La musique! holà! une musique à enchanter le sommeil!

PUCK, *enlevant la tête d'âne de Bottom*. — Quand tu t'éveilleras, vois avec tes yeux d'imbécile.

OBÉRON. — Résonnez, musique! *(Une musique calme se fait entendre.) (A Titania.)* Viens, ma reine, donne-moi la main, et remuons sous nos pas le berceau de ces dormeurs. Toi et moi, maintenant, nous sommes de nouveaux amis; demain, à minuit, nous exécuterons solennellement des danses triomphales dans la maison du duc Thésée, et par nos bénédictions nous y appellerons la plus belle postérité. Là, ces deux couples d'amants fidèles seront unis en même temps que Thésée, pour la joie de tous.

PUCK.

> *Roi des fées, attention, écoute,*
> *J'entends l'alouette matinale.*

Obéron.

Allons, ma reine, dans un grave silence,
Courons après l'ombre de la nuit.
Plus vite que la lune errante.

Titania.

Allons, mon seigneur. Dans notre vol,
Vous me direz comment, cette nuit,
J'ai pu me trouver ici endormie,
Avec ces mortels, sur la terre. (Ils sortent. L'aube
naît. On entend le son du cor.)

Entrent Thésée, Hippolyte, Égée et leur suite.

Thésée. — Qu'un de vous aille chercher le garde-
chasse; car maintenant notre célébration est accom-
plie; et, puisque nous avons à nous la matinée, ma
bien-aimée entendra la musique de mes limiers. Dé-
couplez-les dans la vallée occidentale, allez : dépêchez-
vous, vous dis-je, et amenez le garde. Nous, belle
reine, nous irons au haut de la montagne entendre
le concert confus de la meute et de l'écho.

Hippolyte. — J'étais avec Hercule et Cadmus un
jour qu'ils chassaient l'ours dans un bois de Crète
avec des limiers de Sparte. Je n'ai jamais entendu de
vacarme plus glorieux : car non seulement les
halliers, mais les cieux, les sources, toute la contrée
avoisinante, semblaient se fondre en un cri. Je n'ai
jamais entendu un désaccord aussi musical, un
tonnerre si harmonieux.

Thésée. — Mes chiens sont de la race spartiate :
comme elle, ils ont de larges babines, le poil tacheté,
les oreilles pendantes qui balaient la rosée du matin,

les jarrets tors, le fanon comme les taureaux de Thessalie. Ils sont lents à la poursuite; mais leurs voix réglées comme un carillon se dégradent en gamme sonore. Jamais cri plus musical ne fut provoqué, ne fut encouragé par le cor, en Crète, à Sparte, ou en Thessalie. Vous en jugerez en l'entendant. Mais, doucement! quelles sont ces nymphes?

ÉGÉE. — Monseigneur, c'est ma fille, endormie ici! Et voici Lysandre; voici Démétrius; voici Héléna, l'Héléna du vieux Nédar. Je suis émerveillé de les voir ici ensemble.

` THÉSÉE. — Sans doute, ils se sont levés de bonne heure pour célébrer la fête de mai; et, sachant nos intentions, ils sont venus ici honorer notre cérémonie. Mais, dites-moi, Égée : n'est-ce pas aujourd'hui qu'Hermia doit donner sa réponse sur le choix qu'elle fait?

ÉGÉE. — Oui, monseigneur.

THÉSÉE. — Allez, dites aux chasseurs de les éveiller au son du cor.

> *Son du cor. Clameur derrière le théâtre.*
> *Démétrius, Lysandre, Hermia et Héléna*
> *s'éveillent et se lèvent.*

THÉSÉE. — Bonjour, mes amis. La Saint-Valentin est passée. Les oiseaux de ces bois ne commencent-ils à s'accoupler qu'aujourd'hui?

LYSANDRE. — Pardon, monseigneur. *(Tous se prosternent devant Thésée.)*

THÉSÉE. — Levez-vous tous, je vous prie. Je sais que, vous deux, vous êtes rivaux et ennemis : d'où vient ce charmant accord qui fait que la haine, éloignée de toute jalousie, dort à côté de la haine, sans crainte d'inimitié?

LYSANDRE. — Monseigneur, je répondrai en homme
ahuri, à moitié endormi, à moitié éveillé. Mais je vous
jure que je ne pourrais pas dire vraiment comment
je suis venu ici. Pourtant, à ce que je crois... car je
voudrais dire la vérité, oui, maintenant, je me le
rappelle, je suis venu ici avec Hermia : notre projet
était de quitter Athènes pour ne plus être sous le
coup de la loi athénienne.

ÉGÉE. — Assez, assez! *(A Thésée.)* Monseigneur,
vous en savez assez. Je réclame la loi, la loi sur sa
tête. *(A Démétrius.)* Ils voulaient se sauver; ils voulaient, Démétrius, nous frustrer tous deux, vous, de
votre femme, moi, dans ma décision qu'elle serait
votre femme.

DÉMÉTRIUS. — Monseigneur, la belle Héléna m'a
révélé leur évasion, le dessein qui les amenait dans
ce bois; et par fureur je les y ai suivis, la belle Héléna
me suivant par amour. Mais, mon bon seigneur, je
ne sais par quel sortilège — mais c'est un sortilège à
coup sûr — mon amour pour Hermia a fondu
comme neige. Ce n'est plus pour moi maintenant
que le souvenir d'un vain hochet dont je raffolais
dans mon enfance; et maintenant toute ma foi, toute
la vertu de mon cœur, l'unique objet, l'unique joie de
mes yeux, c'est Héléna. C'est à elle, seigneur, que
j'étais fiancé avant de voir Hermia. Elle me répugnait
comme la nourriture à un malade, mais, avec la santé,
j'ai repris mon goût naturel. Maintenant je la désire,
je l'aime, j'aspire à elle, et je lui serai fidèle à jamais.

THÉSÉE. — Beaux amants, voilà une heureuse rencontre. Nous entendrons tout à l'heure la suite de
cette histoire. Égée, je prévaudrai sur votre volonté;
car j'entends que, dans le temple, en même temps

que nous, ces deux couples soient unis pour l'éternité. Et, comme la matinée est maintenant un peu avancée, nous mettrons de côté notre projet de chasse. En route, tous, pour Athènes. Trois maris, trois femmes! Nous aurons une fête solennelle. Venez, Hippolyte. (*Sortent Thésée, Hippolyte, Égée et leur suite.*)

DÉMÉTRIUS. — Ces aventures me paraissent rapetissées et vagues comme les montagnes lointaines qui se confondent avec les nuages.

HERMIA. — Il me semble que mes regards divergent et que je vois double.

HÉLÉNA. — Et moi aussi : Démétrius me fait l'effet d'un bijou trouvé, qui est à moi, et pas à moi.

DÉMÉTRIUS. — Êtes-vous sûrs que nous sommes éveillés? Il me semble, à moi, que nous dormons, que nous rêvons encore. Ne pensez-vous pas que le duc était ici et nous a dit de le suivre?

HERMIA. — Oui; et mon père aussi.

HÉLÉNA. — Et Hippolyte.

LYSANDRE. — Et il nous a dit de le suivre au temple.

DÉMÉTRIUS. — Vous voyez donc que nous sommes éveillés : suivons-le; et, chemin faisant, nous nous raconterons nos rêves. (*Ils sortent.*)

Au moment où ils sortent, Bottom s'éveille.

BOTTOM. — Quand ma réplique viendra, appelez-moi, et je répondrai; ma prochaine est à *très beau Pyrame*. Holà! hé!... Pierre Lecoin! Flûte, le raccommodeur de soufflets! Groin, le chaudronnier! Meurt de Faim! Dieu me garde! ils ont tous décampé en me laissant ici endormi! J'ai eu une vision extraordinaire. J'ai fait un songe et l'esprit de l'homme est impuissant à dire ce qu'il était. L'homme qui entreprendra d'expliquer ce songe n'est qu'un âne... Il me semblait que j'étais, nul homme au monde ne pourrait me dire quoi. Il me semblait que j'étais... et il me semblait que j'avais... Il faudrait être fou à lier pour essayer de dire ce qu'il me semblait que j'avais. L'œil de l'homme n'a jamais ouï, l'oreille de l'homme n'a jamais rien vu de pareil; la main de l'homme ne serait pas capable de goûter, sa langue de concevoir, son cœur de rapporter ce qu'était mon rêve. Je ferai composer par Pierre Lecoin une ballade sur ce songe : elle s'appellera le Rêve de Bottom, parce que ce rêve-là est sans nom; et je la chanterai à la fin de la pièce, devant le duc. Et peut-être même, pour lui donner plus de grâce, la chanterai-je après la mort. *(Il sort.)*

SCÈNE II

Athènes. Chez Lecoin.

Entrent LECOIN, FLÛTE, GROIN *et* FAMÉLIQUE.

LECOIN. — Êtes-vous allés voir chez Bottom? Est-il rentré chez lui?

FAMÉLIQUE. — On ne sait ce qu'il est devenu. Sans nul doute, il est enlevé.

FLUTE. — S'il ne vient pas, la représentation est impossible. Elle ne peut plus marcher, pas vrai?

LECOIN. — Impossible. Vous n'avez que lui, dans tout Athènes, capable de jouer Pyrame.

FLUTE. — Non; c'est lui qui a tout simplement le plus d'esprit de tous les artisans d'Athènes.

LECOIN. — Oui, et puis il est fait pour le rôle : un parfait galant pour la douceur de la voix.

FLUTE. — Un parfait talent, vous devriez dire! Un parfait galant, Dieu merci! est un propre-à-rien.

Entre Étriqué.

ÉTRIQUÉ. — Messieurs, le duc revient du temple, et il y a deux ou trois couples de seigneurs et de dames, mariés par-dessus le marché; si nous avions pu donner notre divertissement, notre fortune à tous était faite.

FLUTE. — Où es-tu, Bottom, mon doux rodomont? Tu as perdu un revenu de douze sous par jour ta vie durant; tu ne pouvais pas échapper à douze sous par jour; le duc t'aurait donné douze sous par jour pour avoir joué Pyrame, ou je veux être pendu! Tu l'aurais bien mérité : douze sous par jour, pour Pyrame, c'était rien!

Entre Bottom.

BOTTOM. — Où sont-ils, ces enfants? où sont-ils, ces chers cœurs?

LECOIN. — Bottom! O le jour courageux! ô l'heure fortunée!

BOTTOM. — Messieurs, j'ai des merveilles à vous raconter; mais ne me demandez pas ce que c'est : car, si je parle, je passerai pour le plus faux des Athéniens. Je vais vous dire exactement tout ce qui est arrivé.

LECOIN. — Nous t'écoutons, mon doux Bottom.

BOTTOM. — Pas un traître mot. Tout ce que je vous

dirai, c'est que le duc a dîné : mettez vite votre costume, de bons cordons à vos barbes, des rubans neufs à vos escarpins. Rendons-nous immédiatement au palais; que chacun repasse son rôle; car, pour tout dire en un mot, notre pièce est agréée. En tout cas, que Thisbé ait du linge propre, et que celui qui joue le lion ne rogne pas ses ongles, car ils doivent s'allonger comme des griffes de lion. Maintenant, mes très chers acteurs, ne mangez ni oignon ni ail, car nous avons à dire de suaves paroles, et je veux que notre auditoire ait notre comédie en bonne odeur. Assez causé; partons, partons! *(Ils sortent.)*

ACTE V

La grande salle dans le palais de Thésée.

Entrent THÉSÉE *et* HIPPOLYTE, *suivis de* PHILOSTRATE, *de* SEIGNEURS *et de* SERVITEURS.

Le Duc et la Duchesse prennent place.

HIPPOLYTE. — C'est bien étrange, mon Thésée, ce que racontent ces amants.

THÉSÉE. — Plus étrange que vrai. Je ne pourrai jamais croire à ces vieilles fables, à ces contes de fée. Les amoureux et les fous ont des cerveaux bouillants, et l'imagination si fertile qu'ils perçoivent ce que la froide raison ne pourra jamais comprendre. Le fou, l'amoureux et le poète sont tous faits d'imagination. L'un voit plus de démons que le vaste enfer n'en peut contenir, c'est le fou; l'amoureux, tout aussi frénétique, voit la beauté d'Hélène sur un front égyptien; le regard du poète, animé d'un beau délire, se porte du ciel à la terre et de la terre au ciel; et, comme son imagination donne un corps aux choses inconnues, la plume du poète leur prête une forme et assigne à ces bulles d'air un lieu dans l'espace et un nom. Tels sont les caprices d'une imagination forte; pour peu qu'elle conçoive une joie, elle suppose un messager qui l'apporte. La nuit, avec l'imagination de la peur, comme on prend aisément un buisson pour un ours!

HIPPOLYTE. — Oui, mais tout le récit qu'ils nous ont fait de cette nuit, de la transfiguration simultanée de toutes leurs âmes, ce n'est pas une simple vision, c'est quelque chose qui prend de la consistance, tout étrange et tout merveilleux qu'il est.

Entrent Lysandre, Démétrius, Hermia et Héléna.

THÉSÉE. — Voici venir nos amoureux pleins de joie et de gaieté. Soyez joyeux, doux amis! Que la joie et un amour toujours frais fassent cortège à vos cœurs!

LYSANDRE. — Qu'ils soient plus fidèles encore à vos royales promenades, à votre table, à votre lit!

THÉSÉE. — Voyons, maintenant. Quelles mascarades, quelles danses aurons-nous pour passer ce long siècle de trois heures qui doit s'écouler entre l'après-souper et le coucher? Où est l'intendant de nos plaisirs? Quelles fêtes nous prépare-t-on? N'a-t-on pas une comédie pour soulager les angoisses d'une heure de torture? Appelez Philostrate.

PHILOSTRATE, *s'avançant*. — Me voici, puissant Thésée.

THÉSÉE. — Dites-moi, quel amusement aurons-nous ce soir? quelle mascarade, quelle musique? Comment

tromperons-nous le temps paresseux, si ce n'est par
quelque distraction?

PHILOSTRATE. — Voici le programme des divertis-
sements qui sont au point; que Votre Altesse choi-
sisse celui qu'elle veut voir le premier. *(Il donne un
papier à Thésée.)*

THÉSÉE, *lisant.*

Le combat contre les Centaures, chanté
Sur la harpe par un eunuque athénien.

Nous ne voulons pas de ça : j'en ai fait le récit à ma
bien-aimée, à la gloire de mon parent Hercule.

L'orgie des Bacchantes ivres,
Déchirant dans leur rage le chantre de la Thrace.

C'est un vieux sujet; il a été joué la dernière fois
que je suis revenu vainqueur de Thèbes.

Les neuf Muses pleurant la mort
De la Science, récemment décédée dans la misère.

C'est quelque satire acerbe et mordante qui ne
convient pas à une cérémonie nuptiale.

Courte et fastidieuse histoire du jeune Pyrame
Et de son amante Thisbé; farce très tragique.

Farce et tragique! fastidieuse et courte! comme qui
dirait de la glace chaude, de la neige la plus étrange.
Comment trouver l'accord de ce désaccord?

PHILOSTRATE. — C'est une pièce longue d'une
dizaine de mots, monseigneur. Je n'en connais pas
de plus courte. Pourtant, monseigneur, elle est trop

longue de dix mots; ce qui la rend fastidieuse; car
dans toute la pièce il n'y a pas un mot juste ni un
acteur capable. Et puis, elle est tragique, mon
noble seigneur; car Pyrame s'y tue. Ce qui, à la répétition, je dois le confesser, m'a fait venir les larmes
aux yeux, des larmes plus gaies que n'en a jamais
versé le rire le plus bruyant.

Thésée. — Qui sont ceux qui la jouent?

Philostrate. — Des hommes à la main rude, des
ouvriers d'Athènes, qui jusqu'ici n'avaient jamais
travaillé par l'esprit. Ils ont chargé leur mémoire
balbutiante de cette pièce-là pour le jour de vos
noces.

Thésée. — Nous allons l'entendre.

Philostrate. — Non, mon noble seigneur, elle
n'est pas digne de vous; je l'ai entendue d'un bout
à l'autre, et il n'y a rien là, rien du tout; à moins que
vous ne vous amusiez de leurs efforts extrêmement
laborieux et des peines cruelles qu'ils se donnent
pour votre service.

Thésée. — Je veux entendre cette pièce; car il n'y a
jamais rien de déplacé dans ce que la simplicité et le
zèle nous offrent. Allez, introduisez-les. Et prenez vos
places, mesdames. *(Sort Philostrate.)*

Hippolyte. — Je n'aime pas à voir l'impuissance
se surmener, et le zèle succomber à la tâche.

Thésée. — Mais, ma charmante, vous ne verrez rien
de pareil.

Hippolyte. — Il dit qu'ils n'y entendent rien.

Thésée. — Nous n'en aurons que plus de grâce à
les remercier de rien. Nous nous ferons un plaisir
de bien prendre leurs méprises : là où un zèle malheureux est impuissant, une noble bienveillance

considère l'effort et non le talent. Quand je suis
revenu, de grands savants ont voulu me saluer par
des compliments prémédités; alors, je les ai vus
frissonner et pâlir, s'interrompre au milieu des
phrases, laisser bâillonner par la crainte leur bouche
exercée, et, pour conclusion, s'arrêter court sans
m'avoir fait leur compliment. Croyez-moi, ma charmante, ce compliment, je l'ai recueilli de leur silence
même. Et la modestie du zèle en déroute m'en dit
tout autant que la langue bavarde d'une éloquence
impudente et effrontée. Donc l'affection et la simplicité muettes sont celles qui, avec le moins de mots,
parlent le plus à mon cœur.

Entre Philostrate.

PHILOSTRATE. — S'il plaît à Votre Altesse, le prologue est tout prêt.

THÉSÉE. — Qu'il approche!

Fanfare de trompettes.
Entre le Prologue LECOIN.

LECOIN.

Si nous déplaisons, c'est avec intention...
De vous persuader... que nous venons, non pour déplaire,
Mais bien avec intention... de montrer notre simple
Voilà le vrai commencement de notre fin. [savoir-faire,
Considérez donc que nous ne venons qu'avec appréhen-
Et sans nulle idée de vous satisfaire...   [sion
Nous ferons tous nos efforts... Pour vous charmer
Nous ne sommes pas ici... Pour vous donner des regrets
Les acteurs sont tout prêts; et par leur jeu
Vous apprendrez ce que vous devez apprendre.

Thésée. — Ce gaillard-là ne s'arrête pas à la ponctuation.

Lysandre. — Il a monté son prologue comme un poulain sauvage, sans savoir l'arrêter. Bonne leçon, monseigneur! Il ne suffit pas de parler, il faut bien parler.

Hippolyte. — Oui, vraiment, il a joué de son prologue comme un enfant du flageolet. Des sons, mais pas de mesure.

Thésée. — Son discours a été comme une chaîne embrouillée : rien n'y manquait, mais tout était en désordre. Qu'avons-nous ensuite?

> Entrent Pyrame et Thisbé, le Mur, le Clair de Lune et le Lion, comme dans une pantomime.

Lecoin.

Gentils auditeurs, peut-être êtes-vous étonnés de ce spec-
                                                   [tacle ;
Restez-le donc jusqu'à ce que la vérité vienne tout expli-
Cet homme est Pyrame, si vous voulez le savoir.   [quer.
Cette belle dame est Thisbé; c'est évident.
Cet homme, avec son plâtre et sa chaux, représente
Un mur, cet ignoble mur qui séparait nos amants :
C'est à travers ses fentes que ces pauvres âmes sont
A chuchoter. Que nul ne s'en étonne.   [réduites
Cet homme, avec sa lanterne, son chien et son fagot
                                                   [d'épines,
Représente le clair de lune : car, si vous voulez le savoir,
Devant le clair de lune, nos amants ne se font pas scru-
                                                   [pule
De se rencontrer à la tombe de Ninus pour s'y... pour s'y
Cette affreuse bête qui a nom lion,   [faire la cour.*

Une nuit que la confiante Thisbé arrivait la première,
La fit fuir de peur, ou plutôt d'épouvante.
Comme elle se sauvait, Thisbé laissa tomber sa mante,
Que cet infâme lion souilla de sa dent sanglante.
Bientôt arrive Pyrame, charmant jouvenceau, très grand ;
Il trouve le cadavre de la mante de sa belle.
Sur quoi, de sa lame, de sa sanglante et coupable lame,
Il embroche bravement son sein dont le sang bouillonne.
Alors, Thisbé, qui s'était attardée à l'ombre d'un mûrier,
Prend la dague, et se tue. Pour tout le reste,
Le Lion, le Clair de Lune, le Mur et les deux amants
Vous le raconteront tout au long quand ils seront en
[*scène.*

> Sortent le Prologue, Thisbé, le Lion et le Clair de Lune.

THÉSÉE. — Je me demande si le lion doit parler.

DÉMÉTRIUS. — Rien d'étonnant à cela, monseigneur ; un lion peut bien parler, quand il y a tant d'ânes qui parlent.

LE MUR.

Dans cet intermède, il arrive
Que moi, dont le nom est Groin, je représente un mur,
Mais un mur, je vous prie de le croire,
Percé de lézardes ou de fentes,
A travers lesquelles les amants, Pyrame et Thisbé,
Se sont parlé bas souvent très intimement.
Cette chaux, ce plâtras et ce moellon vous montrent
Que je suis bien un mur. C'est la vérité.
Et c'est à travers ce trou-ci qu'à droite et à gauche
Nos amants timides doivent se parler bas.

THÉSÉE. — Peut-on désirer que la chaux barbue parle mieux que ça?

DÉMÉTRIUS. — C'est la cloison la plus spirituelle que j'aie jamais ouïe discourir, monseigneur.

THÉSÉE. — Voilà Pyrame qui s'approche du Mur. Silence.

Entre Pyrame.

PYRAME.

O nuit horrible! ô nuit aux couleurs si noires!
O nuit qui est partout où le jour n'est pas!
O nuit! ô nuit! hélas! hélas! hélas!
Je crains que ma Thisbé n'ait oublié sa promesse!
Et toi, ô Mur, ô doux, ô aimable Mur,
Qui te dresses entre le terrain de son père et le mien,
Mur, ô Mur, ô doux et aimable Mur,
Montre-moi ta fente que je hasarde un œil à travers.
(Le Mur étend la main.)
Merci, Mur courtois! Que Jupiter te protège!
Mais que vois-je? Je ne vois pas Thisbé.
O méchant Mur, à travers lequel je ne vois pas mon bonheur,
Maudites soient tes pierres de m'avoir ainsi déçu!

THÉSÉE. — Maintenant, ce me semble, c'est au Mur, puisqu'il est doué de raison, à riposter par des malédictions.

PYRAME, *s'avançant vers Thésée.* — Non, vraiment, monsieur; ce n'est pas au tour du Mur. Après ces mots : *m'avoir ainsi déçu,* vient la réplique de Thisbé; c'est elle qui doit paraître, et je dois l'épier à travers le Mur. Vous allez voir, ça va se passer exactement comme je vous ai dit... La voilà qui arrive.

Entre Thisbé.

THISBÉ.

O Mur, que de fois tu m'as entendue gémir
De ce que tu me séparais de mon beau Pyrame!
Que de fois mes lèvres cerise ont baisé tes pierres,
Tes pierres cimentées de chaux et de poils!

PYRAME.

J'aperçois une voix; allons maintenant à la crevasse,
Pour voir si je n'entendrai pas la face de ma Thisbé!
Thisbé!

THISBÉ.

Mon amour! c'est toi, je crois, mon amour?

PYRAME.

Crois ce que tu voudras; je suis sa grâce ton amoureux :
Toujours fidèle comme Liandre.

THISBÉ.

Et moi comme Hélène, jusqu'à ce que le destin me tue!

PYRAME.

Shaphale ne fut pas si fidèle à Procrus!

THISBÉ.

Autant Shaphale le fut à Procrus, autant je le suis.

PYRAME, *collant ses lèvres aux doigts du Mur.*

Oh! baise-moi à travers le trou de ce vil Mur!

THISBÉ, *collant ses lèvres de l'autre côté.*

C'est le trou du Mur que je baise, et non vos lèvres.

PYRAME.

Veux-tu me rejoindre immédiatement à la tombe de
[*Nigaud?*

THISBÉ.

Morte ou vive, j'y vais sans délai.

LE MUR, *baissant le bras.*

Ainsi, j'ai rempli mon rôle, moi, le Mur :
Et, cela fait, le Mur s'en va. (Sortent le Mur, Pyrame
et Thisbé.)

THÉSÉE. — Et voici tombé le mur qui séparait les
deux amants.

DÉMÉTRIUS. — Pas de remède à ça, monseigneur,
quand les murs ont des oreilles.

HIPPOLYTE. — Voilà le plus stupide galimatias que
j'aie jamais entendu.

THÉSÉE. — La meilleure œuvre de ce genre est faite
d'illusions; et la pire n'est pas pire quand l'imagination y supplée.

HIPPOLYTE. — Alors ce n'est plus l'imagination de
l'auteur, c'est la vôtre.

THÉSÉE. — Si nous ne jugeons pas plus mal ces
gens-là qu'ils ne se jugent eux-mêmes, ils pourront
passer pour excellents. Mais voici deux nobles bêtes,
un homme et un lion.

Entrent Le Lion et le Clair de Lune.

Le Lion.

Mesdames, vous dont le gentil cœur s'effraie
De la souris la plus monstrueusement petite qui trotte sur
Vous pourriez bien ici frissonner et trembler   [le parquet,*
En entendant un lion féroce rugir avec la rage la plus
Sachez donc que je suis Étriqué le Menuisier,   [farouche.*
Un lion terrible, non, pas plus qu'une lionne;
Car, si je venais comme lion chercher querelle
En ce lieu, ce serait au péril de ma vie.

THÉSÉE. — Une bien gentille bête et une bonne âme!

DÉMÉTRIUS. — La meilleure âme de bête que j'aie jamais vue, monseigneur.

LYSANDRE. — Ce lion est un vrai renard pour le courage.

THÉSÉE. — Oui, et une oie pour la prudence.

DÉMÉTRIUS. — Non pas, monseigneur; car son courage ne peut emporter sa prudence, et un renard peut emporter une oie.

THÉSÉE. — Sa prudence, j'en suis sûr, ne peut pas emporter son courage; car l'oie n'emporte pas le renard. C'est bien. Laissez-le à sa prudence et écoutons la lune.

La Lune.

Cette lanterne vous représente la lune et ses cornes...

DÉMÉTRIUS, *l'interrompant*. — Il aurait dû porter les cornes sur sa tête.

THÉSÉE. — Ce n'est pas un croissant, c'est une pleine lune où les cornes sont invisibles.

LA LUNE, *reprenant*.

Cette lanterne vous représente la lune et ses cornes,
Et moi-même je suis censé être l'homme qu'on voit dans la
[*lune*.

THÉSÉE. — Voilà la plus grande de toutes les bévues. L'homme aurait dû se mettre dans la lanterne. Sans cela, comment peut-il être l'homme qu'on voit dans la lune?

DÉMÉTRIUS. — Il n'ose pas s'y mettre à cause du lumignon; tenez, voyez-vous? Le voilà déjà qui prend feu.

HIPPOLYTE. — Cette lune-là m'ennuie. Je demande un changement de lune.

THÉSÉE. — A en juger par son peu de lumière, elle est sur son déclin. Pourtant, par courtoisie, et en toute équité, laissons-lui prendre son temps.

LYSANDRE. — Continue, Lune!

LA LUNE, *s'avançant vers les spectateurs.* — Tout ce que j'ai à vous dire, c'est pour vous déclarer que cette lanterne est la lune; que moi, je suis l'homme dans la lune, que ce fagot d'épines est mon fagot d'épines; et que ce chien est mon chien.

DÉMÉTRIUS. — Eh bien, tout ça devrait être dans la lanterne puisque tout ça est dans la lune. Mais silence, voici venir Thisbé.

Entre Thisbé.

THISBÉ. — Voici la tombe du vieux Nigaud; où est mon amour?

Le Lion, *rugissant.* — Ho!

> Thisbé se sauve en laissant tomber son manteau.

Démétrius. — Bien rugi, lion!

Thésée. — Bien couru, Thisbé!

Hippolyte. — Bien lui, Lune... Vraiment, la lune luit de fort bonne grâce.

> Le Lion déchire la mante de Thisbé.

Thésée. — Bien griffé, lion! *(Le Lion sort.)*

Démétrius. — Et, sur ce, voici Pyrame qui vient.

Lysandre. — Et la lune qui s'éclipse.

> Entre Pyrame.

PYRAME.

Douce lune, merci de tes rayons solaires.
Merci, lune, de briller maintenant avec tant d'éclat,
Car, à la clarté dorée de tes torrents lumineux,
J'espère savourer la vue de la très fidèle Thisbé.
Mais, arrêtons! — Ô douleur!
Mais, regardons! Pauvre chevalier,
Quel malheur affreux!
Yeux, voyez-vous?
Est-il possible?
Ô ma poulette! ô ma chérie!
Eh quoi! ton beau manteau!
Souillé de sang?
Approchez, Furies cruelles!
Ô Parques, venez! venez!
Tranchez le gros fil de mes jours!
Frappez, écrasez, achevez, massacrez-moi!

Thésée. — Cette tirade, comme la mort d'un ami cher, pourrait suffire à nous attrister.

Hippolyte. — Maudit soit mon cœur, si je ne le plains pas!

Pyrame.

Ô nature! pourquoi créas-tu des lions?
Puisqu'un lion infâme a défloré ici ma bien-aimée,
Laquelle est, non, non! laquelle était la plus belle dame
Qui ait vécu, aimé d'amour et d'amitié, et porté visage!
　　Venez, larmes, consumez-moi!
　　Dehors, épée, et perce
　　Le téton de Pyrame:
　　Oui, ce téton gauche
　　Où le cœur gambade.
　　Ainsi je meurs, ainsi, ainsi, ainsi!
　　Maintenant me voilà mort,
　　Maintenant me voilà parti.
　　Mon âme est dans le ciel.
　　Langue, perds ta lumière!
　　Lune, prends la fuite!
Et maintenant vous voyez un décédé! (Pyrame tombe en mourant. Le Clair de Lune sort.)

Démétrius. — Je vois le décès, mais je ne vois pas le dé. En tout cas, c'est un as, car il est tout seul.

Lysandre. — Alors, c'est un as à sein; car il se l'est percé.

Thésée. — Un chirurgien qui le guérirait n'en ferait pas un as saillant.

Hippolyte. — Comment se fait-il que la lune soit partie avant que Thisbé soit venue et ait retrouvé son amant?

THÉSÉE. — Elle le retrouvera à la clarté des étoiles. La voici; et sa douleur va terminer la pièce.

Entre Thisbé.

HIPPOLYTE. — A mon avis, elle ne doit pas avoir un grand chagrin pour un pareil Pyrame. J'espère qu'elle sera brève.

DÉMÉTRIUS. — Qui vaut le mieux de Pyrame ou de Thisbé? Un fétu ferait pencher la balance.

LYSANDRE. — Elle l'a déjà aperçu avec ces beaux yeux-là.

DÉMÉTRIUS. — Et voici qu'elle va gémir : écoutez!

THISBÉ, *se penchant sur Pyrame.*

Endormi, mon amour?
Quoi, mort, mon tourtereau?
Ô Pyrame, lève-toi!
Parle, parle. Tout à fait muet?
Mort! Mort! Une tombe
Devra recouvrir tes yeux charmants.
Ces lèvres de lis,
Ce nez cerise,
Ces joues jaunes comme la primevère,
Tout cela n'est plus, n'est plus!
Amants, gémissez!
Ses yeux étaient verts comme des poireaux!
Ô vous, les trois sœurs,
Venez, venez à moi,
Avec vos mains pâles comme le lait.
Trempez-les dans le sang,
Puisque vous avez tranché
De vos ciseaux son fil de soie.
Plus un mot, ma langue!

Viens, fidèle épée ;
Viens, lame, plonge-toi dans mon sein ;
Et adieu, amis.
Ainsi Thisbé finit.
Adieu, adieu, adieu! (Elle se frappe et meurt.)

THÉSÉE. — Le Clair de Lune et le Lion sont restés pour enterrer les morts.

DÉMÉTRIUS. — Oui, et le Mur aussi.

BOTTOM, *se relevant*. — Non, je vous assure; le Mur qui séparait leurs pères est à bas. Voulez-vous voir l'épilogue, ou aimez-vous mieux entendre une danse bergamasque, dansée par deux comédiens de notre troupe?

THÉSÉE. — Pas d'épilogue, je vous prie; car votre pièce n'a pas besoin d'apologie. Il n'y a pas besoin d'excuses : quand tous les acteurs sont morts, il n'y a personne à blâmer. Morbleu, si celui qui a écrit cette pièce avait joué Pyrame et s'était pendu à la jarretière de Thisbé, cela aurait fait une belle tragédie; telle qu'elle est, c'en est une fort belle, et jouée très remarquablement. Mais, voyons votre bergamasque, et laissez là votre épilogue. *(Ici une danse de clowns.)* La langue de bronze de minuit a compté douze : au lit, les amants! — Au lit, les amants! voici presque l'heure des fées. Je crains bien que, la matinée prochaine, notre sommeil ne se prolonge autant que, cette nuit, se sont prolongées nos veilles. Cette grosse farce nous a bien trompés sur la marche lente de la nuit. Doux amis, au lit! Célébrons pendant quinze jours cette solennité au milieu des fêtes nocturnes et de plaisirs toujours nouveaux. *(Tous sortent.)*

Entre Puck.

PUCK.

Voici l'heure où le lion rugit,
Où le loup hurle à la lune,
Tandis que le lourd laboureur ronfle,
Accablé de sa pénible tâche.
Voici l'heure où les torches pétillent et s'éteignent,
Tandis que la chouette, par son cri strident,
Rappelle au misérable, sur son lit de douleur,
Le linceul.
Voici l'heure de la nuit
Où les tombes, toutes larges béantes,
Laissent chacune échapper leur spectre,
Pour qu'il erre par les chemins de l'Église.
Et nous, fées, qui courons
Avec le char de la triple Hécate,
Fuyant la présence du soleil
Et suivant l'ombre comme un rêve,
Nous voici en liesse. Pas une souris
Ne troublera cette maison sacrée.
Devant elles, je viens balayer
La poussière restée derrière les portes.

Entrent Obéron et Titania avec leur cortège
de fées.

OBÉRON.

Faites en cette maison rayonner la lumière
Du foyer mort ou assoupi;
Que tous les elfes et les fées
Gambadent aussi légers que l'oiseau sur l'épine,
Chantent avec moi une ariette,
Et dansent d'un pied léger.

TITANIA.

Redites d'abord la chanson par cœur.
Sur chaque parole nous fredonnerons une note
Gracieusement, la main dans la main,
Et nous bénirons ces lieux.

CHANSON ET DANSE

OBÉRON.

Maintenant, jusqu'à la pointe du jour,
Que chaque fée erre dans le palais de Thésée.
Nous irons, nous, au plus beau lit nuptial,
    Et nous le bénirons,
Et la famille engendrée là
Sera toujours heureuse.
Désormais ces trois couples
S'aimeront toujours fidèlement ;
Et les stigmates de la nature
Ne s'attacheront pas à leur famille.
Ni verrue, ni bec-de-lièvre, ni cicatrice,
Nulle de ces marques néfastes qui
Flétrissent la nativité,
Ne sera sur leurs enfants.
Fées, répandez partout
La rosée sacrée des champs ;
    Et bénissez chaque chambre,
En remplissant ce palais de la paix la plus douce.
    Que la sécurité y règne à jamais
    Et que le maître en soit béni ;
        Filons ;
    Ne nous arrêtons pas ;
Et retrouvons-nous à la pointe du jour.

            Sortent Titania et Obéron, avec leur cortège.

Puck, *aux spectateurs*. — Ombres que nous sommes, si nous avons déplu, figurez-vous seulement (et tout sera réparé) que vous n'avez fait qu'un somme, pendant que ces visions vous apparaissaient. Ce thème faible et vain, qui ne contient pas plus qu'un songe, gentils spectateurs, ne le condamnez pas; nous ferons mieux, si vous pardonnez. Oui, foi d'honnête Puck, si nous avons la chance imméritée d'échapper aujourd'hui au sifflet du serpent, nous ferons mieux avant longtemps, ou tenez Puck pour un menteur. Sur ce, bonsoir, vous tous. Battez des mains, si nous sommes amis, et Robin réparera ses torts. *(Sort Puck.)*

COMMENTAIRES
ET NOTES

ROMÉO ET JULIETTE

COMMENTAIRES

Roméo et Juliette est le poème de la jeunesse et la tragédie de la jeunesse, non seulement parce que poème et tragédie *représentent* la naissance à l'amour et à la mort de deux adolescents, presque des enfants, mais parce que, dans leur amour et par leur mort, ils dénoncent le néant d'un monde ou rien n'existe qu'eux, où rien n'a de raison, de vérité que leur existence et leur passion. Jamais l'âge, l'expérience, l'autorité ne feront aussi piètre figure, accumulant erreurs sur malheurs, qu'ils soient d'une bonhomie tyrannique, égrillarde et sotte comme chez Capulet, d'une tendresse dévoyée et cynique comme chez la Nourrice, d'une sécheresse distinguée chez Lady Capulet, abstraitement tutélaires chez le Prince, ou inspirés par la bonne volonté, l'affection, la charité et la science chez frère Laurent.

Aussi apercevons-nous ce qu'on ne voyait pas ou

ne voulait pas voir hier. Cette vendetta essoufflée, soutenue seulement par un galopin stupide et violent, elle n'a rien, en vérité, de ces luttes, de ces passions énergiques des grands fauves de la Renaissance. Il n'est pas vrai que la catastrophe aille à son dénouement fatal du fait d'un destin inexorable provoqué par la passion tragique de héros irréconciliables. En réalité, les chefs des deux familles sont des bourgeois vieillis qui ne demanderaient qu'à avoir la paix en sauvant la face. Et la tragédie arrive par une suite de malentendus, de maladresses, de malchances, d'inventions étranges (il y aurait à dire sur le diabolisme inconscient du frère Laurent qui joue avec la mort, et perd — ou gagne, qui sait? — alors qu'il dépendait de lui de tout sauver par l'aveu le plus simple), par une accumulation de hasards, de sentiments et d'actes dérisoirement hors de proportion avec la catastrophe. Mais de cette disproportion même et de cette dérision, naît justement un tragique plus intense, absurde, cruel, et très moderne. La fatalité est à l'intérieur de l'homme, dans le caractère même et les actes des amants, dans cette hâte dévorante, qui les dévore en effet, fureur de vivre et de mourir qui n'est peut-être que le recours, à la fois désespéré et chargé d'espérance, contre la fragilité de l'amour et la présence de la mort.

GENÈSE DE L'ŒUVRE

Si la quête un peu maniaque des « sources » a trop longtemps amusé la critique (il faut convenir que le jeu est excitant) en la distrayant d'autres recherches et d'autres *inventions,* on ne peut tout de même se dispenser de signaler les œuvres apparues nettement en amont de l'œuvre considérée et que l'auteur put connaître, et surtout de s'arrêter un peu à celles où il a le plus évidemment et largement puisé. Les « sources » ne sont plus alors de simples objets de curiosité ou l'aliment d'une autre manie : la mise en évidence de l' « imitation », voire du « plagiat », elles apparaissent comme le cristallisant d'une imagination encore fluide, en attente de ce que, précisément, elle trouve. Ici : une tragédie de l'amour, et qui n'est rien de plus, rien de moins. (Ce qui serait unique dans Shakespeare, s'il n'y avait, à l'autre bout de la vie — pour les héros et pour le poète lui-même — *Antoine et Cléopâtre.)* Une tragédie que va exprimer, où va s'épanouir la poésie précieuse d'un langage amoureux qui s'essayait comme en se moquant de lui-même dans *Les Deux Gentilshommes de Vérone,* et que révélait dans sa fleur, à peu près en même temps, *Le Songe d'une nuit d'été.*

Roméo et Juliette est l'une des *Histoires tragiques* de Bandello, adaptées par Boaistuau puis par Belleforest chez qui Brooke avait, une trentaine d'années plus tôt, trouvé le thème de son poème et jusqu'au titre : *L'Histoire tragique de Romeus et Juliette.* Shakespeare ne connut-il cette histoire que par Brooke, ou directement? — Encore faut-il s'entendre sur « directement ». Car ce n'est bien certainement pas dans le toscan — rugueusement lombard — de Bandello, mais par ses deux traductions françaises, que les *Novelle* furent répandues dans toute l'Europe et singulièrement en Angleterre. Or, ces traductions étaient des adaptations très libres : les deux Français y ont prodigué leur propre génie avec largesse, — avec ses étroitesses aussi. Belleforest, qui tempête contre l'indiscipline familiale, l'émancipation des jeunes gens et l'épidémie de mariages clandestins bénis par des prêtres faibles ou complaisants, Belleforest a certainement vu dans *Roméo et Juliette* la leçon d'un châtiment exemplaire frappant des enfants désobéissants; où nous ne voyons, nous, comme Shakespeare lui-même, que les conséquences désastreuses de l'entêtement imbécile des vieillards.

Pourtant, Shakespeare a adopté, tel probablement qu'il le trouvait, le dénouement que les adaptateurs avaient pris dans leur propre fonds, ou peut-être emprunté au récit de Luigi da Porto, ou ailleurs, mais pas à Bandello en tout cas. Moins cruellement absurde et plus pathétique, le dénouement du conte original, qui le rapproche de celui de *Tristan,* accorde aux amants une minute de survie (trop allongée, certes, dans le conte, trop discoureuse) pour se reconnaître et mourir ensemble. Ce dénouement-là, écrivant pour le théâtre une version de *Roméo et Juliette,* je l'ai repris, mais pour la durée d'un long éclair. Rien ne permet de penser qu'il ait pu s'offrir à Shakespeare. Il y a donc de l'injustice à lui reprocher, comme fait Swinburne, d'en avoir méconnu la force et la beauté. Le seul fait qu'il l'ait ignoré, ou qu'il ait pu l'ignorer, vient renforcer l'hypothèse que c'est bien Boaistuau ou Belleforest, ou les deux, non Bandello, que Shakespeare a lus. D'ailleurs, la nouvelle de Boaistuau a été suivie de si près qu'elle fait figure de scénario. Ce qui n'empêche qu'il n'ait lu Brooke (peut-être aussi *Le Palais des Plaisirs* de Painter,

anthologies de nouvelles italiennes) et pourquoi ne
serait-ce pas cette lecture qui l'aurait orienté vers
Bandello — Boaistuau, qui sont de toute façon une
mine de sujets pour le théâtre élizabéthain et dont
Shakespeare tirera encore *Beaucoup de bruit pour rien*
et *Comme il vous plaira*. Ou mieux encore, vers une
première et déjà ancienne tragédie de *Roméo et Juliette,*
celle-là, précisément, que Brooke évoque et dont
l'existence laisse généralement sceptique la critique
shakespearienne. Elle a tort.

Un « Roméo » français

Dans la savante édition du manuscrit de Cam-
bridge, état définitif du texte intégral de Shakespeare
(publié en France en regard des traductions, par le
Club français du livre), on relève cette remarque de
F.-N. Lees : « Brooke fait allusion à une pièce sur le
même sujet, *mais on ignore tout de cette pièce.* » C'est moi
qui souligne. Car, contrairement à ce que paraissait
penser l'éminent professeur à l'Université de Man-
chester, cette pièce a bel et bien existé; on en sait
quelque chose, et d'abord qu'elle est française.

Le texte n'en a malheureusement pas été retrouvé,
et peut-être le découvrira-t-on un jour dans des
archives. Mais elle a laissé une trace très nette dans le
Mémoire d'Adrien Miton, bourgeois du pays de Bray.
Il y note que les lundi et mardi gras de l'année 1581,
fut jouée dans le château de Neufchâtel la « tragédie
de *Roméo et Juliette* », œuvre de Côme de la Gambe,
valet de chambre de Henri III, puis du duc de
Nemours; et qu'elle fut *« tenue la plus belle qui se soit*

*vue de longtemps, avec la musique et les instruments ; et y
assista, les deux jours, plus de trois mille personnes ».*

On a même la liste des acteurs, parmi lesquels un
frère ou cousin de Miton. On peut conjecturer que la
pièce fut écrite longtemps avant de trouver l'occasion
d'être représentée ; peut-être fut-elle imprimée. Si
c'est elle qui était venue à la connaissance de Brooke,
elle serait donc antérieure au poème, publié en 1561.
En tout cas, le *Roméo et Juliette* du jeune Shakespeare
ayant été écrit une quinzaine d'années après la représentation du *Roméo et Juliette* normand (au juste, s'il
fut représenté au nœud de la Normandie, de la Picar-
die et de l'Ile-de-France, il avait probablement été
écrit à la cour d'Henri III), l'antériorité de Côme de
la Gambe est certaine et large. Shakespeare connut-il
la pièce de celui qui l'avait précédé en portant le premier sur le théâtre « l'histoire tragique » de Bandello
et de Boaistuau ? Ce qui est sûr, c'est qu'elle n'est
pas un mythe, et que nous sommes bien loin de
« tout en ignorer ».

LES DATES

Les dates et les indications concernant la première
représentation de *Roméo et Juliette* sont, les unes et les
autres, assez incertaines. Pourtant, elle a été publiée
très tôt — en 1597 — relativement à l'époque de composition qu'on peut situer en 1595 ou 1596. En
revanche, elle ne fut enregistrée (Registre des Librai-
res) que très tard, le 22 janvier 1607. Elle figurait
pourtant dans la liste des œuvres de Shakespeare à
laquelle on a souvent l'occasion de se référer, publiée

par Meres dans son *Palladis Tamia,* ce qui est d'ailleurs une preuve superflue de l'existence, à cette date (1598), de la pièce, et même de sa représentation, puisque le premier texte imprimé, le *Quarto 1,* faisait état de cette représentation par la troupe du Lord Chambellan, entre le 22 juillet 1596 et le 17 avril 1597. Il témoigne même autrement, par son caractère, ainsi qu'on le verra plus loin, que la représentation était antérieure à la publication. On a aussi voulu tirer argument du tremblement de terre dont parle la Nourrice au premier acte, comme ayant eu lieu « onze ans plus tôt ». Type de l'hypothèse d'érudit, ingénieuse et assez vaine. Nombre de shakespeariens ont dénié toute valeur à cette datation qui, prenant pour base un tremblement de terre de 1580, ferait remonter la pièce à 1591, ce qui ferait de *Roméo* la première pièce, et même la première œuvre de Shakespeare! Il est vrai qu'on a repéré par la suite un tremblement de terre jusqu'alors inaperçu, dans l'année 1584, ce qui nous ramènerait à la période probable de composition.

Roméo et Juliette appartient à la seconde période de Shakespeare, celle des premiers chefs-d'œuvre et des pièces lyriques. Étroitement contemporaine du *Songe d'une nuit d'été,* il semble qu'elle soit un peu antérieure, ne serait-ce que parce que le *Pyrame et Thisbé* des acteurs paysans est une évidente parodie de *Roméo et Juliette*.

LE TEXTE

Le texte a connu quelques vicissitudes, en dépit — ou à cause — de la publication immédiate. Le quarto

de 1597, ou *Quarto 1*, compte au nombre de ceux
qu'on appelle les « mauvais » quartos. Il semble
avoir été transcrit très approximativement, comme
par tradition orale, peut-être par la bouche d'un
acteur dont la mémoire, qui plus est, avait travaillé
sur un texte abondamment « coupé » pour la représentation. Ou peut-être est-ce tout simplement cette
copie de travail qui a servi pour l'impression. Heu-
reusement, parut deux ans plus tard un second
quarto, que l'éditeur présenta comme « nouvelle-
ment revu, corrigé et augmenté » : plutôt tout bon-
nement « restitué » en ce qu'il reproduisait à peu près
le texte original, c'est-à-dire celui auquel Shakespeare
s'était arrêté. Deux autres quartos, l'un de 1609,
l'autre non daté, reproduisent le *Quarto 2*. Le folio
de 1623 a repris ce texte. Toutefois, on trouve dans le
Quarto 1, si défectueux qu'il soit, certaines leçons
qu'on a bien des raisons de préférer à celles du
« bon » texte ; il contient, en outre, des indications
de mise en scène, extrêmement précieuses, qui ne
figurent pas dans les autres, et qui montrent bien que
Q 2 provient d'un cahier de régie.

La division classique en actes et en scènes qui n'est,
rappelons-le, jamais de Shakespeare, est, pour *Roméo
et Juliette* plus moderne que pour d'autres pièces où
elle apparaît dès le folio de 1623.

La critique

Le premier des critiques de Shakespeare — on doit
toujours le rappeler — reste pour nous Francis Meres,
avec son *Palladis Tamia*. Le poète tragique et comique

y est donné comme « le plus excellent »; mais on s'aperçoit vite que Meres n'est pas avare du superlatif à l'égard de bien d'autres, même les plus obscurs. En tout cas, ce jugement admiratif recouvre *Roméo et Juliette* qui figure parmi les témoignages de cette excellence, avec cinq autres tragédies et cinq comédies (dont *Le Songe d'une nuit d'été*); c'est-à-dire toute l'œuvre représentée ou connue à cette date, à une exception près *(Henri VI)* et la mention d'une comédie inconnue : *Peines d'amours gagnées,* qui pourrait désigner *La Mégère apprivoisée*. En 1600, John Bodenham, nommant Shakespeare entre autres poètes dans une de ses anthologies, cite deux vers de *Roméo et Juliette*. L'opinion a laissé moins de traces que pour les tragédies historiques ou politiques, mais n'en fut pas moins favorable à la pièce qui paraît être devenue vite populaire et fut le premier succès incontesté de Shakespeare. Il faut attendre Pepys pour que le ton change. Mais Pepys, probablement pour affirmer son indépendance d'esprit, traitait Shakespeare de tout son haut. Il dira donc de la pièce : « La pire que j'aie jamais vue. » On a tenté de l'excuser en rappelant qu'il a entendu une adaptation comportant une *happy end*. Mais le savait-il seulement ? — On verra que, pour lui, *Le Songe d'une nuit d'été,* s'il n'était pas « la pire » des pièces, était « la plus insipide et la plus ridicule ».

Revenons aux esprits sérieux. Pour Johnson, *« this play is one of the most pleasing of our author's performances »*. Et pour Coleridge : *« Shakespeare has described this passion in various states and stages, as was most natural, with love in the young. »* Swinburne est du même sentiment, mais déplore — montrant qu'il connaît directement

Bandello et visant les adaptateurs français — que Shakespeare ait laissé tomber « le plus bel épisode de tout le conte », c'est-à-dire « les dernières paroles échangées par Roméo et Juliette en mourant »; ainsi sommes-nous frustrés de « ce qui aurait été l'endroit le plus tendre et le plus noble de toutes les tragédies d'amour ». Nous avons dit à quel point nous partageons ce sentiment.

Roméo et Juliette est la neuvième pièce de Shakespeare — une trentaine restent à écrire — il a trente ans; on conclura avec Louis Gillet : « Marlowe pouvait mourir. Il laissait après lui plus grand que Marlowe*. »

Traductions. — Représentations et adaptations

La liste serait longue des traductions françaises de *Roméo et Juliette* depuis Letourneur, qu'elle soit, comme pour celui-ci, incluse dans des œuvres complètes (F.-V. Hugo; J. Copeau et Suzanne Bing; R. Lalou, H. Messiaen) ou de traductions séparées : Henri Ghéon, Charles Vildrac, Jean Sarment. Celles-ci sont déjà légèrement adaptées pour la scène. La représentation a des exigences auxquelles les versions littérales (notamment de très utiles traductions universitaires) ne répondent point. En revanche, les adaptateurs anglais n'ont jamais d'autre excuse que le goût — le mauvais goût — de leur public. « Arrangée » ou non, la pièce n'a guère cessé d'être jouée en Angleterre et elle faisait partie du répertoire des

---

* Au vrai, Marlowe était mort depuis deux ou trois ans.

comédiens qui vinrent révéler la représentation shakespearienne au Paris romantique.

L'Odéon d'Antoine monta *Roméo et Juliette* en 1910. Dès 1923, Georges Pitoëff méditait sur le texte — il en entreprit la traduction, puis sollicita la collaboration de P.-J. Jouve — et sur la mise en scène. Le projet ne fut réalisé qu'en 1937 : « Dans un décor épuré, écrivait-il à ce propos, l'acteur supportant le texte devient roi. » La Comédie-Française représentait *Roméo et Juliette,* en 1952, dans le texte de J. Sarment et des décors de Wakhéwitch. On est revenu récemment à une traduction intégrale et rigoureuse, mais traduction de poète, avec Yves Bonnefoy. A l'opposé, l'adaptation la plus radicale est le « condensé » — délicat squelette — de Cocteau, que celui-ci donnait d'ailleurs comme un « prétexte à mise en scène ». Maintes fois représentée depuis dix ans dans des versions différentes (festivals de Lyon, Carcassonne, etc., et au théâtre Montansier, mise en scène de Marcelle Tassencourt) l'adaptation très libre d'Yves Florenne reprend le dénouement du conte original. On n'oubliera pas le film de Renato Castellani (1954) avec les admirables costumes de Léonor Fini.

P. 3

1. Le prologue est dans une tradition théâtrale très fortement établie, d'ailleurs raillé par Shakespeare quand il était interminable et servait à l'auteur pour expliquer ce qu'il n'avait pas su faire entendre dans sa pièce. Un second prologue — de même coupe : trois quatrains suivis d'un distique, espèce de sonnet très libre — à proprement parler un interlude, se place entre les scènes v et vi et par conséquent entre ce que la tradition postérieure à Shakespeare a constitué en premier et second actes.

Ces commentaires lyriques (et l'apparition soudaine d'un Chœur aussitôt disparu) se justifiaient s'ils ne restaient pas ainsi en plan : Shakespeare a dû en projeter d'autres, marquant les *temps* de l'action; ou peut-être ont-ils été perdus.

P. 5

2. Toute cette scène est faite de jeux de mots intraduisibles et son comique très gaillard et très vert tombe à peu près à plat. Pour le théâtre, comme d'ailleurs toutes les scènes du même genre, elle exige

d'être entièrement transcrite (ce que nous avons fait pour notre part) mais le traducteur exact doit se tenir à son texte.

P. 7

3. Il faut croire que se mordre le pouce devant quelqu'un était une insolence ou une provocation : une sorte de pied de nez viril, si l'on ose dire. C'était, en somme, et en français, faire la nique. Mais « mordre son pouce » a plus de force, à la fois, et de comique.

P. 8

4. Traduction très faible de *« Heartless hinds »*, jeu de mots sur *heart* et *hart* : sans cœur (au ventre), sans courage; et la harde à laquelle manque son mâle. P.-J. Jouve a traduit : « ces biches sans cerf »; et Y. Bonnefoy, de façon moins noble et plus gauloise (plus éloignée aussi des deux mots de Shakespeare) : « ces poules sans coq ».

P. 15

5. Paris exagère : même quand on mariait les filles à douze ans, on séparait les époux; et les « heureuses mères » de moins de quatorze ans ne l'étaient d'ordinaire que par accident. Pour nous, sa réplique est comique. D'ailleurs, pour la représentation moderne, il vaut mieux gommer ces « quatorze ans ».

P. 23

6. *« crow-keeper »* : « chasse-corbeau ». Épouvantail, ou encore : gamin posté près des champs avec un arc ou une fronde pour défendre les semis.

P. 31

7. Pèlerin. Jeu de mots sur *pilgrim* : pèlerin et paume. Mais il ne faut pas oublier que *Roméo* (vient de Rome) signifie « pèlerin » en italien (il est vrai que Juliette est censée ignorer encore son nom); le vieux mot français : *roumieux* (d'où : roumi).

P. 36

8. On connaît la légende du roi Cophutua, qui a fourni son thème à une nouvelle de Julien Gracq.

P. 49

9. Jeu de mots sur Tybalt et Tibert, le chat du *Roman de Renart*.

P. 56

10. Le marié portait un bouquet de romarin, gage de fidélité. « Voici du romarin, c'est pour le souvenir », dira Ophélie. Le romarin a d'ailleurs une place importante dans l'herbier shakespearien.

P. 71

11. « non dressé » et « encapuchonne-le! » Juliette est portée à penser en termes de fauconnerie.

P. 96

12. Faut-il dire que la ruse extravagante du frère Laurent, et qui causera le malentendu fatal, n'avait aucune nécessité? Il suffisait au Frère de déclarer le mariage pour rendre la suite inutile. Dira-t-on qu'il craignait pour lui? Mais cette lâcheté n'est guère dans le caractère qu'il nous montre. Il pourrait y avoir quelque chose de plus profond : le diabolisme

inconscient de ce fabricant de liqueurs et de philtres. Ou tout simplement : il n'y aurait pas eu de tragédie. Mais celle-ci naît, non d'une fatalité supérieure, mais de petits hasards et de grandes sottises. C'est sans doute son sens profond.

LE SONGE D'UNE NUIT D'ÉTÉ

COMMENTAIRES

CONTRADICTIONS

Le Songe d'une nuit d'été, ou de l'incertitude qui vient des rêves. Mais avant d'être dans l'âme abusée, égarée, rendue folle de ses personnages, l'incertitude était-elle dans l'esprit du poète? — Ou bien, tout simplement, se moquait-il de la logique et de la cohérence, et d'autant plus qu'il nous introduisait dans un rêve? — Pour notre part, c'est ce que nous croyons. L'incertitude, pourtant, reste pour compte, sinon au spectateur trop bien ravi et enchanté pour prendre la peine de s'arrêter à ces contradictions de temps (tout comme dans *Othello,* où il ne s'avise pas que le temps dramatique est contredit par le temps psychologique), du moins pour le lecteur.

Or, la question n'est pas de curiosité ou d'érudition, l'une et l'autre un peu vaines, elle est de grande conséquence; elle est même, dans une certaine mesure, la clef de l'œuvre.

Quelles contradictions? — Eh bien, il apparaît d'abord que cette « nuit d'été » est une nuit de printemps. Elle serait même très exactement celle qui coud avril à mai. Il est vrai encore que le titre traditionnel n'est pas celui de Shakespeare, — lequel n'est sans doute pas non plus de Shakespeare, disons : le titre original. Ce qui autorisait Johnson à dire, non sans humour : « Je ne vois pas pourquoi Shakespeare intitule cette pièce *Le Songe de la nuit de la Saint-Jean,* alors qu'il prend soin de nous apprendre que l'action se déroule la veille du premier mai. » Or, si on s'est toujours attaché à trouver une explication au titre (on a avancé, par exemple, que la pièce avait été représentée un soir de la Saint-Jean, voire composée pour une fête de la Saint-Jean; un traducteur allemand rejette purement et simplement cette « Nuit de la Saint-Jean » et en fait hardiment une « Nuit de Walpurgis »!), on n'a guère cherché à éclairer la contradiction. Pourtant, si on y regarde d'un peu près, on s'aperçoit qu'elle est à la fois plus subtile et plus affirmée qu'on ne l'a dit.

Tout d'abord, dès la première réplique, nous apprenons de la bouche de Thésée que nous sommes à « quatre heureux jours » du dénouement; alors que la nuit des noces est celle du lendemain. En fait, l'action dure une trentaine d'heures (des critiques encore plus pressés que Thésée, tel Henri Fluchère, la ramènent à « un jour ») : inadvertance du poète, ou impatience amoureuse de Thésée qui lui allonge le temps? La réponse un peu énigmatique d'Hippolyte pourrait avoir un sens caché : « Quatre jours s'évanouiront vite dans *la* nuit » (la traduction de F.-V. Hugo, « *les* nuits » était fautive). Cette trentaine d'heures dément de toute façon Johnson (et les critiques pressés dont nous parlions) : ce n'est pas en quelques heures, ni en vingt-quatre, ce n'est pas seulement « la veille du premier mai » que l'action se déroule, mais la veille *et* le premier mai; et surtout dans la nuit qui leur est commune. Bref : en une fin d'après-midi, une nuit; puis, après un suspens, dans la soirée suivante. On peut fixer assez précisément cet horaire : d'un moment indéterminé d'une journée (celle du 30 avril, ou celle du 23 juin) à la minuit du lendemain. Si le point de départ est vague à quelques heures près, le terme est marqué sans conteste par l'horloge que les personnages, sinon les spectateurs, entendent : « La langue de bronze de minuit a compté douze : au lit, les amants! » dit Thésée qui se lève et va donner l'exemple. Quelques instants encore pour la mascarade, puis Obéron conclura : « Maintenant, jusqu'à la pointe du jour, que chaque fée erre... » Mais la pièce est finie.

Examinons où l'on peut voir, avec Johnson, que Shakespeare « prenne soin » de préciser la date du 1er mai.

Le propos est assez clair, de Lysandre (vers 166-167) :

> *Where I did meet the once with Helena*
> *To do observance to a morn of May,*

que F.-V. Hugo traduit : *« là où je t'ai rencontrée, une fois, avec Héléna pour célébrer la première aurore de mai »*; Letourneur : « *... allant rendre votre culte annuel à la première aurore de mai* »; et Supervielle : *« ... célébrant* *le mois de mai* ». Mais il s'agit du *passé* : la première rencontre de Lysandre et d'Hermia, probablement l'année précédente. Et Lysandre ne dit nullement qu'il célèbre aussi cet anniversaire, ce que, justement, la ferveur et la superstition amoureuses l'auraient porté à rappeler. On serait donc plutôt porté à penser que la date en est passée.

L'autre mention qui, elle, est incontestable, on la trouve à l'acte IV (vers 129), dans une réplique de Thésée : « ... ils se levèrent de bonne heure pour célébrer les rites de Mai ». Bien que la date ne soit pas précisée (non plus que dans la traduction Supervielle de la réplique de Lysandre), il est certain que « les rites de Mai », comme la « célébration de mai », se rapportent bien au premier jour de mai. Faudrait-il voir dans ce que dit Thésée une nouvelle inadvertance de Shakespeare, ou la trace des interpolations que certains shakespeariens ont vues dans le texte ; ou des versions successives, corrections et ajouts, ce qui rendrait vraisemblable la distraction du poète ?

Car cette indication tardive (tardive dans le temps de la pièce, s'entend) est contredite, non seulement par le titre, mais dans le texte même, de la manière la plus explicite. Dès le premier acte, Quince (Lecoin) parle d'un « jour d'été » *(summer's day)*. Et Titania s'écriera, dans sa scène de jalousie avec Obéron : *« And never, since the middle summer's spring... »* (II, 1, 82) ; ce que Supervielle, comme F.-V. Hugo, traduit : « depuis le commencement de la mi-été ». Certes, ils trouvent leur justification dans le titre anglais traditionnel que le titre français traduit incomplètement : *A Midsummer night's dream.* Mais à être entendu littéralement, cela retarderait l'action jusqu'aux premiers jours d'août; ce que personne n'a jamais soutenu, faute peut-être d'y prendre garde, car on paraît ne s'être jamais demandé où se situait la « mi-été ». Mais si on entend ce que dit Titania : « la moitié du printemps de l'été »; bref : de cette période qui marie le printemps à l'été, ou, si l'on préfère, le « printemps », le commencement de l'été, cela désigne parfaitement le 24 juin, et nullement le 1er mai.

Si donc l'on croit à la contradiction par distraction, il est bien certain que c'est la Saint-Jean qui l'emporte. Mais on peut penser que Shakespeare a — délibérément ou spontanément — mêlé les deux nuits *féeriques* et magiques de l'année. Toutefois, des deux, une seule — celle de la Saint-Jean —, par ses fumées et par ses herbes, par ses feux et ses philtres, était génératrice de rêve et de délire, particulièrement chez les amants : c'était véritablement la nuit de la folie. A cette lumière, toute la pièce s'éclaire (voir notre *Introduction*).

« LE SONGE » DANS L'OEUVRE DE SHAKESPEARE

La pièce se situe au début de ce qu'on peut appeler la grande période, dans la phase encore juvénile que manifeste merveilleusement *Roméo et Juliette*. Pour l'esprit et les thèmes, elle correspond évidemment à *La Tempête* qui sera le testament dramatique et poétique de Shakespeare. Certes, le monde surnaturel est partout présent dans Shakespeare, qu'il y ait cru ou non, et peu importe : ses contemporains y croyaient, et plus encore ses personnages. Mais le surnaturel est souvent mêlé au tragique — dans *Jules*

César, dans *Antoine et Cléopâtre,* dans *Macbeth* surtout —
il est plus rarement un élément de comédie; et il ne
l'est à l'état pur que dans ces deux pièces qui sont,
l'une et l'autre, des féeeries chargées de significations
et de symboles. Ici et là, les fées, les esprits aériens,
les sortilèges des clairières de minuit, les enchantements qui ont, à travers les péripéties et vicissitudes,
un but moral : punir les méchants ou guérir les
aveugles (même si on a commencé par les aveugler un
peu plus). Puck est un essai d'Ariel, encore grossier,
encore pesant; génie farceur — ce qu'est Ariel aussi,
mais il vole plus haut —, prompt aux bévues, peu
affiné. Obéron l'appelle comme Prospéro fait d'Ariel :
« Approche, mon gentil... » Et il y a certes du Prospéro dans Obéron. Un Prospéro plus jeune, peu doué
encore de sérénité, en proie aux passions de l'amour;
des passions quelque peu ambiguës. Parenté plus profonde encore dans les thèmes shakespeariens du rêve,
des ombres, — et des comédiens : ombres de cette
ombre qu'est l'homme. Là, comme ici, Shakespeare
recourt au double plan, au jeu double qu'est le spectacle dans le spectacle et dont il fera un usage si tragique dans *Hamlet.*

Avec *La Tempête,* la purification sera totale puisque
les acteurs suscités par Prospéro seront véritablement
des ombres, des invocations, ou évocations, magiques.
Dans *Le Songe,* nous n'avons même pas affaire à une
troupe de comédiens ambulants comme dans *Hamlet,*
mais à des acteurs de village. Ce qui donne à la représentation tout son poids de dérision, de parodie et,
du même coup, toute sa saveur comique et satirique.
La magie, ici, loin d'être le spectacle même, lui est
tout à fait étrangère : elle viendra seulement le trou-

bler. Il appartient au contraire à une réalité très fami-
lière au public — en tout cas au public élizabéthain —,
les spectacles de village étant une tradition ancienne,
voire immémoriale, païenne ou chrétienne (les
Passions), et le plus souvent d'une paganisme que le
christianisme, faute de pouvoir le détruire, avait
annexé en le « convertissant », comme justement dans
ces « rites de Mai » et dans ces fêtes du solstice d'été
dont Saint-Jean était devenu le patron. Les acteurs de
Bottom étaient donc de plain-pied avec leur public :
celui de la salle, s'entend.

Il y a évidemment une intention plaisante et satirique, peut-être aussi un parti esthétique de « naï-
veté » — rejoindre l'anachronisme spontané de la
représentation des mystères, comme aussi de toute la
peinture religieuse — dans ce « duc » Thésée, et dans
cette Amazone devenue une Dame qui sait imposer
les rites et les règles de l'amour courtois. Toutefois,
ce Thésée n'est pas qu'un masque de fête et de
comédie : il est là comme symbole et représentation de
la raison, mettant ordre — en même temps qu'il la rend
plus évidente et la dénonce — à la folie-Saint-Jean.

Cette plus grande « pureté » que nous avons notée
dans *La Tempête,* elle se manifeste aussi dans la construction même de la pièce et jusque dans son langage.
Il faut convenir que *Le Songe* donne parfois une impression de flottement, d'incertitude, de langueur
aussi, qui ne sont nullement ceux du sommeil et du
rêve ou de la fantaisie. Surtout, la pièce est finie à la fin
de l'acte IV; tout le cinquième acte aurait pu être réduit
à un bref dénouement (l'obligation de faire, vaille
que vaille, un cinquième acte n'existait évidemment
pas plus que la division en actes) et le représenta-

tion des acteurs de village était à peu près superflue :
tout le sens et tout l'attrait sont dans les répétitions.

Le Songe est, à coup sûr, un divertissement de cour,
écrit pour un mariage : Shakespeare, pressé par la
commande, a-t-il improvisé un peu à la diable; ou,
au contraire, a-t-il voulu donner à l'ouvrage le caractère d'une improvisation, d'un impromptu? La première hypothèse est à la fois confirmée et infirmée par
les stratifications apparentes du texte. La première
version serait de 1592 (ce qui paraît aventuré); elle
aurait été remaniée deux fois : en 1594 et 1598. Shakespeare aurait donc eu tout le loisir de reprendre
une œuvre hâtive. Mais alors, la dernière version que
nous possédons aurait dû purger l'original de ses
faiblesses. A quoi on pourra répondre qu'en pareil
cas, on atténue ou on masque plus qu'on ne répare
vraiment. Autre contradiction : si on voit clairement
deux mariages pour lesquels *Le Songe* aurait pu être
écrit, ils sont de 1595 et 1596; aucun ne semble avoir
eu lieu en 1592. Reste qu'un mariage, même princier,
a pu échapper aux recherches.

La disparate de la comédie s'étend, on l'a dit, à son
langage. On ne peut pas n'être pas sensible — du
moins face au texte, car les traductions, faute sans
doute d'en discerner le sens, ne la soulignent pas
assez ou s'efforcent de l'atténuer — entre la beauté
poétique du langage amoureux — si parent de celui
de *Roméo et Juliette* — dans certains dialogues, et l'indi-
gence de certains autres, où l'enflure maladroite
accompagne le prosaïsme laborieusement barbouillé
de fausse poésie. Les phases successives de la composition, si on les admet, ont conduit à penser qu'une
partie des dialogues auraient été écrits par un poète

médiocre, s'efforçant sans bonheur à « faire du Shakespeare ». C'est là le genre d'explication auquel s'arrêtent volontiers l'érudition et la critique traditionnelles. Pourtant, si on y regarde de plus près, on s'avise que la vraie poésie est répandue, sans mélange, dans les dialogues de Titania et d'Obéron, et dans ceux de Lysandre et d'Hermia *avant* l'enchantement. Au contraire, la fausse poésie est tout entière, et là seulement, dans les dialogues des amants abusés et délirants. On est donc en présence, nullement de deux strates, mais de deux registres. Une explication toute différente s'impose alors, celle-là liée à la création poétique même, à la volonté, au génie du poète : la poésie vraie est le langage de l'amour vrai; la poésie fausse, celui de l'illusion amoureuse. Le premier, même fou, reste lié à la raison; la seconde n'est que simulacre et imposture, essayant de singer le premier. On aurait dû être alerté par cette espèce de « à la manière de... » : c'est Shakespeare se parodiant lui-même, quand un amour parodie l'autre.

LES « SOURCES »

Comme dans toutes les pièces de Shakespeare qui, non seulement n'ont aucun prétexte historique mais sont délibérément intemporelles, la source est évidemment le génie, l'imagination du poète, nourris de sa culture, de ses lectures, et aussi — il faut y insister — de la veine populaire et du folklore anglais.

On vient de parler de culture et de lectures. La trace est évidente du *Plutarque* de North (qui a notamment fourni un répertoire des conquêtes amoureuses imaginaires de Thésée); on y a ajouté _Les Découvertes de la sorcellerie_ de Reginald Scott parce que c'était un ouvrage récent (1584), mais Shakespeare a aussi bien pu alimenter et documenter son invention ailleurs, les ouvrages sur la sorcellerie et les métamorphoses abondaient, la tradition orale était particulièrement riche; Shakespeare a bien plus probablement eu, non pas Scott comme « source » mais, en amont, des sources communes à Scott et à lui. Plus vague encore, générale, et non moins évidente, l'influence d'Ovide qui faisait partie du fonds de la culture; _Huon de Bordeaux,_ peut-être; et la _Diana Enamorada_ de Montemayor. Les critiques contemporains semblent négliger, à tort selon nous, une source beaucoup plus précise signalée par Eschemburg : deux récits de Chaucer. L'un, la _Légende de Thisbé de Babylone_ semble venir d'Ovide, en qui Shakespeare et Chaucer pouvaient se rencontrer. L'autre, le _Conte des Chevaliers_ est beaucoup plus frappant : on y assiste à l'entrée à Athènes de Thésée et d'Hippolyte dont les noces viennent d'être célébrées; on célèbre aussi dans un bois la « fête de mai »; s'y mêle une histoire d'amour et de rêves, de travestissements, sinon de métamorphoses; deux rivaux s'y opposent; dernier trait, accessoire mais d'autant plus significatif : Philostrate figure dans l'histoire, dont la présence dans la pièce semble quelque peu superflue ou parasite.

LE TEXTE ET LES DATES

Pas plus que pour les autres pièces, il ne reste trace du manuscrit de Shakespeare, ni même de copies, et toute la glose sur les versions successives, retouches et refontes, est conjecturale. Toutefois, il semble que l'édition originale, le *Quarto* de 1600, ait été établie directement sur le manuscrit. Contrairement à celui de *Roméo et Juliette,* c'est un « bon » quarto. Un autre quarto portant la même date est une réimpression frauduleuse antidatée et très postérieure : vraisemblablement de 1619. C'est pourtant celle-ci que reproduit le *Folio* de 1623. Pour la première fois apparaît la division en actes et scènes qui n'existaient jamais chez Shakespeare et qui peut être le fait du libraire; et aussi des notations scéniques qui proviennent sans doute d'un cahier de régie.

Le Songe d'une nuit d'été est cité — ainsi que *Roméo et Juliette* — comme œuvre de Shakespeare (ces authentifications étaient alors fort nécessaires) par Meres dans son *Palladis Tamia* paru en 1598. La pièce est d'ailleurs nettement antérieure, même si l'on ne croit pas à une date trop reculée : des allusions très nettes à l'actualité — politique, mondaine ou... atmosphérique — permettraient (*permettraient* seulement) de la dater de 1594, plus sûrement de 1596. Reste que ces allusions pourraient avoir été ajoutées lors des remaniements, qui ne font pas de doute pour J. Dover-Wilson, savant éditeur du *New Shakespeare*. C'est lui qui a avancé la date de 1592 en se fondant sur d'autres allusions et sur le style. La révision définitive aurait été faite en 1598 pour le mariage du comte de Southampton. Les deux autres mariages pour lesquels elle aurait pu être écrite sont ceux de Derby (1595) et de Thomas Berkeley (1596). Les étapes hypothétiques de la composition s'étendraient donc sur six années, qu'il vaudrait mieux

ramener à quatre. En définitive, l'année 1596 paraît
la plus probable.

Enfin, quoi qu'on pense de cette élaboration et de
sa durée, il semble bien que l'annonce dite par Puck,
prélude à celle de *La Tempête,* et la mascarade des
fées, soient deux épilogues surajoutés, chacun pro-
venant d'une version. C'est la thèse de Dover Wilson
adoptée par Chambers, mais les deux critiques se
séparent sur la date de ces stratifications : pour le
premier, l'épilogue de Puck est la plus ancienne;
pour le second, c'est le contraire. Nous n'en décide-
rons pas. Nous nous bornerons à penser que tout ce
qui allégerait cette fin serait bien venu.

LA CRITIQUE

Les jugements sur *Le Songe d'une nuit d'été* sont
généralement assortis de plus de réserves que ceux
qui concernent la plupart des autres pièces, celles du
moins qui sont tenues pour les chefs-d'œuvre. Ne
citons Pepys que pour constater sa constance com-
plaisante dans l'éreintement, et le peu de variété de
ses formules. La pièce de Shakespeare qu'il vient de
voir est toujours ce qu'il a vu de « pire » *(Roméo et Juliette);* cette fois : *« the most insipid, ridiculous play
that ever I saw in my life ».* Johnson y trouve certains sujets de satisfaction, mais la juge « incohérente
et fantastique ». Sans doute faut-il voir là l'imper-
méabilité du XVIIᵉ siècle et d'une partie du XVIIIᵉ, au
fantastique, justement, et à une grande liberté à
l'égard de la « construction ». Toutefois, ce sentiment

réapparaît aujourd'hui. *Le Songe* passe parfois pour
une œuvre mineure et imparfaitement réussie, qui
appelle la sévérité ou le silence : dans sa vue cava-
lière de l'œuvre de Shakespeare, l'indulgent et cursif
Louis Gillet n'en parle autant dire pas. Sans aller
jusqu'à voir dans la pièce « un ornement délicat et
ténu, sans plus », un divertissement de circonstance
plutôt bâclé, on y discernerait volontiers l'essai dans
la féerie symboliste d'un Shakespeare insuffisamment
mûr, à la veille des chefs-d'œuvre, et qui s'accom-
plirait avec *La Tempête*. Rappelons la thèse des deux
ou trois versions, qui attribuerait l'excellent à
Shakespeare, le « médiocre » à un collaborateur
inconnu. Réserves, excuses chez les uns, sévérité ou
insuffisante compréhension chez les autres n'empê-
chent pas que, depuis le XIXᵉ siècle, *Le Songe* n'ait eu
ses partisans enthousiastes. Pour Coleridge, c'est un
« modèle constant de lyrisme dramatique »; et pour
Swinburne, tout simplement : « le plus bel ouvrage de
l'homme ». Plus près de nous, Benedetto Croce
y voit « la quintessence », sinon de tout l'œuvre, du
moins de « toutes les comédies ».

REPRÉSENTATIONS. — TRADUCTIONS

Cause ou effet ? – il y a certainement un lien entre
les réticences, voire les injustices dont souffre *Le
Songe* et une certaine insatisfaction qu'on trouve souvent à sa représentation. A cet égard, la plus déce-
vante, et d'autant plus qu'on en attendait beaucoup
et qu'on y retrouvait les mêmes grands acteurs —
Jean Vilar et Maria Casarès — à qui l'on devait l'ad-

mirable *Macbeth* de 1954, est celle que donna le
T. N. P. en 1959. Pourtant, des expériences intéres-
santes ont été tentées, dans la piste du cirque
Médrano en 1953 (adaptation de Paul Arnold), et en
1967 par Ariane Mnouchkine. En 1945, « Le Rideau
des Jeunes » avait monté la pièce avec sensibilité
dans le texte poétique de Georges Neveux.

L'ambiguïté de l'attitude à l'égard du *Songe d'une
nuit d'été,* la conviction chez certains qu'il ne peut
« passer » tel quel, ont donné lieu, avec une remar-
quable continuité, à des adaptations plus que libres,
ou à des utilisations nettement abusives, depuis celle
d'Avenant et Dryden, sorte d'opéra parlé mêlé de
danses et de mascarades (celles-ci ayant peu de rapport avec celles du « vrai » *Songe*), jusqu'à celle que
Gémier demanda, pour l'Odéon (1922), à Georges de
La Fouchardière. L'auteur du *Bouif* est bien le dernier qu'on se fût attendu à trouver dans cette affaire.
Il éleva même son travail d'humoriste à la hauteur
d'un principe en déclarant : « C'est aux tripatouilleurs
que l'élève Shakespeare doit tous les progrès qu'il fit
en France. » Personne, qui en avait usé avec une pareille désinvolture, n'eût osé le dire si crûment, mais
il y a quelque vérité là-dedans. Il eût été évidemment
préférable de tenir cette vérité de la bouche d'un
Copeau.

NOTES

P. 131

1. L'impatience amoureuse de Thésée se manifeste par un beau cri poétique (« Oh! quelle est longue... ») et par une image plaisante et même assez gaillarde sur ce « revenu » qui se « dessèche »; par allusion au viager que fait attendre la douairière aussi obstinée à durer que la « vieille lune ».

P. 132

2. L'allusion à « l'épée » et à la « violence » n'est pas non plus une image sans signification érotique : après le viol, sans doute désiré, le faste des noces solennelles et officielles.

P. 136

3. Voir ce que dit Roméo (II, II, 119 *ss.*) : « Trop pareil à l'éclair, qui cesse d'être avant qu'on ait dit : il éclaire! »

P. 143

4. « Couronnes » : le mal dit « français » (ou « napolitain », ou « espagnol », etc., chaque nation en

faisant honneur à la voisine, et qui leur venait bien
probablement d'Amérique), bref, la vérole, avait, entre
autres effets, la chute des cheveux, souvent manifestée
par une pelade.

P. 146

5. On ne peut guère ne pas voir une intention de
Shakespeare dans cet enfant si beau que Titania
enlève par jalousie à Obéron, d'où leur rupture. Un
peu plus loin, Titania proclamant qu'elle a « abjuré
son lit », ne dit-elle pas qu'Obéron « a pris la forme
de Corydon »? Phillida, prétendu objet féminin, n'est
évidemment qu'un travesti. Et n'y aurait-il pas une
autre intention dans : « ta maîtresse bottée »?

P. 147

6. Périgounia, Eglé : Shakespeare avait lu le *Plutarque* de North.

P. 148

7. *The human mortals want their winter here...* Le mot
here n'a guère de sens ici, il a dû être substitué à un
autre dans la copie qui a servi à l'impression. On
retient l'hypothèse et la traduction de Jules Supervielle : « vêtements d'hiver » qui s'accorde en effet
avec le contexte. « Here » serait alors une défor-
mation de « *gear* » (vêtements) que Shakespeare avait
peut-être écrit : « *gere* »; et Supervielle remarque que
la graphie de Shakespeare pour les *h* et les *g* était
presque identique.

P. 151

8. *drow iron,* double sens sur quoi joue Shakespeare : aimanter, attirer le fer ; et tirer l'épée.

P. 156

9. Jeu de mots sur *to lye,* s'étendre, et *to lie,* mentir.

P. 178

10. *No, no : he'ill :* ces mots suspendus dans le texte doivent être le vestige d'un passage supprimé ou perdu.

CHRONOLOGIE

BIOGRAPHIE

1564   23 avril   Naissance de SHAKESPEARE, à
                                          Stratford, de John Shakes-
                                          peare et de Mary Arden.

ŒUVRES	ÉVÉNEMENTS Histoire — Littérature — Arts — Sciences	
	Rabelais : Cinquième Livre de *Pantagruel*.	1564
	Mariage de Marie Stuart avec Darnley.	1565
	Cinthio : *Ecatommiti*.	
	Paynter : *Palace of Pleasure*.	1566
	Meurtre de Darnley. Marie Stuart épouse Bothwell.	1567
	Robert Garnier : *Porcie* (tragédie).	1568
	Parker : *Bishop's Bible*.	1569
	Montaigne publie les *Œuvres* de La Boétie.	1571
	Excommunication d'Elizabeth. Belleforest publie, sous le même titre, son démarcage des *Histoires tragiques* de Boaistuau, parues douze ans plus tôt.	1570 1572
	Massacre de la Saint-Barthélemy.	
	Amyot : traductions de Plutarque.	
	Ronsard : *La Franciade*.	
	Camoëns : Les Lusiades.	
	Naissance de Ben Jonson.	1573
	Le Tasse : *Aminta*.	
	Débuts au théâtre, à douze ans, de Lope de Vega.	1574

BIOGRAPHIE

1582	27 novembre	Mariage de Shakespeare avec Anne Hathaway.
1583	26 mai	Baptême de Susanna, fille de Shakespeare.
1585	2 février	Baptême des enfants jumeaux de Shakespeare : Hamnet et Judith. Année probable du départ de Stratford.
1587		Shakespeare s'installe à Londres.
1592		
	3 mars	

ŒUVRES	ÉVÉNEMENTS Histoire — Littérature — Arts — Sciences	
	Construction à Londres du *Théâtre*.	1576
	Agrippa d'Aubigné : *Les Tragiques*.	1577
	Le Greco : *Assomption de la Vierge*.	
	Naissance de Fletcher.	1579
	Montaigne : *Essais*.	1580
	Le Tasse : *Jérusalem délivrée*.	1581
	Heywood : traduction de dix tragédies de Sénèque.	
	Peste à Londres.	1582
	Procès de Marie Stuart.	1586
	Cervantès : *Numance*.	
	Exécution de Marie Stuart.	1587
	Marlowe : *Tamburlaine*.	
	Kyd : *Hamlet (?)*	
	Destruction de l'« Invincible Armada »	1588
	Kyd : *The Spanish Tragedy*.	
	Marlowe : *Edouard II*.	1590
Composition probable des second et troisième *Henri VI*.		1591
Composition probable du premier *Henri VI*.		1592
Représentation du premier *Henri VI*.	Ouverture du théâtre de la *Rose*, à Londres.	

BIOGRAPHIE

	septembre	Robert Greene s'attaque à Shakespeare.
	décembre	Défense et éloge de Shakespeare par Henry Chettle.
1593		
	30 décembre	
1594	26-27 décembre	Shakespeare, ainsi que Burbage et Kempe, comédiens du Lord Chambellan, jouent à la cour.
	28 décembre	
1595		
1596		Mort du fils de Shakespeare, Hamnet.
1597		Shakespeare achète « New Place », grande et riche maison, à Stratford.
1598		Études de Meres, qui énumère les pièces de Shakespeare connues à cette date.
1599	21 février	Fondation du Théâtre du Globe, dont Shakespeare est copropriétaire

ŒUVRES	ÉVÉNEMENTS Histoire — Littérature — Arts — Sciences	

Richard III.		1593
La Comédie des erreurs.		
Vénus et Adonis.		
Représentation de *Richard III.*		
Composition probable de *Titus Andronicus.*	Entrée de Henri IV à Paris.	1594
La Mégère apprivoisée.		
Le Viol de Lucrèce.		
Représentation de *La Comédie des erreurs.*		
Composition probable de : *Les Deux Gentilshommes de Vérone.*		1595
Peines d'amour perdues.		
ROMÉO ET JULIETTE.		
Richard II.		
Composition du *SONGE D'UNE NUITD'ÉTÉ.*		1596
Le Roi Jean.	Ouverture du théâtre du Cygne à Londres.	1597
Le marchand de Venise.		
ROMÉO ET JULIETTE imprimé *(Quarto 1).*	Bacon : *Essais.*	
Représentation probable entre 1596 et 1597.		
	Édit de Nantes.	1598
Année conjecturale de la composition d'*Hamlet.*		
Composition de *Beaucoup de bruit pour rien.*	Arioste : *Orlando furioso.*	1599
Henri V.		
ROMÉO ET JULIETTE, Quarto 2.		

BIOGRAPHIE

1600

1601   Mort du père de Shakespeare.

1602   26 juillet   Privilège accordé par
                                       Jacques Ier à Shakespeare,
                                       Fletcher, Lawrence.

1603

1604

       1er novembre

1605

1606

1607   5 juin   Mariage de la fille de Sha-
                                       kespeare, Susanna, avec
                                       John Hall, médecin à Strat-
                                       ford.

ŒUVRES	ÉVÉNEMENTS Histoire — Littérature — Arts — Sciences	
Jules César. *Comme il vous plaira.* *La Nuit des Rois.* LE SONGE D'UNE NUIT D'ÉTÉ, enregistré et public *(Quarto 1).*		1600
Année probable de compo- sition ou d'achèvement de *Hamlet.*	Rébellion et exécution du comte d'Essex.	1601
Les Joyeuses commères de Windsor. Représentation d'*Hamlet.* *Troïlus et Cressida.*		1602
Hamlet publié dans le Quarto 1. Représentations d'*Hamlet* à Oxford et à Cambridge.	Mort de la reine Elisabeth. Avènement de Jacques Ier.	1603
Tout est bien qui finit bien. *Othello.* *Mesure pour mesure.* Représentation du SONGE D'UNE NUIT D'ÉTÉ à White- hall. *Hamlet*, publié dans le Quarto 2.		1604
	Cervantes : *Don Quichotte.* Ben Jonson : *Volpone.*	1605
Macbeth. *Le Roi Lear.*		1606
ROMÉO ET JULIETTE enregistré.		1607

BIOGRAPHIE

septembre

1608	21 février	Baptême d'Elisabeth, petite-fille de Shakespeare.
1609	9 septembre	Mort de la mère du poète.
1610		Shakespeare se retire à Stratford.
1611		
	20 avril	
	1er novembre	
1612	juin	Première signature autographe de Shakespeare qui nous soit parvenue (à l'occasion d'un procès où il témoigne).
	décembre	
1613	mars	Seconde et troisième signatures autographes (sur des actes d'opérations immobilières). Incendie au théâtre du Globe.

ŒUVRES	ÉVÉNEMENTS Histoire — Littérature — Arts — Sciences	
	Première colonie anglaise en Amérique. Honoré d'Urfé : *L'Astrée*.	
Antoine et Cléopâtre. *Coriolan.* *Timon d'Athènes.* *Périclès.*	Fondation de Québec par Champlain.	1608
Publication des *Sonnets*. *ROMÉO ET JULIETTE* *(Quarto 3)*.	Galilée invente la lunette astronomique.	1609
Cymbeline Représentation d'*Othello* au Globe. *Le Conte d'hiver.*.	Assassinat d'Henri IV. Chapman : traduction intégrale de l'*Iliade*.	1610
La Tempête. Représentation de *Macbeth* au Globe. Représentations du *Conte d'hiver* au Globe, et de *La Tempête* à Whitehall.		1611
Représentations à la cour des deux *Henri IV* (le second sous le titre de *Sir John Falstaff*). *Début des représentations poursuivies en janvier de :*	Traduction de *Don Quichotte* par Shelton.	1612
Beaucoup de bruit pour rien, *Jules César, Othello, Conte d'hiver*, pour les fêtes du mariage de la fille de Jacques Ier, Elizabeth, avec Frédéric, Électeur palatin.		1613

BIOGRAPHIE

1615		
1616	10 février	Mariage de Judith Shakespeare avec Thomas Quiney, à une date interdite. Ils seront excommuniés.
	25 mars	Shakespeare signe son testament.
	23 avril	MORT DE SHAKESPEARE, à Stratford.
1619		
1623		

ŒUVRES	ÉVÉNEMENTS Histoire — Littérature — Arts — Sciences	
	Cervantes : *Don Quichotte* (deuxième partie).	1615
	Premier procès de Galilée.	
	Condamnation des théories de Copernic.	1616
	A. d'Aubigné : *Les Tragiques.*	
	Mort de Cervantes.	
LE SONGE D'UNE NUIT D'ÉTÉ (Quarto 2).		1619
Premier *Folio,* publication des Œuvres, considérées alors comme complètes.		1623

TABLE

Préface VII

ROMÉO ET JULIETTE 1
LE SONGE D'UNE NUIT D'ÉTÉ 129

COMMENTAIRES

Roméo et Juliette

    Genèse de l'œuvre 222
    Un « Roméo » français 225
    Les dates 226
    Le texte 227
    La critique 228
    Traductions-Représentations et adaptations 230

    NOTES 233

Le Songe d'une nuit d'été

    Contradictions 237
    « Le Songe » dans l'œuvre de Shakespeare 241
    Les « sources » 245
    Le texte et les dates 246

La critique 248
Représentations-Traductions 249

NOTES 251

Chronologie 255

IMPRIMÉ EN FRANCE PAR BRODARD ET TAUPIN
Usine de La Flèche (Sarthe).
LIBRAIRIE GÉNÉRALE FRANÇAISE - 6, rue Pierre-Sarrazin - 75006 Paris.
ISBN : 2 - 253 - 01502 - 4